HEYNE

DAS BUCH

Lennon ist der Wheelman, ein Fluchtfahrer, der bei Banküberfällen am Steuer sitzt. Und er ist stumm. Doch dieses Mal geht so ziemlich alles schief, was schiefgehen kann. Als er vor der Wachovia Bank in Philadelphia auf seine Komplizen wartet, öffnen sich zunächst die Schaltertüren nicht. Und dann überfährt Lennon auf der Flucht auch noch eine Frau. Die Beute in Höhe von 650 000 Dollar lässt die Bande im Kofferraum des Wagens auf einem Langzeitparkplatz zurück. Doch plötzlich ist das Geld weg und die Kollegen fort. Lennon bleibt alleine zurück und kriegt es mit der russischen Mafia, der italienischen Mafia und kriminellen Cops zu tun, die ihren Anteil an der Beute wollen. Knapp entgeht Lennon dem sicheren Tod und begibt sich auf eine Mission: Er will das Geld, das ihm zusteht – und er will sich an denen rächen, die ihn verraten haben.

Schnelle Beute wurde für den Gumshoe Award nominiert, die Filmrechte wurden verkauft.

DER AUTOR

Duane Louis heißt im wahren Leben Duane Swierczynski und ist Chefredakteur des *Philadelphia City Paper*. Mit *Blondes Gift* gelang ihm der Sprung auf die deutschen Bestsellerlisten. Er lebt in Philadelphia, wo auch seine Romane angesiedelt sind.

Weitere Informationen zum Autor unter
www.duaneswierczynski.com
Besuchen Sie auch seinen beliebten Blog
www.secretdead.blogspot.com

LIEFERBARE TITEL

Blondes Gift
Letzte Order

Duane Louis

SCHNELLE BEUTE

Thriller

Aus dem Amerikanischen
von Frank Dabrock

WILHELM HEYNE VERLAG
MÜNCHEN

Die Originalausgabe THE WHEELMAN
erschien 2005 bei St. Martin's Press, New York

Vollständige deutsche Erstausgabe 04/2010

Printed in Germany 2010
Redaktion: Tamara Rapp
Umschlaggestaltung: yellowfarm gmbh, S. Freischem
Satz: Buch-Werkstatt GmbH, Bad Aibling
Druck und Bindung: GGP Media GmbH, Pößneck
ISBN: 978-3-453-43314-4

www.heyne.de

*Für **M. A., P. L. und S. E.** – meine Familie*

Freitagvormittag

Ich habe nichts dazugelernt, nur meine Nerven machen nicht mehr mit. Ich finde es immer noch richtig, hinter dem Geld her zu sein und dorthin zu gehen, wo es welches gibt, um es den Leuten abzuknöpfen.

– AL NUSSBAUM

Während der raue Märzwind um die Gebäude fegte, beobachtete Lennon, wie die Leute die Siebzehnte Straße rauf und runter strömten. Wäre er Raucher gewesen, hätte er noch ein paarmal gezogen, dann den Fensterknopf gedrückt und die Kippe hinausgeschnippt. Nur eine einzige Zigarette – damit die Erbsenzähler in den Khakihosen und marineblauen Windjacken etwas hatten, das sie mit der Pinzette aufklauben, in einen Plastikbeutel stopfen, etikettieren, dokumentieren und in ihrem Koffer für Beweisstücke verstauen konnten.

Vielleicht fand jemand sogar die Zeit, die Marke zu analysieren und etwas DNS aus dem Stummel zu gewinnen.

Ein Teil von Lennon würde dann für immer weiterleben, irgendwo zwischen den Aktenordnern des FBI.

Doch Lennon rauchte nicht. Er spielte ein wenig am Autoradio herum und beobachtete die Leute, die auf dem Weg zur Arbeit waren oder zu irgendwelchen Freizeitvergnügungen. Er fragte sich stets, was sie antrieb – wie sie es schafften, jeden Morgen aufzustehen, sich die Zähne zu putzen, zu duschen, zu frühstücken und einem geliebten Menschen und womöglich einem Kind einen Abschiedskuss zu geben. Das war nichts für Lennon und wohl auch der Grund, warum er diese letzten Momente vor einem großen Auftrag so genoss. Das rückte alles ins rechte Licht. Entweder war man draußen, lief sich die Hacken wund, latschte ins Büro, brütete über einem Bericht, was auch immer. Oder man saß im Innern eines Wagens und wartete auf seine Komplizen.

Dann schrillte der Alarm, und plötzlich war die Hölle los.

Bang Bang Bang

Holden folgte Blings dicht auf den Fersen. Nein, nein, nein, du Idiot. Halt Abstand. *Zwei Schritte Abstand.*

Zu spät. Die große Glassscheibe hinter Holden schwang zu, bevor Blings die Tür vor sich aufstoßen konnte. Die versteckte ACU – das Ding, das auf Schießpulver reagierte – wurde ausgelöst. Vielleicht hatte es auch jemand im Innern aktiviert. Egal. Bling und Holden saßen im Eingangsbereich der Bank fest. Selbst aus zehn Meter Entfernung konnte man Blings Gesichtsausdruck erkennen, als er mit der Pistole gegen das Glas knallte: *Scheiße.* Gefangen wie zwei Wüstenrennmäuse in einem Labyrinth.

Lennon schaltete in den Vorwärtsgang, warf einen Blick in Rück- und Seitenspiegel, dann trat er aufs Gas und schoss nach links, wobei er den Verkehr auf der Siebzehnten Straße blockierte. Er warf einen Blick über die Schulter. Das Licht der späten Märzsonne, das von den weißen Steinen der Bank reflektiert wurde, war so grell, dass seine Augen schmerzten. Lennon konnte sich immer noch entscheiden. Er konnte die beiden dort stehenlassen. Holden hätte das verdient. Bling wiederum war ein Kapitel für sich. So wie dieser ganze Job.

Lennon drückte sich zwei Finger gegen den Hals, tastete nach der Halsschlagader und zählte schnell die Schläge.

Alles in Ordnung. Sein Puls war fast normal.

Gut.

Den Arm um den Sitz geschlungen, warf Lennon einen Blick zurück zu Bling. Dieser sah aufmerksam zu ihm herüber. Lennon bedeutete ihm mit einem Handzeichen, nach links zu treten. Sofort packte Bling Holdens Windjacke und zerrte ihn zur Seite.

Unter dem Gehupe der anderen Autos stieg Lennon aufs Gas. Normalerweise hätte er ihnen den Stinkefinger gezeigt, doch dafür hatte er jetzt keine Zeit.

Wie im Cockpit eines Flugzeugs, das auf die Erde zurast, kam das Bankgebäude im Rückspiegel auf ihn zugeschossen. Mit den behandschuhten Händen am Lenkrad korrigierte Lennon ein wenig seinen Kurs. Ein Stückchen nach links, etwas nach rechts. Er musste die Glassscheibe genau an der richtigen Stelle treffen.

Er hatte gelesen, dass die ACUs – die Zugangskontrolleinheiten – von innen kugelsicher waren. Auf diese Weise erwischten die Banken schwere Jungs wie Holden, denn sie konnten nicht einfach ihre Pistole zücken und sich den Weg freischießen. Banken sehen es nicht gerne, wenn man auf ihre Kunden ballert. Sie tun alles, was in ihrer Macht steht, um das zu verhindern. Am Anfang hatte man es versäumt, die ersten ACUs kugelsicher zu machen, worauf mehrere Banken von durchdrehenden Bankräubern, die es mit der Panik bekamen, in tausend Stücke geschossen wurden. Einige ACU-Modelle allerdings haben kleine Schlupflöcher, damit sich die Bankräuber in aller Ruhe aus dem Staub machen können, ohne dabei auf die Kunden zu schießen.

Dies war jedoch ein anderes Modell. Es handelte sich offenbar um das Kratz-dir-die-Eier-bis-die-Bullen-eintreffen-Modell. Innen kugelsicher, und außen wahrscheinlich auch.

Aber autosicher? Bei Vollgas? Mit einem gestohlenen Acura?

Im letzten Moment erkannte Lennon, dass er auf

einen metallenen Stützpfeiler zuraste. Der Wagen schrammte haarscharf daran vorbei, dann splitterten die Glasscheiben.

Er schaltete und machte einen Satz nach vorne. Bling packte erneut Holdens Windjacke und zog ihn durch das Loch.

Lennon griff nach unten und ließ den Kofferraum aufspringen, dann warf er einen Blick auf seine Uhr. 9:13 Uhr. Sie waren immer noch in der Zeit. Sollten sie es die nächsten paar Blocks hinunter schaffen, konnte ihr Plan doch noch aufgehen. Der Acura schaukelte in der Aufhängung, als Bling sich auf den Beifahrersitz warf, und erneut, als Holden auf die Rückbank sprang.

Lennon stieg aufs Gas. Der Wagen schoss vorwärts, und die Reifen quietschten über den Gehweg, als er sie plötzlich bemerkte: eine Frau, die einen blauen Kinderwagen vor sich herschob.

650 Riesen

Die Banken in Philadelphias Innenstadt werden nur selten von bewaffneten Teams überfallen, und das aus gutem Grund: Es gibt dort nur wenige Fluchtmöglichkeiten.

Immer wieder haben die Banken es mit einzelnen Junkies zu tun, doch kaum mit echten Profis. Billy

Penn hat Philadelphia als engmaschiges Netz aus Straßen entworfen, die nach Bäumen benannt sind und sich vom Delaware bis zum Schuylkill River erstrecken. Häuser im Kolonialstil haben Villen aus Sandstein Platz gemacht, die wiederum dicht gedrängten Bürotürmen weichen mussten, die inzwischen größtenteils leer stehen. Die schmalen Straßen sind häufig verstopft, besonders die Zubringer zu den Highways. Befindet man sich genau im Zentrum von Center City – so wie Lennons Team –, sind der Interstate 95 und 76 kaum fünf Minuten entfernt. Doch bei entsprechend dichtem Verkehr kann es fünfzig Minuten dauern, bis man sie erreicht.

Bling hatte Lennon mit Hintergrundinformationen versorgt. Im Gegensatz zu ihm stammte er von hier. Lennon besaß ein Haus tief in den Pocono Mountains, nur anderthalb Stunden von hier entfernt, und er kannte ein paar Leute in der Stadt, aber er würde dort nie arbeiten. New York war bisher sein nächstgelegener Einsatzort gewesen, und selbst das war ein bisschen nah.

Aber egal, langsam wurde das Geld knapp; Lennon und Katie hatten es sich den Winter über richtig gutgehen lassen, ohne dass einer von beiden gearbeitet hatte. Sie hatten eine wunderbare Zeit verbracht, hauptsächlich mit Kochen, Trinken und Lesen. Als Bling sich dann Ende Februar bei Katie meldete, war das der richtige Zeitpunkt, um sich wieder an die Arbeit zu machen.

Außerdem klang es nach einem guten Plan. Bling brauchte einen Fahrer für einen Überfall mit drei Männern. Eine Wachovia-Filiale, drei Blocks vom Rathaus entfernt, erwartete am 29. März eine dicke Lieferung Bargeld direkt von der Bundesregierung. Das Geld war Teil der »Operation Neubeginn«, eine Aktion, bei der der Bürgermeister über 650 000 Dollar in die Gegend mit den zehn heruntergekommensten Blocks im heruntergekommensten Teil der Stadt pumpen wollte, nur um sie sofort einzustampfen, in der Hoffnung, dass ein überregionaler Bauunternehmer eine »Barnes & Noble«-Filiale oder eine »Bed, Bath & Beyond«-Niederlassung inmitten des drogenverseuchten Ödlands errichtete. Mit dem Großteil des Geldes sollten die etwa einhundert Leute abgefunden werden, die sich standhaft weigerten, aus ihren verfallenen Reihenhäusern auszuziehen. Bling hatte Katie erzählt, dass der Bürgermeister jeder dieser Personen zwischen 40 000 und 80 000 Dollar in bar zahlen wollte, damit sie ihr Haus verließen.

Warum in bar? Der Bürgermeister kam aus der Gegend, hatte Bling gesagt. Die Leute dort nahmen nur Bargeld. Sie wollten es in den Händen halten. Außerdem hatte jemand im Büro des Bürgermeisters das als hübsches Motiv für die Fernsehteams erkannt: wie der Bürgermeister die »Operation Neubeginn« ins Leben rief, indem er den Bedürftigsten der Stadt jedem ein dickes Dollarbündel in die Hand drückte. Auch wenn wahrscheinlich irgendwelche Banden die Empfänger überfallen würden, sobald die Kameras aus waren. Aber das war schließlich nicht das Problem der Stadt.

Außerdem hatte Bling vor, sich das Geld vorher unter den Nagel zu reißen.

Er hatte im Stadtrat einen Spitzel, der ihm die Sache mit dem Bargeld gesteckt hatte. Daraufhin erzählte Bling Katie, wie er das Ding drehen wollte. Es hörte sich nach einem guten Plan an. Also beschloss Lennon, den Job anzunehmen.

Der sichere Tod

Lennon war ein ausgezeichneter Fahrer. Zu Beginn seiner Laufbahn war auch Glück dabei gewesen, doch nach und nach stellten sich Erfahrung und echtes Können ein, und schließlich machte er sich einen Namen.

Als Lennon die Frau und den Kinderwagen vor sich sah, war ihm augenblicklich klar, dass er ihnen nicht ausweichen konnte.

Noch zwei oder drei Sekunden bis zum Aufprall. Lennon musste sich entscheiden: entweder der Kinderwagen oder die Frau. Bei ihr bestand wenigstens eine geringe Chance, dass sie über katzenartige Reflexe verfügte und zur Seite sprang. Einem flüchtigen Blick nach schien sie dafür beweglich genug zu sein.

Vielleicht war sie ja als Teenager mal Landesmeisterin im Turnen gewesen.

Abzubremsen und das Steuer herumzureißen kam nicht in Frage. Das Risiko auszuscheren war zu groß, und Lennon hatte Angst, dass er Frau und Kinderwagen eine volle Breitseite verpasste. Sie zu umkurven war ebenfalls unmöglich. Unmittelbar rechts von beiden stand einer dieser quadratischen Betonkübel mit Stroh und Gestrüpp. Er würde den Acura in einen Schrotthaufen verwandeln, und das Team müsste zu Fuß weiterfliehen – falls einer von ihnen dann noch bei Bewusstsein war. Außerdem befand sich der Wagen zu weit rechts, um ihn plötzlich nach links zu reißen. Nein, die Frage lautete immer noch: Frau oder Kinderwagen.

»Scheiße!«

Holden. Er war gerade zu seinem ursprünglichen Programm zurückgekehrt.

Lennons Hände glitten nach rechts, während er mit den Füßen aufs Gas stieg, um den Aufprall abzuschwächen.

Der Acura raste mit voller Wucht direkt in die Frau, unmittelbar unterhalb der linken Hüfte. Durch die Wucht klappte sie vornüber und rollte über die Motorhaube die Windschutzscheibe hinauf. Lennon warf einen Blick in den Seitenspiegel und sah, dass der Kinderwagen – wie durch ein Wunder – immer noch auf dem Gehweg stand, wenn auch leicht schwankend. Sie hatte gerade noch rechtzeitig losgelassen.

Dafür war Lennon der Frau dankbar, die soeben von der Seite des Dachs rutschte und auf die Straße stürzte. Eine Sache weniger, die er Katie erklären musste.

Passanten schrien auf, doch das war Lennon egal. Er hoffte einfach, dass die Frau noch atmete. Dass sie möglichst wenig Zeit im Krankenhaus verbringen musste und irgendwann vergessen würde, was ihr zugestoßen war. Aber damit konnte er sich jetzt nicht befassen. Er hatte einen Job zu erledigen.

Für den Überfall war Bling zuständig gewesen. Doch die Flucht war ganz allein seine Sache.

Der Kennedy Boulevard

Gut zwei Wochen lang hatte Lennon die Stadtpläne von Philadelphia studiert, die Bings ihm gemailt hatte, und nach etwas gesucht, was anderen Bankräubern entgangen war. In den ersten Tagen kehrte er immer wieder zum JFK Boulevard zurück, nur einen Block vom Zielobjekt, der Bank, entfernt. Vor dreißig Jahren gab es den JFK Boulevard noch nicht; damals befand sich dort eine riesige Bahntrasse mit dem Spitznamen »Chinesische Mauer«, die in einem riesigen Endbahnhof einige Blocks weiter östlich mündete. Irgendwann ließ die Stadt die Züge dann verschrotten und errichtete anstelle der Trasse mehrere Bürokomplexe und

Wohnblocks. Die Straße benannten sie nach dem kürzlich ermordeten US-Präsidenten. *JFK.* Lennon kehrte immer wieder zurück. Er hatte ein gutes Gefühl. Die Straße bot sich als Weg aus der Stadt an, zum Interstate-76 und schließlich in die Freiheit.

Je mehr Lennon von der Stadt sah, desto begeisterter war er vom JFK Boulevard. Anders als bei den meisten anderen Straßen in der Innenstadt von Philadelphia handelte es sich um eine breite Straße. Um sie persönlich zu begutachten, war er sie an einem für die Jahreszeit ungewöhnlich warmen Tag, einem Dienstag, mit dem Bus hinuntergefahren. Dabei hatten sich seine Vermutungen bestätigt. Obwohl sich der JFK Boulevard vom Rathaus bis zum Bahnhof in der Dreißigsten Straße erstreckte – der wahrscheinlich verkehrsreichsten Ecke der Stadt –, war er breit genug, um jede Art von Verkehr aufzunehmen. Die Taxifahrer konnten sich von der Fünfzehnten bis zur Dreißigsten in den Verkehr ein- und ausfädeln. Der JFK Boulevard war einfach perfekt: eine dicke Verkehrsader, durch die das Blut vom Herz direkt bis zum Interstate-76 strömte.

Das einzige Problem war nur: Die Bank, die Blings ausgewählt hatte, lag Siebzehnte Straße Ecke Market Street. Lennon hatte herausgefunden, dass die Siebzehnte Straße nach Süden und die Market Street Richtung Osten führte, beide *fort* vom Interstate-76.

Also studierte er weiter die Straßenkarten, trank das eine oder andere Bier und sah sich zusammen mit Katie auf DVD mehrere Spielfilme an. Er wusste, dass sich eine Lösung finden würde.

Und genauso war es.

Am Morgen des Überfalls schlüpften Bling und Lennon in Fensterputzer-Uniformen, dann holten sie aus einem Lieferwagen mit dem Schriftzug JENKINTOWN WINDOW MASTERS INC. Schilder, Leitern, Holzböcke und Seile. (Bling hatte erklärt, dass alle seriösen Fensterputzer-Firmen ihren Sitz in Jenkintown haben, einem Vorort nördlich der Innenstadt.) Dort, zwischen Market Street und JFK Boulevard, auf der Westseite der Siebzehnten Straße, bauten sie ihre Ausrüstung auf. Die Holzböcke bildeten eine gerade Linie fast bis zum Ende des Bordsteins, so dass die Fußgänger um sie herumlaufen mussten. Es war eher unwahrscheinlich, dass jemand nach oben blickte, um nach einem Gerüst Ausschau zu halten. Außerdem musste das Zeug sowieso nur für zwanzig Minuten stehen bleiben.

Als sie den Gehweg weiträumig genug abgesperrt hatten, stiegen Bling und Lennon zurück in den Lieferwagen, wo Bling sich seinen zweiten Satz Klamotten überstreifte – Schlabberjeans und Turnschuhe, dazu ein übergroßes Basketball-Trikot. Holden, der den Lieferwagen steuerte, war bereits passend angezogen. Er trug ein Basketball-Trikot von Allen Iverson. In knalligen Farben, mit übergroßen Nummern und Namenszügen. Etwas, das sofort ins Auge fällt. So wird weiter danach gesucht, obwohl man die Klamotten längst gewechselt hatte. Lennon behielt seine Fensterputzer-

Montur an. Was er trug, spielte keine Rolle, zumindest fürs Erste.

Bling zog sein umgeleitetes Handy hervor und gab eine Bombendrohung gegen die US-Prägeanstalt am anderen Ende der Stadt durch, während Lennon sie zu der Stelle fuhr, wo er den Acura versteckt hatte.

Freie Fahrt

Lennon riss das Steuer nach links und trat auf die Bremse. Der Acura drehte sich um etwa fünfundvierzig Grad, so dass er falsch herum auf der Siebzehnten Straße stand.

»Mann, fick dich!«, brüllte Holden auf der Rückbank.

»Hey«, sagte Bling. »Er weiß schon, was er tut.«

Ja, er wusste *genau,* was er tat. Er wusste nur nicht, wie er es schaffen sollte. Er musste die Market Street schnell und am Stück überqueren. Lennon wusste, dass die Chancen auf eine grüne Ampel bei fünfzig zu fünfzig standen; in dem Fall wäre alles kein Problem. Eine rote Ampel wäre heikel.

Wahrscheinlich war sie rot.

Lennon betrachtete die Sache ganz nüchtern. Nur knapp zwanzig Meter bis zur anderen Seite. Bloß zwanzig lausige Meter. Lennon nickte Bling zu, dann trat er aufs Gaspedal. Der Acura machte einen Satz nach vorne und brachte die ersten zehn Meter rasch hinter sich. Als ein Geländewagen versuchte, ihn von den letzten zehn Metern abzuschneiden, riß Lennon das Steuer nach links, lenkte erneut nach rechts, raste zwischen einer Parkuhr und einem Pfahl direkt auf den Gehweg und durchbrach den ersten Holzbock, den sie aufgestellt hatten. Dann rauschte er mit dem Acura durch den Rest der Fensterputzer-Ausrüstung – die nur lose zusammengebaut war, damit sie sofort auseinanderbrach – bis zum JFK Boulevard. Besser die Ausrüstung als unschuldige Menschen. Ein Fahrerfluchtopfer an einem Morgen war genug.

»Tja, *so* macht man das«, sagte Bling.

Lennon warf ihm einen kurzen Blick zu und schoss dann nach links auf den JFK Boulevard, den er bis zur Zwanzigsten Straße hinaufraste, wobei er sich an Taxis, Mercedes-Limousinen und Chevy Cavaliers vorbeischlängelte. Wieder drückte er zwei Finger gegen seinen Hals und tastete nach der Halsschlagader. Das war seine bevorzugte Methode, seine Anspannung zu messen. Alles in allem ging es ihm noch ganz gut.

Er spähte in den Rückspiegel: keine Signallichter. Fünf Blocks von der Bank entfernt und nichts. Die ersten fünf Blocks waren immer die schwersten. Lennon bog scharf nach rechts Richtung Norden auf die Zwanzigste, dann gleich wieder nach links in eine winzige Seitenstraße, die parallel zum JFK Boulevard verlief.

Tja, und hier fing Philadelphias Geografie an, interessant zu werden. Selbst nachdem man die Chinesische Mauer abgerissen hatte, blieb ein Teil der alten Stadt bestehen. Winzige Straßen und Gassen, die früher durchs Industriegebiet führten, befanden sich jetzt direkt neben den neuen Durchgangsstraßen. Eine dieser Gassen war entscheidend für den Fluchtplan.

Die kleine Straße, in die Lennon bog, war gerade breit genug für einen Wagen und führte abwärts. Unmittelbar daneben, auf einem Damm, verlief der JFK Boulevard und mündete in einer kleinen Brücke, die über den Schuylkill River direkt zum Haupteingang des Bahnhofs an der Dreißigsten führte. Die Seitenstraße fiel bis auf Höhe des Flusses ab. Es gab niemanden, der sie je benutzte.

Immer noch keine Sirenen. Nirgends. Ein gutes Zeichen.

Der Acura sauste die Seitenstraße hinunter, überquerte die Einundzwanzigste Straße und raste dann weiter zur Zweiundzwanzigsten. Lennon bog scharf nach rechts, dann sofort nach links und hielt auf dem Parkplatz. Bling und Holden waren inzwischen aus den Trikots, den Windjacken und den glänzenden Hosen geschlüpft und stopften sie zusammen mit ihren Pistolen in eine übergroße Einkaufstüte. Lennon musste nichts weiter tun, als seine Fensterputzer-Montur abzustreifen und Bling zu reichen, der sie verstaute.

Es handelte sich um einen Parkplatz mit Automaten. Sie fuhren auf einen Stellplatz, sammelten alles ein, was sich im Wagen befand, und gingen dann zu ihrem zweiten Fahrzeug hinüber: einem 1998er Honda Prelude. Den Plastikbeutel mit den Klamotten warfen sie zu der Leinentasche mit den 650 000 Dollar in den Kofferraum, ließen die Schlüssel hineinfallen und schlugen die Klappe zu. Dann spazierten sie in aller Seelenruhe zur Zweiundzwanzigsten Straße zurück, zu Wagen Nummer drei. Der Subaru Forester wartete am Straßenrand. Auf der Parkuhr waren noch fünfzehn Minuten übrig.

Lennon kramte die Schlüssel aus der Innentasche seiner Jacke und drückte den orangefarbenen Knopf. Mit einem lauten *tsching*-WIEP-WIEP wurde das Sicherheitssystem deaktiviert. Dann drückte er den blauen Knopf, und die Schlösser sprangen auf. Sie stiegen ein, eine ganz normale Fahrgemeinschaft dreier Geschäftsleute auf dem Weg zu einer Besprechung in der Stadt.

Nur dass sie nicht in die Stadt fuhren. Sondern zum Philadelphia International Airport, wo jeder einen Flug zu einem anderen Urlaubshotel in einem anderen Teil der Welt nehmen sollte. Holden nach Amsterdam. Bling an die Westküste – Seattle. Und Lennon nach Puerto Rico, zum El Conquistador Hotel and Casino, wo Katie auf ihn wartete. Die 650 000 Dollar blieben im Kofferraum des Prelude. Er stand auf einem Langzeitparkplatz.

Bei ihrem ersten Treffen hatte Holden ein Problem mit diesem Teil ihres Überfalls gehabt. »Du meinst, wir lassen ihn einfach da stehen? Was, wenn ihn jemand klaut?«

»Wenn jemand die Karre klaut«, sagte Bling, »Pech gehabt. Dann machen wir weiter wie bisher.«

»Du willst mich verarschen!«

»Sicherer geht's nicht. Glaub mir – wenn sie dich schnappen, solltest du nicht einen einzigen Dollar aus der Wachovia-Filiale in der Tasche haben. So haben sie nichts gegen dich in der Hand.«

»Scheiße«, sagte Holden. »Irgendjemand wird ihn klauen.«

»Niemand wird ihn klauen.«

Hoffentlich klaute ihn niemand.

Lennon steuerte den Forester auf die Straße, fuhr zur Schnellstraße hoch, rechts um das Kunstmuseum herum und bog dann auf den Kelly Drive. Er hatte viel Zeit damit verbracht, diesen Teil der Flucht zu planen. Er hatte die drei Ampeln zwischen Kunstmuseum und Interstate-76 ausgestoppt, die Kurven inspiziert und so die richtige Geschwindigkeit ermittelt. Das war der wissenschaftliche Teil von Lennons Job. Nach ein paar Probefahrten hatte er herausgefunden, dass, wenn die Ampel an der Kreuzung von Kelly Drive und Fairmount Avenue auf Grün sprang, ihm drei Sekunden blieben, um auf eine Geschwindigkeit von 60 Stundenkilometern zu beschleunigen und es ohne Unterbrechung zur Auffahrt des Interstate-76 zu schaffen. Lennon konnte die Städteplaner nur bewundern; offensichtlich hatten sie sich beim Entwurf dieser Straße Zeit gelassen. Im Gegensatz zum Kelly Drive musste man auf anderen Strecken in bestimmten Abschnitten das Tempo wechseln. Lennon hatte sich praktisch in die Straße verliebt.

Hinter dem Kunstmuseum und der Boathouse Row, mitten auf dem Kelly Drive, spürte er schließlich, wie sein Magen sich entspannte. Die Tachonadel des Subaru zeigte jetzt konstante 60. Der Rest der Flucht war reine Formsache. Im Wagen gab es nichts, was sie belasten konnte; und auf dem Highway von der Stadt zum Flughafen warteten keine weiteren Hindernisse mehr auf sie.

Lennon glitt sanft in einen Kurve und betrachtete die Gänse, die sich am Flussufer versammelt hatten. Sie waren auch schon vor ein paar Wochen hier gewesen, als er die Gegend unter die Lupe genommen hatte. Einige stießen einen Schrei hervor. *Gansel.* So nannte Katie sie. Eine Kindheitserinnerung. Die Gansel schrien und ruderten leicht panisch mit den Flügeln.

Und das war der Moment, als der schwarze Tod auf sie zugerast kam.

Ein Lieferwagen mit verstärkten Stoßstangen aus Stahl schoss vom Straßenrand auf die Fahrbahn. Und krachte direkt in Lennons Wagen. Auf der Fahrerseite.

Der Subaru überschlug sich mindestens sechsmal. Nach den ersten zwei Drehungen verlor Lennon den Überblick.

Sein erster Gedanke war: Schnapp dir deine Pistole.

Sein zweiter: Ich hab gar keine.

Denn sie fuhren zum Flughafen. Er war auf dem Weg nach Puerto Rico. Zu Katie.

Neben seinem Kopf splitterte Glas, Splitter davon bohrten sich unter seine Kopfhaut. Der Motor jaulte und wimmerte, bis er nur noch ein tiefes Brummen von sich gab.

Durch das Seitenfenster konnte Lennon lediglich einen kleinen Ausschnitt erkennen. Gras – an einigen Stellen verbrannt, an einigen grün. Und Schuhe. Die auf den Wagen zueilten.

Dann ertönte ein dumpfes Grollen. Und Lennon konnte riechen, wie seine Kleidung in Flammen aufging. Das Letzte, was er hörte, war, wie er versuchte zu schreien.

Freitagnachmittag

Wenn man einen Mann bis auf die Knochen auszieht und so fortschickt, sollte er nach einem Tag Kleidung und was zu essen haben. Am Ende der Woche ein Pferd besitzen. Und nach einem Jahr ein Geschäft betreiben und etwas Geld auf der Bank haben.

– RICK RESCORLA

Tausendjähriges Begräbnis

Andy starrte die drei schwarzen Leinensäcke auf der Ladefläche des roten Ford-Kleinlasters an. Sie sahen aus wie Leichensäcke. »Ist das der Müll?«

»Ja«, sagte Fury. »Das soll alles da drüben ins Rohr.«

Andy warf erneut einen Blick auf die Säcke und versuchte die Umrisse eines Menschen auszumachen. Die beiden ersten hatten tatsächlich die Form eines Körpers. Er hielt inne. Das war lächerlich. Nur weil sein Freund Fieuchevsky hieß und seinem Vater, einem Mafiosi und Benzinlieferanten, ab und zu einen Gefallen tat, hieß das nicht …

»Mach schon«, sagte Fury und schlug ihm auf die Schulter. »In ein paar Stunden müssen wir auf die Bühne. Lass uns die Säcke ins Rohr werfen, ein Bierchen trinken und dann den 73er nehmen.«

Andy Whalen und Mikal »Fury« Fieuchevsky spielten Keyboards beziehungsweise Bass in einer Coverband mit dem Namen Space Monkey Mafia. Fury hatte den Namen vorgeschlagen, nachdem er betrunken *Storm Front* von Billy Joel gehört hatte. Den ganzen März über – von Donnerstag bis Samstag – spielte die Band in einem Ferienhotel in Wildwood, New Jersey. Die meiste Zeit wirkte es wie ausgestorben, doch einige Leute nutzten die Pauschalangebote in der Nebensaison, und diese Leute wussten es zu schätzen, wenn in der Bar eine Liveband spielte; an den anderen Abenden fanden dort Karaoke-Wettbewerbe statt.

Furys Vater war mit dem Besitzer befreundet und hatte ihnen diese Auftrittsmöglichkeit verschafft. Manchmal musste Fury losziehen und für seinen Vater die eine oder andere Besorgung erledigen. Nimm dies, hol jenes, und heute Abend beseitige das hier. Fury hatte Andy vor ein paar Stunden auf seinem Zimmer in der La Salle University angerufen, und da dieser bis zur Fahrt nach Wildwood nichts Besseres zu tun hatte, war er einverstanden gewesen, ihm zu helfen.

»Welches der Rohre?«, fragte Andy. Es gab drei davon, sie ragten aus einem Zementblock unter einer blauen Abdeckplane, die sich wie ein Zelt darüber bauschte. Sie befanden sich hier auf einer Baustelle am Delaware River, auf der Camdener Seite des Flusses, direkt im Schatten der Benjamin Franklin Bridge. Der kühle Märzwind wehte vom Wasser noch mehr kalte Luft herüber und fegte das Ufer entlang. Andy wäre am liebsten zurückgelaufen, um seinen Anorak überzuziehen.

»Das große – auf der linken Seite.«

Andy fasste es ins Auge. Es hatte ungefähr den Durchmesser eines Gullydeckels. Die anderen beiden Rohre schienen viel kleiner zu sein.

»Los. Pack mit an.«

Andy ging zur Ladefläche des Ford und schnappte sich das Ende von einem der Säcke. Fury griff ins Innere des Wagens, nahm das andere Ende und nickte. Gleichzeitig hoben sie den Sack in die Höhe; verdammt, war das schwer. Es fühlte sich an, als befände sich in dem Sack ein großes, dickes Stück Abfall, wie eine Rinderhälfte. Erneut schoss Andy das eine Wort durch den Kopf: *Leiche*.

Mit Trippelschritten bewegten sich beide über den Betonboden, bis sie das große Rohr erreicht hatten. Fury ließ sein Ende als Erstes sinken und legte es auf dem Rand ab. »Bereit?«, fragte er Andy. Auf dessen Nicken hin wuchteten sie den Sack in die Höhe. Im nächsten Moment verschwand er aus ihrem Blickfeld. Andy hörte, wie schwarzer Kunststoff über kalten Stahl scheuerte, gefolgt von einem dumpfen Schlag, als wäre ein Sandsack auf einem Haufen weicher Erde gelandet.

»Einen hätten wir, bleiben noch zwei.«

»Das hier sieht wie eine Baustelle aus. Werden die morgen früh das Zeug nicht finden?«

Fury lächelte und strich ein paar imaginäre Fussel von seiner schwarzen Cavaricci-Hose. Obwohl sie seit mindestens zehn Jahren aus der Mode waren, trug Fury sie immer noch. Andy vermutete, dass er sie 1991 gleich im Dutzend gekauft hatte.

»Nächste Woche«, sagte Fury, »werden zwölf Meter Beton über diesen Block gegossen. Die bauen hier dieses Kindermuseum – wo man alles anfassen kann. Das Fundament ist so dick, dass das Museum über dem Pegel des Flusses liegt. Das heißt, egal was hier versenkt wird, es bleibt für mindestens sechzig Jahre unter der Erde. So lange läuft der Mietvertrag des Museums, hat mein Vater gesagt. Darauf hat sich die Stadt mit dem Bauunternehmer geeinigt – das ist fast so, als würden sie ewig zahlen.«

»Hübscher Müll ist das.«

Fury nahm die sarkastische Bemerkung gelassen zur Kenntnis. »Es ist bloß Müll, Andy. Noch zwei Säcke, und die Sache ist Geschichte.«

Sie marschierten zurück zum Ford und schnappten sich einen weiteren schwarzen Sack. Nur dass Andy diesmal die Hände fortzog, als hätte er sich verbrannt.

»Hey, Fury!«

»Was ist los?«

»Der Müll ... äh, er atmet.«

Fury starrte den Sack an und hob dann den Blick.

»Geh zum Führerhaus und bring mir das kleine Lederetui aus dem Handschuhfach. Okay?«

»Hast du mich nicht gehört? Sieh dir das Ding doch an.«

»Ich hab dich schon verstanden, Mann. Bring mir einfach das Etui, dann schnapp dir ein Bier und unternimm einen kleinen Spaziergang. Wenn du ausgetrunken hast, kannst du wiederkommen, und dann machen wir, dass wir hier abhauen, und fahren zu unserem Auftritt.«

Andy gefror das Blut in den Adern. Er blickte auf den Sack – er konnte sich nicht helfen, aber das Scheißding atmete tatsächlich –, dann erneut zu Fury.

»Mann, jetzt mal ehrlich. Ist das eine Scheißleiche in dem Sack? Haben wir gerade eine menschliche Lei–«

»Halt die Klappe, Andy. Halt einfach die Klappe. Das sind Rehe. Mein Vater war jagen, und ich schätze, das hier hat er nicht ganz erwischt. Jetzt hol mir bitte die Tasche und dreh 'ne Runde.«

Andy wandte sich ab. Der Nachthimmel, der sich hinter den Dächern der Society Hill Towers auf der anderen Seite des Flusses abzeichnete, wirkte noch dunkler als sonst. Was sollte er jetzt bloß tun? Ihm blieben nicht viele Möglichkeiten. Andy schlurfte zur Vorderseite des Transporters, öffnete die Tür, ließ das Handschuhfach aufspringen und griff nach dem kleinen Lederetui. Es fühlte sich schwer an, als befände sich ein massiver Stein darin. Ein Stein. Oder Müll. Oder ein Reh, das noch atmete.

Er nahm die Pistole – ja, das war ihm jetzt klar, aber Scheiß drauf, er hatte bereits eine Grenze überschritten – und klappte das Handschuhfach zu.

Hinter ihm stieß Fury einen Schrei aus.

Andy presste das Etui gegen die Brust und lief um den Wagen herum. Der unbekleidete, leicht blutverschmierte Arm eines Menschen ragte aus einer Öffnung des schwarzen Sacks und war gerade dabei, Fury zu erwürgen.

Was für ein hübsches Reh.

Für einen Moment fragte sich Andy, ob er das Etui öffnen und mit der Pistole auf den Sack zielen sollte. Aber dann wurde ihm klar, dass er gar nicht wusste, was er damit anstellen sollte – er war von zwei ehemaligen Hippies großgezogen worden, die nicht mal Wasserpistolen in der Wohnung duldeten, und erst recht keine echten Schusswaffen. Vorsichtig legte er das Etui auf den Boden und suchte die Umgebung hastig nach einer Waffe ab, für die man keine Kugeln benötigte.

Da. Ein anderthalb Meter langes Kantholz.

Andy schnappte sich die Latte und lief zu Fury hinüber, der am Boden mit dem Sack kämpfte. Er hob das Holz über den Kopf und ließ es mit voller Wucht herabsausen. Der Sack fuhr zusammen, und als Fury es schaffte, sein Knie hineinzurammen, zuckte er erneut.

»Los, verpass ihm noch eine«, keuchte Fury.

Andy kam seiner Aufforderung nach und hörte unverkennbar etwas knacken. Er wusste nicht, ob es das

Holz oder das Ding im Sack war. Ungeachtet dessen fing der Sack erneut an, fast krampfartig zu zappeln. Fury krabbelte ein Stück zurück, außer Reichweite des Arms, der aus dem Sack ragte, und fing dann an, auf die Oberseite einzuprügeln; mit jedem Hieb spuckte er aus und stieß einen Fluch hervor. Schließlich hörte der Sack auf, sich zu bewegen.

»Hilf mir, ihn ins Rohr zu werfen«, sagte Fury, während er sich wieder aufrappelte.

Andy nickte bloß.

Gemeinsam hoben sie den Sack an und schleppten ihn zu dem offenen Rohr. Der Arm, der aus der Öffnung ragte, baumelte wie ein Hundeschwanz über dem Boden hin und her.

»Mein Gott«, stieß Andy hervor.

»Sag einfach nichts«, erwiderte Fury. »Wir bringen das wieder in Ordnung, geben unser Konzert und trinken danach ein paar Bierchen, bis wir über die ganze Sache lachen.«

»Ich glaub kaum, dass ich je darüber lachen kann.«

»Na schön.«

Andy starrte auf den Sack hinab und fragte sich, wer sich wohl im Innern befand. Andy war kein Idiot. Er wusste, dass Furys Vater einer der Bosse des Philadelphia-Ablegers der Russenmafia war und sich einen legalen Anstrich als Clubbesitzer und Benzinlieferant gab. Das hieß, die Russenmafia musste wegen irgendeiner Sache eine Scheißwut auf den Typen im Sack gehabt haben. Der heraushängende Arm bot nicht gerade viele Anhaltspunkte. Es schien sich um einen weißen Mann zu handeln, schlank, aber muskulös. Keine Nadeleinstiche. Vielleicht hatte er seine Wettschulden nicht bezahlt oder war zu gierig geworden. Vielleicht handelte es sich auch um einen Anwalt, dessen Dienste man nicht mehr benötigte. Andy suchte nach einer Armbanduhr oder nach Ringen, konnte jedoch nichts dergleichen entdecken. Wahrscheinlich hatten die Russen ihm sowieso sämtlichen Schmuck abgenommen, damit er nicht identifiziert werden konnte oder um die Sachen zu versetzen. Allerdings waren es drei Säcke. Falls die Russen ihre Leichen nicht irgendwo sammelten, um sie alle auf einmal zu entsorgen, waren diese drei Typen in dieselbe Sache verwickelt. Andy hoffte inständig, dass es sich nicht um Polizisten handelte. Sein Onkel war bei den Cops, oben im fünfzehnten Revier. Trotz seiner moralischen Bedenken hatte Andy es schließlich akzeptiert, mit dem Sohn eines russischen Mafioso in einer Band zu spielen, aber er könnte es nicht ertragen, wenn –

Die Finger an dem Arm zuckten.

»Mist.«

Und ballten sich zur Faust.

»Was denn?«

Der Körper aus dem Sack schleuderte Fury seine Faust mit voller Wucht in die Eier.

Das Ende des Sacks fiel zu Boden, so dass der schwarze Kunststoff Andy aus den Händen rutschte. Unsicher stolperte er ein paar Schritte zurück und beobachtete, wie die Hand um den Sack herum nach dem Reißverschluss griff. Andy malte sich aus, wie er aufging und seinen verletzten und blutverschmierten Polizisten-Onkel freigab. Ihm gefror das Blut in den Adern.

Doch als sich der Reißverschluss tatsächlich öffnete, kam dahinter ein nackter weißer Mann zum Vorschein, den Andy nicht kannte. Sein Körper war mit blauen Flecken übersät und voller Blut; er wirkte stinksauer und ruhig zugleich. Er erhob sich aus dem Sack, und Andy sah, dass er *komplett* nackt war. Er trug nicht mal Unterwäsche.

Fury krümmte sich auf dem Betonboden. Der Typ hatte ihn voll erwischt.

»Halt«, sagte Andy mit ausgestreckter Hand.

Der nackte Mann schwankte ein wenig. Schließlich zeigten die Hiebe, Stöße und Schläge mit dem Kantholz doch noch ihre Wirkung. Er sackte auf alle viere und fing merklich an zu zittern. Dann blinzelte er zu Andy hoch und forderte ihn mit ausgestreckter Hand auf, innezuhalten.

»Verpass ihm eine, Andy!«, brüllte Fury mit gepresster Stimme, die ein wenig höher klang als sonst.

Der nackte Typ schüttelte den Kopf – *nein.* Und machte mit seiner rechten Hand eine Geste, als würde er etwas notieren. Was wollte er damit sagen? Wollte er etwas unterschreiben?

»Verdammt nochmal, verpass ihm eine!«

Andy hatte kaum eine Wahl. Wenn er nichts unternahm, würde Fury es tun. Keine Ahnung, ob Furys Mafia-Vater nicht eine Stinkwut bekäme, wenn Fury ihm erzählte, dass Andy gezögert hatte, ihm zu helfen. Was auch immer geschah, Andy war Furys Kumpel. Er trat ein paar Schritte zurück, nahm das Kantholz und ging auf den nackten Mann zu.

Statt ihm einen flehenden Blick zuzuwerfen, sah dieser ihn abwartend, ja, fast herausfordernd an. Vielleicht lag sogar ein Fünkchen Enttäuschung in seinen Augen.

Andy schwang das Kantholz wie einen Baseballschläger, während er sich vorstellte, dass der Körper des nackten Mannes der Abschlag und sein Kopf der Ball war. *Mit voller Wucht.*

Das kalte Stahlgrab

Als der Rand des Rohrs über seine Brust scheuerte, kam Lennon wieder zu sich. Eine vage Erinnerung an die letzten Minuten erreichte jetzt sein Gehirn. Da waren Schmerz und Verwirrung, ein weißes Rauschen, flackernde Bilder auf der Innenseite eines schwarzen Kunststoffsacks, immer wieder Schläge und der Anblick eines dummen Collegekids, dann erneut Schwärze. Er streckte die Hand aus, um nach etwas zu greifen, nach irgendwas. Seine Finger scheuerten über Beton und glitten dann über kalten Stahl.

Scheiße.

Das Rohr.

Jetzt erinnerte er sich wieder. Diese zwei Scherzkekse waren damit beschäftigt, Leichen in ein Rohr zu werfen. Erst Holden. Dann Blings. Und jetzt ihn. *Egal was hier versenkt wird, es bleibt für mindestens sechzig Jahre unter der Erde.*

Als seine Finger schließlich den Rand des Rohrs fanden, klammerte er sich mit aller Kraft daran fest.

»Loslassen, Arschloch«, fauchte eine Stimme, und dann spürte er einen heftigen Fausthieb gegen das Steißbein. Lennons Arme und Hände wurden taub, trotzdem ließ er nicht los. Die Faust donnerte erneut gegen seinen Rücken, dann gegen seinen Hintern. Gefolgt von weiteren Schlägen. Jemand packte seine Beine und zog sie nach oben. Dann bekam er einen Fausthieb in die Eier, und der Kampf war zu Ende. Lennon ließ das Rohr los und spürte, wie er in die Tiefe rutschte.

Arme und Beine, *raus damit.* Mehr konnte er nicht tun. Seine Haut raspelte über Stahl. Lennon streckte sich aus, so weit er konnte. Rostspäne, die von der Innenseite des Rohrs abstanden, blieben an seiner Haut hängen, zerfetzten sie. Doch sie bremsten auch seinen Sturz ab. Nach ein paar Sekunden voller Panik hörte er auf zu rutschen.

Nackt und kopfüber hing Lennon jetzt in einem Baurohr am Delaware River, Arme und Beine zerfetzt, während sich seine Eier irgendwo in die Nähe des Brustkorbs zurückgezogen hatten … aber er hatte aufgehört zu rutschen. Immerhin. Man musste die Dinge positiv betrachten.

Er spürte, wie Adrenalin durch seinen Kreislauf flutete. Am liebsten hätte er geschrien. Lennon drückte sich noch fester gegen die Innenseite des Rohrs. Er würde nicht weiterfallen. Kam überhaupt nicht in Frage.

»Er steckt fest«, sagte eine Stimme über ihm.

Dann Schweigen.

»Mist.«

Erneutes Schweigen.

»Du bist *tot,* Arschloch, also gib's auf und lass los. Oder soll ich dir eine Kugel verpassen? Wie wär's? Eine hübsche Ladung Blei in den Arsch, dann ist Feierabend.«

Lennon drückte sich noch fester gegen die Innenwand des Rohrs. So wollte er nicht sterben.

»Versuch ihn mit dem Kantholz nach unten zu drücken. Ich hol inzwischen die Pistole.«

Die Latte knallte mit einem dumpfen Geräusch gegen die Seite des Rohrs. Dann spürte Lennon einen kräftigen Schlag gegen seinen linken Oberschenkel. Gefolgt von einem zweiten, diesmal noch fester. Als das Holz gegen seine Pobacke krachte, hätte Lennon vor Schmerz fast losgelassen.

Der nächste Schlag verfehlte ihn und landete in der Lücke zwischen seiner Brust und der Innenwand.

Das war's.

In der Hoffnung, dass er sich auch mit drei Gliedmaßen festhalten konnte, riss Lennon die Hand in die Höhe und packte das Holz. Er merkte, wie es nach oben gezerrt wurde, aber er gab nicht nach und zog es nach unten. So kräftig, dass er fast abgestürzt wäre; als er sich gegen das Rohr stemmte, bohrten sich die Rostspäne noch tiefer unter seine Haut.

Er hielt die Latte jetzt in der Hand; der Bursche über ihm hatte losgelassen.

»Mist. Er hat das Kantholz.«

»Egal«, sagte die andere Stimme. »Das Arschloch macht jetzt den Abgang.«

Lennon spähte an seinem Körper vorbei zur Öffnung des Rohrs hinauf. Jemand hatte einen Revolver auf ihn gerichtet, und ein dicker Daumen zog langsam den Hahn zurück. Also tat er das einzig Mögliche.

Er stieß das Kantholz so kräftig er konnte nach oben.

Die Latte schrammte am Handgelenk des Jungen entlang. Damit hatte dieser absolut nicht gerechnet. Seine Hand platzte auf. Und der Revolver entglitt ihm. Der Lauf verhakte sich am Rand des Rohrs, die Waffe wurde von ihrem Gewicht nach innen gezogen und fiel in die Tiefe.

Sie landete auf der Unterseite von Lennons Genitalien. Er ließ das Kantholz fallen und langte um seinen Körper herum nach dem Revolver. So wie ein Fünfzehnjähriger nach seiner ersten Titte.

Na, Arschloch. Was sagst du dazu?

Schau schon runter.

Mit zitterndem Daumen zog er den Hahn zurück.

»Oh, du Scheißkerl –«

Der Junge blickte ins Rohr.

Als Lennon abdrückte, wurde sein Kopf in tausend Stücke gerissen.

Er konnte den anderen Burschen schreien hören, doch das war jetzt nicht das Problem. Lennon hatte ihr Gespräch vorhin mitbekommen. Der Typ, den er gerade erschossen hatte, war offensichtlich Halbprofi gewesen; sein Kumpel hingegen war anscheinend ein unbedarfter Helfer und brauchte für jeden Handgriff eine Anweisung. Und jetzt hatte er seinen Chef, sein Kantholz und den Revolver verloren. Vielleicht war das ihre einzige Pistole gewesen. Dann brauchte sich Lennon seinetwegen keine Sorgen mehr zu machen.

Er musste sich schleunigst überlegen, wie er aus dem Rohr kam.

Es gab garantiert zwei Wege nach oben. Eine intelligente, clevere Möglichkeit und eine beschwerliche, schmerzhafte, blutige.

Aber so sehr er sich auch bemühte, die intelligente, clevere Lösung fiel ihm nicht ein. Er dachte daran, langsam weiter das Rohr hinabzurutschen und dafür kostbare Hautfläche zu verbrauchen, zu graben, bis er am Grund vielleicht auf Wasser stieß, dann die Luft anzuhalten und wie ein Korken zurück an die Oberfläche zu treiben. Doch er konnte unmöglich von hier aus herausfinden, was sich dort unten befand. Vielleicht dichter Matsch, vielleicht aber auch Felsgestein. Er kannte den Fluss nicht – Scheiße, ebenso wenig wie die ganze Stadt. Lennon fragte sich, ob er zum Kantholz hinuntergleiten sollte, um es zu zerkleinern und die Stücke ins Rohr zu klemmen, so dass er eine provisorische Leiter hatte. Allerdings war er nicht sicher, dass seine Kraft dafür reichte oder dass sich das Kantholz überhaupt zerkleinern ließ. Höchstwahrscheinlich handelte es sich um frisches, festes Holz; das hier war immerhin eine Baustelle.

Während er hier kopfüber baumelte, staute sich immer mehr Blut in seinem Kopf. Er konnte hier nicht ewig herumhängen. Mit zu viel Blut im Gehirn ließ sich nicht mehr sagen, ob eine Idee gut oder schlecht war, und dann würde er sterben. Und zwar auf ziemlich dumme Art.

Also lief es wohl auf die beschwerliche, schmerzhafte und blutige Methode hinaus: sich fest gegen die Innenwand zu stemmen und nach oben zu schieben, in der Hoffnung, dass seine Haut bis zur Oberfläche durchhielt.

Das war die einzige vernünftige Alternative.

Hey, niemand hat behauptet, dass es leicht ist, aus seinem eigenen Grab zu kriechen.

Fünfzehn Minuten später tastete Lennon mit den Zehen über den Rand des Rohrs. Er drückte sich ein letztes Mal kräftig ab, schob seine Beine nach oben und schlang sie um das Rohrende. Seine Muskeln waren völlig entkräftet, sie waren gezerrt, taten weh und brauchten dringend eine Verschnaufpause; dennoch spannte er sie ein letztes Mal an und wuchtete seinen ganzen Körper in die Höhe. Er schaffte es, mit den Händen nach dem Rand des Rohrs zu greifen und sich herauszuziehen. Dann richtete Lennon sich auf, taumelte auf die Füße und fiel auf den Beton.

Der andere Bursche wartete bereits auf ihn.

Offensichtlich hatte er geweint, aber das musste zehn Minuten her sein. Seitdem hatte er ein wenig nachgedacht. Und zwar gründlich. Der Junge musste über die zahlreichen Möglichkeiten gegrübelt haben, diesen Abend zum Abschluss zu bringen. Sollte er seinen Kumpel auf Lennon hinunterwerfen und sich aus dem Staub machen? Oder Betonschalsteine und anderes Material von der Baustelle ins Rohr werfen, in der Hoffnung, dass das reichte? Oder einfach die Cops rufen und ihnen alles erklären?

Der Junge schien sich anders entschieden zu haben. Er hielt ein Notizbuch und einen Stift in der Hand.

»Ich weiß, dass Sie nicht reden können«, sagte er. »Das wollten Sie uns vorhin mitteilen, stimmt's? Also schreiben Sie auf, was wir jetzt machen sollen.«

Lennon setzte sich aufrecht hin, nahm Stift und Papier und ging seine Möglichkeiten durch. Zunächst dachte er daran, die Kappe vom Stift zu nehmen und dem Jungen die Spitze in den Hals zu rammen. Doch dazu müsste er seinen Kopf packen und hoffen, dass das Blut aus der Halsschlagader nicht in seine Richtung spritzte; außerdem war Lennon sich nicht sicher, ob er dafür noch genug Kraft hatte. Vielleicht schaffte er es nicht mal mehr, die Kappe vom Stift zu ziehen.

Außerdem brauchte er eine Verschnaufpause und Antworten. Vielleicht konnte ihm der Junge diese Pause verschaffen.

Lennon schrieb: *Wer bist du?*

Als der Junge den Satz las, machte sich auf seinem Gesicht ein grimmiges Grinsen breit. »Ich heiße Andy Whalen. Ich bin im letzten Jahr auf der La Salle University. Hier, ich zeig's Ihnen.« Er kramte ein abgewetztes braunes Lederportemonnaie aus der Potasche seiner schwarzen Anzughose und zückte einen Ausweis.

Lennon warf einen Blick auf den Studentenausweis. Er schien echt zu sein. Andrew Whalen, Student an der La Salle University. Auf der Rückseite der Karte befand sich ein Magnetstreifen.

»Hören Sie, ich hab keine Ahnung, wer Sie sind, und ehrlich gesagt ist mir das auch egal. Ich weiß, dass Furys Vater in irgendwelche kriminellen Machenschaften verwickelt ist, und wahrscheinlich wissen Sie mehr als ich, aber –«

Lennon drückte sich einen Finger an die Lippen. Dann schrieb er: *Wo wohnst du?*

Andy las den Satz. »Oh. Ich wohne auf dem Campus.«

Wohnheim oder Wohnung?

»Im Wohnheim. Ich bin zwar im letzten Jahr, doch ich wohne gerne im South Campus. Und da gibt es keine Apartments, darum im Wohnheim.«

Alleine?

»Ja, ich hatte keinen Bock mehr auf irgendwelche durchgeknallten Mitbewohner. Ich hab ein Einzelzimmer.«

Mehr musste Lennon nicht wissen.

Er rammte Andy den Stift in den Hals und zielte dabei mehr auf den hinteren Teil, damit er sich nicht mit Blut vollspritzte. Andy schien ehrlich überrascht, dann flackerten seine Augen, und er verlor das Bewusstsein.

Vor ein paar Jahren hätte Lennon wegen so einer Sache ein schlechtes Gewissen gehabt. Auf der Highschool hatte er die Biografien von Typen wie Willie Sutton und Alvin Karpis verschlungen, Gentleman-Bankräuber, die nur geschossen hatten, wenn es unbedingt nötig war. Zivilisten waren absolut tabu. Bei einem Banküberfall ging Lennon am liebsten immer noch so vor. Die Leute bedrohen, ohne sie zu töten.

Allerdings gab es eine Wahrheit, die ihm auf der Highschool noch nicht bekannt war. Etwas, was ein paar Kollegen das »menschliche Gesetz« nannten. Es handelte sich dabei weder um ein göttliches Gebot noch um einen moralischen Leitfaden oder ein Gesetz der Regierung. Das Gesetz war so alt wie die Menschheit selbst, und Grundsatz Nummer eins lautete: Legt sich jemand mit dir an, ist es unerlässlich, es ihm heimzuzahlen. Andy Whalen schien ein netter Junge zu sein. Doch andererseits hatte er versucht, ihn mit einem Kantholz nackt in ein Baurohr zu stopfen.

Andy Whalen hatte sich mit ihm angelegt.

Das ging Lennon durch den Kopf, während er ihn auszog und seine Leiche sowie die seines halbprofessionellen Kumpels in das Rohr warf. Davor fischte er allerdings die Brieftasche aus dessen schwarzer Cavaricci-Hose. Der Typ hieß *Mikal Ivankov Fieuchevsky* und kam aus Philadelphia.

Über den Fluss

Die Klamotten saßen ziemlich gut. Andy hatte ungefähr Lennons Größe und Statur, auch wenn er nicht ganz so muskulös gewesen war. Doch das war besser, als nackt herumzulaufen. Oder die lächerlichen Cavariccis zu tragen.

Wäre Lennon bei klarem Verstand gewesen, hätte er Fieuchevsky ebenfalls ausgezogen. Denn er hatte zwar seine Brieftasche, aber nicht die LKW-Schlüssel. Sie steckten höchstwahrscheinlich in der Vordertasche seiner Anzughose. Im Gegensatz zu anderen Gangstern war Lennon nicht in der Lage, jeden x-beliebigen Wagen kurzzuschließen – sondern nur ein paar bestimmte Marken und Modelle. Und dieses gehörte nicht dazu. Außerdem war er auf Banküberfälle spezialisiert, und für den Fluchtwagen gab es normalerweise einen Schlüssel. Also musste er sich zu Fuß Richtung Philadelphia aufmachen.

Der einzige erkennbare Weg führte über die große blaue Brücke: die Benjamin-Franklin-Brücke, die 1926 erbaut worden war, um Camden mit Philadelphia zu verbinden. Wozu, blieb Lennon ein Rätsel. Camden war ein noch größeres Drecksloch als Philadelphia.

Lennon drückte sich zwei Finger gegen den Hals. Gar nicht gut.

Er spuckte auf die Fahrbahn, zündete sich Andys letzte Zigarette an und marschierte über die Brücke. Als er die Hälfte zurückgelegt hatte, begann er zu spüren, wie stark sie schwankte und sich wölbte. Er hatte keine Ahnung gehabt, dass so etwas möglich war. Bisher hatte er nie eine große Brücke zu Fuß überqueren müssen. Die Vibration unter seinen Sohlen ging ihm auf die Nerven.

Jetzt, mit frischer Luft in den Lungen und Zeit zum Nachdenken, merkte er erst, was für starke Schmerzen er hatte. Offensichtlich hatte jemand sie verraten. Da Mr. Fieuchevsky hier aufgekreuzt war, steckte vermutlich die Russenmafia dahinter. Irgendjemand hatte ihnen erzählt, was Lennon und die anderen vorhatten, wie viel dabei heraussprang und wie ihr genauer Fluchtweg aussah. So dass sie in der Lage waren, einen Lieferwagen am Kelly Drive zu verstecken, sie auszurauben, die Leichen zu entsorgen und zu ihrem alten Leben zurückzukehren. Irgendjemand hatte ihnen das alles verraten.

Und dieser Jemand war das Problem.

Bling kannte sämtliche Einzelheiten des Überfalls

und einen kleinen Teil des Fluchtplans. Allerdings keine Details. Weder den Zeitplan noch die Route, nichts davon.

Und Holden wusste gar nichts. Darauf hatte Lennon bestanden.

Selbst wenn Bling oder Holden – oder auch beide – irgendwann im Drogenrausch einer Nutte ihr Herz ausgeschüttet hätten, hätten sie nichts von der Fluchtroute über den Kelly Drive erzählen können. Das hatte Lennon für sich behalten. Er hatte niemandem davon erzählt, weder vom Abstoppen der Zeit noch von seinen Skizzen oder Probefahrten.

Außer einer Person.

Katie.

Darüber wollte Lennon allerdings lieber nicht nachdenken.

Und auch nicht darüber, wie komisch sie in letzter Zeit gewesen war.

So verschlossen.

So still.

Nein.

Er musste sich erst mal ausruhen. Und dann sein weiteres Vorgehen überlegen. Es schmerzte ihn, dass er Katie nicht sofort anrufen konnte, um ihr verabredetes Codewort durchzugeben und ihr zu erzählen, was passiert war. Normalerweise machte es Lennon krank, wenn sie sich sorgen musste. Doch er konnte sie jetzt nicht anrufen. Er musste sich ausruhen und wieder zu Kräften kommen. Und nachdenken.

Die Benjamin-Franklin-Brücke endete direkt oberhalb von Old City Philadelphia, einem heruntergekommenen Viertel, das rechtzeitig zur Zweihundertjahrfeier 1976 saniert worden war und mit seinen angesagten Restaurants, Bars, Coffee-Shops und Kunstgalerien seit Anfang des Jahrhunderts eine Renaissance erlebte. Doch all das interessierte Lennon jetzt nicht. Er ging die Karte von Philadelphia durch, die er in seinem Kopf abgespeichert hatte. An der Zweiten Straße Ecke Market Street musste sich eine Endhaltestelle der U-Bahn befinden, von wo aus er zum Rathaus fahren konnte, um dann in eine andere Linie umzusteigen, die ihn in den Norden der Stadt brachte, in die Nähe der La Salle University.

Hatte er erst mal die Zweite Straße gefunden, war der Rest ein Kinderspiel. Lennon eilte durch das Drehkreuz, als gerade einer der stählernen Wagen in den Bahnhof gerast kam. Die Hochbahn Market Street Richtung Frankford. Beim Einsteigen vermied er jeden Blickkontakt und fuhr dreizehn Blocks bis zum Rathaus, wo er ohne Aufpreis – so wie es auf der Karte stand – umsteigen konnte in einen Zug, der noch schmutziger war als der eben. Dem Plan, der auf die Zugwand gedruckt war, entnahm er, dass die Haltestelle an der Uni Olney hieß, kurz vor der Endstation.

Als er aus dem Bahnhof trat, erblickte er einen blauweiß lackierten Bus mit einem dicken »L« auf der Seite. Der Campus-Bus. Als Lennon dem Fahrer Andys Ausweis zeigte, warf dieser ihm einen komischen Blick zu, sagte jedoch kein Wort. War ihm wohl scheißegal. Der Bus schlängelte sich durch mehrere heruntergekommene Straßen, welche kurz darauf von Bäumen und brachliegenden Feldern abgelöst wurden. Schließlich fuhren sie an einem Schild mit der Aufschrift ST. NEUMANN vorbei. Lennon stand auf, und vor einem dreistöckigen grauen Kasten ließ ihn der Fahrer aussteigen.

Der Vordereingang wurde von zwei Drehkreuzen und einem verschlafenen Studenten bewacht, der in eine dicke Literatur-Anthologie vertieft war. Kein Wachmann weit und breit. Lennon zog den Ausweis durch das Drehkreuz, worauf ein Klicken ertönte. Der Student hob nicht mal den Blick. Hinter dem Eingangsbereich lag die Haupthalle, wo an einem Schwarzen Brett eine Namensliste hing.

A. Whalen hatte Zimmer 119. Die Gänge waren vollkommen leer. Kein Wunder an einem Freitagabend im März. Vor zwei Monaten hatte der Unterricht wieder begonnen, und mit ihm die Party-Saison. Das Zimmer, das Lennon suchte, war mit einem Kombinationsschloss versehen. Er hob den Fuß, der in einem von Andys Lederstiefeln steckte, und trat rechts neben dem Schloss gegen die Tür. Sie sprang auf. Lennon verzichtete darauf, das Licht anzumachen, den Anrufbeantworter abzuhören oder sich umzuziehen. Er ließ sich einfach aufs Bett fallen und schloss die Augen.

Der Bürgermeister träumt von Holmesburg

McGlinchey's war in dicke graue Rauchschwaden gehüllt, was an einem Freitagabend um zehn Uhr nichts Ungewöhnliches war.

»Was ist das?«

»Wirf mal einen Blick drauf.« Mothers schob einen Bogen Papier über den schwarzen Resopal-Tisch.

Polizeilich gesucht
Erkennungsnummer 744 565 D

Patrick Selway Lennon
Auch bekannt als P.S. Lennon, Pat Lenin, Pete Thompson, Lawson Selway, Charles Banks, Ray Williams, »Len«.

Personenbeschreibung
Geboren am 22. August 1972 in Listowel, Irland. 1,73 m groß, 85 kg schwer, dunkelbraunes Haar, blaue Augen. Berufe: Koch, Hilfsarbeiter, Angestellter, Autor. Besondere Kennzeichen: eine dreieinhalb Zentimeter lange Narbe quer über dem linken Handrücken, eine siebeneinhalb Zentimeter lange Narbe am Hals und ein braunes Muttermal auf der rechten Hüfte. Aufgrund einer Halsverletzung aus einem früheren Banküberfall kann Lennon nicht mehr sprechen.

Vorsicht

Die Person ist wahrscheinlich bewaffnet und gilt als extrem gewalttätig.

Es handelte sich um ein Fahndungsplakat des FBI, frisch aus dem Internet; Saugherty sah, dass das Datum von morgen draufstand. Der Lieutenant hatte ihm eine Vorabkopie gegeben. Saugherty las sich alles durch. »Das ist der Typ von dem Banküberfall heute Morgen, oder?«

»Einer von denen, ja.« Mothers nahm einen Schluck von seinem Porter.

»Ich dachte, die wären alle schwarz gewesen.«

»Nein, nur einer von denen – Harrison Crosby. Sein Partner ist so ’n Möchtegern-Eminem, er heißt Holden Richards. Und der Fluchtfahrer war dieser Ire hier – Lennon.«

»Tja, hoffentlich kriegt das FBI sie bald zu fassen«, sagte Saugherty. »Mann, wie ich die Polizeiarbeit vermisse. Ehrlich gesagt weiß ich nicht, wie du das aushältst. Noch ein Bier? Ich glaube, dazu genehmige ich mir eins von diesen Memphis Dogs.«

»Ja, für mich auch noch ein Bier. Aber lass bloß die Finger von den Hot Dogs. Ich bin schon hierhergekommen, als diese kleinen Kalorienbomben noch 25 Cent pro Stück gekostet haben, und ich bereue jedes Einzelne, das ich gegessen habe. Ach, und noch was wegen diesem Lennon.«

»Was denn?«

»Hast du von der Frau gehört, die von dem Fluchtwagen angefahren wurde?«

»Ja. Ist sie in Ordnung?«

»Sie kommt wieder auf die Beine.«

»Und das Baby?«

»Nicht einen Kratzer. Die Frau ist allerdings eine wichtige Persönlichkeit.«

»Für wen?«

»Für den Bürgermeister.«

»Wer ist sie?«

»Eine politische Mitarbeiterin. Sie lebt drüben in Holmesburg, in der Leon Street.«

»Ich vermute, er weiß ihre Zungenfertigkeit zu schätzen.«

»Sie ist ihm offenbar 20 000 Dollar wert. Und die sind nur dafür, das Arschloch zur Strecke zu bringen. Das haben sie heute Abend im Polizeipräsidium verlauten lassen. Ich dachte, das würde dich vielleicht interessieren, wo du doch hinter deinem Haus eine Terrasse bauen wolltest.«

»Nee, die Sache mit der Terrasse ist passé. Momentan beschäftige ich mich mit Feng Shui. Mein Haus ist spirituell völlig aus dem Gleichgewicht.«

»Kostet 'ne Menge Geld, den Geist wieder in Fluss zu bringen.«

»Halt. ›Geist‹ ist der falsche Ausdruck; es heißt anders. *Chi.* Genau. Mein Chi.«

»Chi hin oder her. Paul«, sagte Mothers, »kann ich dem Bürgermeister jetzt zusichern, dass du dich auf selbstständiger Basis um die Angelegenheit kümmerst?«

»Du kannst dem Bürgermeister sagen, dass ich ein großer Fan von Holmesburg bin und dass ich stets ein Auge auf seine Bewohner habe.«

»Der Bürgermeister wird erfreut sein.«

»Patrick Lennon allerdings nicht«, sagte Saugherty.

Nach einem weiteren Schluck räusperte er sich. »Der Bürgermeister will ihn aber nicht lebend haben, oder?«

Die Drahtseilbahn

Der Internetzugang im »Conquistador's« war zusammengebrochen. Katie musste mit einem Taxi zu einem nahe gelegenen Internetcafé fahren, um dort die Nachrichten aus Philly abzurufen – saubere Arbeit. Der *Inquirer* hatte den Bericht erst vor kurzem auf die Seite gestellt. Banküberfall. Mutmaßliche Täter nach wie vor auf freiem Fuß. 650000 Dollar Beute. Jede Menge sachdienlicher Hinweise; FBI verspricht rasche Aufklärung. Was kompletter Blödsinn war. Das FBI hatte keinen Schimmer.

Aber wo steckte Patrick?

Er hatte ihr nicht die genaue Nummer seines Flugs nach Puerto Rico genannt; stattdessen hatte er gesagt, sie solle bis zu seiner Ankunft die Hotelanlage mit

Swimmingpool und Zimmerservice genießen. Die warme Sonne anstelle der frischen Bergluft in den Pocono Mountains. Katie hatte eines der teuren Gästehäuser unterhalb des Hauptgebäudes gemietet. Um aufs Zimmer zu kommen, musste man ein Cable Car nehmen, das die Leute hier *Drahtseilbahn* nannten. Sie war bestimmt ein Dutzend Mal damit gefahren, rauf und runter, immer wieder, um die Aussicht auf den blauen Ozean und die saftig grünen Berge zu genießen, und auf die Lichter der Boote, die abends in der Ferne funkelten. Sie glaubte immer noch, dass Patrick im Hotel irgendwann lächelnd auf sie zukommen würde; dann würde sie wissen, dass alles geklappt hatte. Sie würde ihn bei der Hand nehmen und mit ihm zur Drahtseilbahn schlendern. Vielleicht würde sie ein paar Witze darüber machen, wie oft sie mit dem Scheißding gefahren und dass ihr fast schlecht dabei geworden war, aber dass das nicht der einzige Grund, *ha ha ha,* für das flaue Gefühl in ihrem Magen war. Sie würde ihn zu ihrem Gästehaus bringen, eine Flasche Veuve Clicquot öffnen, die sie für diesen Anlass bereitgestellt hatte, und wenn er dann entspannt genug war …

… dann was?

Katie hatte keine Ahnung.

Wie sollte man so was erklären?

Sie war zu nervös, um den Roman zu lesen, den sie eingepackt hatte – ein Buch von Lorene Cary über Philadelphia im Bürgerkrieg. Angeblich las es gerade die ganze Stadt. Doch sie schaffte es nicht, sich darauf zu konzentrieren. Im Internet surfen konnte sie auch nicht, ohne ein Taxi zu rufen, außerdem hatte sie die letzten fünfundvierzig Minuten auch schon nichts anderes getan.

Also stieg Katie stattdessen auf einen Stuhl und griff nach dem Ledersäckchen, das sie außer Sichtweite im Vorhang des Zimmers versteckt hatte, zwischen den Falten der dünnen Spitzengardine und dem Vorhang selbst, in einem Gefrierbeutel, der mit Sicherheitsnadeln am Stoff befestigt war. Im Ledersäckchen befand sich eine Pistole, eine Beretta Kaliber 38 aus Deutschland. Sie zerlegte die Waffe, baute sie wieder zusammen und packte sie zurück ins Versteck.

Danach ging es ihr allerdings auch nicht besser.

Plötzlich klopfte es an der Tür. Nachdem Katie sich vergewissert hatte, dass der Beutel mit der Pistole nicht zu sehen war, warf sie einen Blick durchs Schlüsselloch.

Michael. Einen Tag zu früh.

Mein Gott, wenn Patrick hier rechtzeitig aufgekreuzt wäre …

Sie öffnete die Tür und konnte sich nicht mehr zurückhalten.

»Ich weiß, ich weiß, ich bin zu früh, aber –«

Katie ließ ihn überhaupt nicht ausreden. Sie schob ihre Hände unter seine Arme und umklammerte seine Schultern, dann beugte sie sich vor und presste ihre Lippen auf seinen Mund.

Lisa versuchte es ein letztes Mal auf Andrews Handy, dann gab sie es auf und wählte seine Nummer im Studentenwohnheim. Sollte er dort sein, konnte sich der Mistkerl auf was gefasst machen. Zweieinhalb Stunden, den ganzen Weg von Wildwood, war sie hier runtergefahren, um Space Monkey Mafia in der Thunderbird Lounge zu sehen. Und? Kein Andrew. Oder Fury – sein hartgesottener russischer Mitstreiter. Die beiden waren die halbe Band. Und zwar die gute Hälfte.

Der Rest bestand aus dem Gitarristen und dem Schlagzeuger, und keiner der beiden konnte singen. Die zwei rissen Witze darüber, dass ihre Bandkollegen noch die »Ozzfest«-Tour zu Ende spielen müssten und jeden Moment auf die Bühne kämen. Um die Zeit zu überbrücken, gaben sie Gitarrenstücke von den Ventures zum Besten – »Walk, Don't Run«, »Slaughter on Tenth Avenue« –, so ziemlich das Einzige, was man ohne Sänger mit Gitarre und Schlagzeug spielen kann. Am Ende ihres Sets war die weniger gute Hälfte von Space Monkey Mafia so verzweifelt, dass sie Weihnachtslieder im Surf-Gitarren-Stil der Ventures spielte.

Was, zum Teufel, hatte Andrew sich nur dabei gedacht?

Jetzt stand sie also dort unten mit ihrer Mitbewohnerin Karyn, die sie eigentlich nicht besonders mochte, aber auch nicht einfach zu Hause lassen konnte, und ihrer Freundin Cynthia, die beide die Band noch nicht gesehen hatten, sondern nur Lisas überschwängliche Lobeshymnen kannten. Was alles nur noch schlimmer machte. Lisa stand jetzt wie ein echtes Arschloch da. Zudem war die Thunderbird Lounge ein ziemlich übler Laden, voll mit weißem Gesindel, das die Vorsaison zu einem vorgezogenen Strandurlaub nutzte. Cynthia verdrehte alle zehn Minuten die Augen; Lisa konnte ihre Uhr danach stellen.

Karyn hatte inzwischen einen Loser mit Kinnbart und »Weezer«-T-Shirt aufgegabelt und knutschte in einer Ecke mit ihm herum. Der Typ wusste wahrscheinlich nicht, dass Karyn, eine Weltklasse-Bulimikerin, sich vor zwanzig Minuten den Finger in den Hals gesteckt und ihr Abendessen aus dem Drive-in in der dritten Kabine der Damentoilette erbrochen hatte. Karyn trank jetzt einen Wodka Cranberry, doch selbst das reichte nicht annähernd, um den Geschmack von Kotze zu vertreiben. Vielleicht war der Junge so betrunken, dass er es nicht merkte. Oder der Bierdunst in seinem Mund überlagerte den Geschmack. Lisa fröstelte.

Nachdem sie eine weitere Stunde gewartet hatte, beschloss sie, nach Hause zu fahren. Die ganze Rückfahrt über wählte sie alle fünfzehn Minuten mit der Kurzwahltaste Andrews Handynummer. Karyn hatte sie beide gebeten, noch zu bleiben, doch keine Chance. Nach der Hälfte der Strecke wünschte Lisa, sie hätte Karyn dagelassen. Sie wählte weiter Andrews Nummer. Nichts. Nur die Mailbox. Dieser blöde Mistkerl.

Nach einer halbherzigen Entschuldigung setzte sie Cynthia vor ihrem Haus ab, fuhr mit der Profikotzerin an ihrer Seite zurück zu ihrem Reihenhaus und versuchte es ein letztes Mal auf dem Handy, dann auf dem Festanschluss. Wieder nur der Anrufbeantworter. Wieder nichts.

Es war nicht das erste Mal, dass Andrew so etwas machte. Erst diesen Sommer hatte Fury ihn zu einem ganztägigen Besäufnis mit ein paar Bedienungen aus dem Thunderbird mitgenommen – Junge, man sprach sie besser nicht darauf an –, und irgendwie hatten sie es zur eine Stunde entfernten Eigentumswohnung von Furys Dad in Egg Harbor Township zurückgeschafft, um sich ein wenig aufs Ohr zu hauen. Dummerweise hatten sie am selben Abend unten in Wildwood im Thunderbird ein Konzert. Oh, Andrew und Fury kreuzten zwar dort auf, allerdings zwei Stunden zu spät, völlig verpennt und mit einer Alkoholfahne. An jenem Abend hatte Lisa ihre Mutter hergefahren, damit sie sich die Band anhörte. Damals hatte sie sich geschworen, dass sie zum letzten Mal dort gewesen war.

Sie glaubte also nicht, dass Andrew einen Autounfall gehabt hatte oder dass ihm etwas Schlimmes zugestoßen war. Nein, so blöd war sie nicht. Fury war mit ihm zu einem kleinen Abenteuer aufgebrochen, und sie hatte genug von der Warterei. Sollte Andrew doch dieses russische Arschloch ficken, wenn ihm seine Gesellschaft lieber war als ihre.

»Andrew, wenn du da bist, nimmst du besser das Scheißtelefon ab, und während du das tust, solltest du dir eine verdammt gute Entschuldigung einfallen lassen.«

Es ertönte ein langgezogener Piepton.

Das Reinigungs-Team

Unten am Fluss, neben zwei offenen Leichensäcken ohne Leichen und einem Blutspritzer, stießen sie schließlich auf Mikals LKW. Sie mussten seinem Vater per Handy davon berichten. Eigentlich handelte es sich lediglich um eine Routinekontrolle, um herauszufinden, wo sich der Junge an diesem Abend herumtrieb. Er war nicht zu seinem Gig unten in Wildwood erschienen – ein Kumpel hatte deswegen Bescheid gesagt.

»Er ist dort nirgendwo zu sehen?«, fragte Mikals Vater.

Nein, sagten sie.

»Ist Blut im LKW?«

Nein. Nur auf der Baustelle. Etwas Abdeckplane, Zement und Rohre, die aus dem Boden ragen.

»Steckt irgendwas in den Rohren?«

Nichts, soweit sie das sagen konnten. Ohne Taschenlampe. Wahrscheinlich aber nicht. Sie konnten allerdings nachsehen. Dann legten sie auf und versprachen, sich bald wieder zu melden.

»Scheiße.«

»Was sollen wir jetzt tun?«

»Entspannen. Verdammt, wir entspannen uns einfach, das tun wir.«

»Kommt nicht in Frage. Ich muss nachdenken, mir was einfallen lassen.«

Fünfzehn Minuten später riefen sie Mikals Vater zurück.

Der Terminkalender des Jungen sei noch im Laster, erklärten sie, und für heute sei eine Verabredung eingetragen. Die Namen: Patrick Lennon, Harrison Crosby und Holden. Zu den Einzelheiten des Treffens könnten sie nichts sagen, doch zufällig handle es sich bei den drei Personen um die drei Bankräuber, die vermutlich heute Morgen aus der Wachovia-Filiale in Center City 650 000 Dollar gestohlen hatten. Das habe heute in der Zeitung gestanden. Hatte er das nicht gelesen?

Das war natürlich Blödsinn. Nichts davon stand in der Zeitung. Doch Mikals Vater hatte keine Ahnung.

Mikals Vater wusste rein gar nichts von der Sache. Das gehörte zu Mikals Deal.

»Bankräuber?«, würgte sein Vater hervor.

Sie mussten das Gesicht des Mannes nicht sehen, um zu wissen, dass er die Zähne zusammengepresst hatte.

Dann legte er los. Die Suche nach Mikal hatte jetzt oberste Priorität. Er wies sie an, sich aufzuteilen: Einer sollte zu Mikals Reihenhaus in Voorhees, New Jersey fahren, der andere zur Wohnung seines Freundes, diesem Klavierspieler, Andrew. Er wohnte im Nordosten, unweit der Gegend, in der einige Mitarbeiter ihrer Firma sich niedergelassen hatten.

»Auf geht's.«

»Du weißt, dass wir nicht das Geringste finden werden.«

»Das ist nicht unser Problem. Wir tun, was er sagt. Also los.«

Der Unvollendete

Mikals Vater nahm eine eiskalte Flasche russischen Wodka aus dem winzigen Kühlschrank in seinem Büro. Er genehmigte sich einen Drink auf seinen Sohn, der alles daransetzte, seinen Vater glücklich zu machen und seiner Musik nachzugehen. In Philadelphias Innenstadt, in einem Tonstudio am Flussufer lagen die Bänder von Mikals unvollendetem Rock-Album. Für zwei Wochen Studio mit professionellen Tontechnikern und Mischern hatte Mikals Vater 18 500 Dollar bezahlt. Ein verspätetes Geburtstagsgeschenk für seinen Sohn. Mikal war so aufgeregt gewesen und sollte am Wochenende drauf wieder im Studio sein – doch wegen eines Auftritts an der Küste musste der Termin verschoben werden. Mikal war gerade zweiundzwanzig geworden.

Mikals Vater dachte jetzt an die 18500 Dollar und stellte sich vor, wie er zehnmal – nein – hundertmal so viel ausgab für das bittere Vergnügen, einen großen schalldichten Raum mit Betonboden und zwei Fleischerhaken zu mieten, und mit einem Schlauch, um hinterher sauberzumachen. Er wollte die drei Bankräuber durch einen elektrischen Fleischwolf drehen, ihre Überreste mit Benzin übergießen und anzünden.

Mikals Vater dachte daran, jemanden ins Studio zu schicken, um die Bänder zu holen, damit er den Bankräubern die Musik vorspielen konnte. Für die wenigen Momente, wenn sie gerade nicht um ihr Leben winselten.

Fünfundvierzig Minuten später klingelte sein Handy. Es waren seine Mitarbeiter. Sie hatten in Erfahrung gebracht, dass jemand im Zimmer von Mikals Freund im Wohnheim schlief. Und es war nicht Mikals Freund.

Oben und unten

Lennon hörte das Knacken von Metall und riss die Augen auf. Es dauerte einen Moment, bis die Erinnerung an die jüngsten Ereignisse zurückkehrte. Als er mit seinen schmerzenden Händen die Matratze unter seinem Körper berührte, wusste er sofort, dass dies nicht sein Bett war. Er lag in einem kleinen Zimmer. So viel konnte er im fahlen Licht, das durch ein Fenster zu seiner Rechten schimmerte, erkennen; es gab hier eine Anrichte aus Holz und einen Tisch. Ein Zimmer im Studentenwohnheim. Der Name Andrew Whalen schoss Lennon durch den Kopf, und dann war plötzlich alles wieder da.

Erneut ertönte ein metallisches Quietschen, dann fiel vor dem Fenster etwas Schweres mit einem dumpfen Schlag auf den Boden.

Lennon setzte sich auf, und obwohl ihm seine schlaffen Muskeln den Dienst verweigerten, ihn anflehten, sich noch einige Minuten, ein paar Monate oder Jahre hinzulegen, musste er nachsehen. Er warf einen Blick durch das Fenster, das mit einem Gitter aus Stahl gesichert war, auf das Stockwerk darunter. Dort standen drei Männer mit schwarzen Mänteln und schwarzen Strickmützen über dem Kopf. Einer von ihnen hielt eine Brechstange von der Größe eines mittelalterlichen Schwertes in der Hand.

Sie hatten die Gitterstäbe herausgebrochen und machten sich daran, in das Zimmer unter ihm zu klettern.

Andrew Whalens Zimmer. Die Russen.

Lennon hatte es drauf ankommen lassen und sich für das Zimmer direkt über dem von Whalen entschieden. In einem Gebäude wie diesem lagen die Einzelzimmer meist alle untereinander, damit dieselben

Heizungsrohre und Wasserleitungen auf einer Höhe verliefen. Whalens Zimmer war nicht sicher genug – nicht lange, und man würde ihn vermissen und hier aufkreuzen, um nach ihm zu suchen. Ein anderes Einzelzimmer war weniger riskant. Die Bewohner waren entweder Außenseiter, die am Wochenende nach Hause fuhren, oder ältere Studenten, die irgendwo auf dem Campus Freunde oder eine Freundin hatten. Lennons Entscheidung war nicht ganz ungefährlich, allerdings war das immer noch besser, als durch die Straßen einer fremden Stadt zu irren und nach einem Versteck zu suchen. Die »sichere« Wohnung seines Teams in West Philly war inzwischen wahrscheinlich nicht mehr sicher. Es gab also keinen anderen Ort, den er aufsuchen konnte.

Lennon beobachtete, wie die Männer in das Zimmer kletterten. Dann hörte er einen Schrei. Allerdings nur kurz. Er erwog, sich die Sache genauer anzusehen, um zu wissen, womit er es zu tun hatte. Doch in seinem Zustand konnte er das vergessen. Er blieb besser, wo er war, bis er seine Gedanken geordnet hatte, wieder zu Kräften gekommen war und das Problem in aller Frische angehen konnte.

Lennon drehte sich auf die Seite, um zu schlafen, und vermied es mit aller Kraft, an Katie zu denken.

Es war vier Uhr morgens; Saugherty stand sturzbesoffen, den Bauch voll Bier und Whiskey, an der Siebzehnten Straße Ecke Market Street und grübelte über den Banküberfall nach. Also, ich bin ein Bankräuber, sagte er zu sich. Jawoll, das bin ich. Und nehme den Laden hier aus, diese Wachovia-Filiale. Komm schon. Wo fahre ich danach hin? Wenn ich ein schlauer Bursche bin, versuche ich die Stadt zu verlassen, ohne in einen Stau zu geraten. Das hier ist die Innenstadt von Philadelphia, also viel Glück dabei.

Doch in dem Zeitungsartikel, den Mothers ihm in der Bar gegeben hatte, stand, wie sie es gemacht hatten. Die Bande war ziemlich raffiniert vorgegangen – sie hatten die ganze linke Seite der Siebzehnten Straße mit Fensterputzerausrüstung blockiert, so dass sie problemlos auf den JFK Boulevard kamen, und dann … wohin? Das war die 650 000-Dollar-Frage. Der JFK Boulevard führte direkt zum Bahnhof Dreißigste Straße und zur Auffahrt des Interstate-76, doch das war einer der verkehrsreichsten Punkte der Stadt. Wenn man so schlau wie die Jungs aus dem Wachovia-Überfall war, versuchte man ihn zu umgehen. Doch aus irgendeinem Grund waren sie den JFK Boulevard hochgefahren.

Zwischen Siebzehnter und Zwanzigster lagen nur ein paar Straßen – und die meisten oberhalb der Zwanzigsten wurden durch die Bahngleise oder den

Fluss unterbrochen. Hey, ich bin ein Bankräuber, wo würde ich langfahren?

Saugherty warf einen Blick in seine Brieftasche. Er hatte noch über 200 Dollar Bargeld. Mothers hatte ihm etwas vorgestreckt.

Er hielt das nächste Taxi an und fuhr die Market Street hinunter. In seinem Zustand konnte er zwar nicht mehr fahren, aber er hatte noch keine Lust, schlafen zu gehen.

Eine Mitfahrgelegenheit

Das Telefon klingelte. Und Lennon öffnete zitternd seine verklebten Augen. Diesmal dauerte es nur eine Sekunde, dann war alles sofort wieder da. Vor allem der Grund für den Anruf.

Jemand hatte die Warnvorrichtung, die er angebracht hatte, ausgelöst. Jemand wollte zurück in sein Zimmer.

Für die Vorrichtung hatte er nicht viel gebraucht. Lennon hatte ein paar Wörter auf ein Blatt Papier gekritzelt und an die Tür von Zimmer 219 geklebt: »Kumpel – ich schieb gerade 'ne Nummer. Ruf vorher an. BITTE.«

Lennon wollte gewarnt sein, falls der Bewohner von Zimmer 219 irgendwann diese Nacht zurückkehrte. Unter den männlichen Studenten gab es eine Reihe unausgesprochener Regeln, wenn es darum ging, eine Angehörige des anderen Geschlechts flachzulegen. (Lennon hatte zwar nie seinen College-Abschluss gemacht, doch so viel hatte er damals mitgekriegt.) Als echter Freund stellte man sein Zimmer den Kumpels für derlei Vergnügungen jederzeit zur Verfügung. Ach was, dafür überließ man sein Zimmer sogar einem völlig Fremden, wenn er auf demselben Flur wohnte. Nur ein komplettes Arschloch würde seine Freunde blöd anmachen, weil sie eine Nummer schoben.

Die Anrede war allgemein genug – *Kumpel* –, um zu gewährleisten, dass auf jeden Fall jemand anrief.

Der Bewohner von 219 wollte ins Zimmer zurück und vergewisserte sich, dass er nicht störte.

Lennon schnellte in die Höhe, und seinen ganzen Körper durchzuckte ein stechender Schmerz. Er hatte keine Zeit zu verlieren. Er schnappte sich die Plastiktüte mit der Kleidung, die er vor dem Schlafengehen bereitgestellt hatte, und verließ das Zimmer. Er lief die Treppe hinab, ins Stockwerk darunter, ging langsam den Hauptgang entlang und betrat die Herrentoilette. Es gab hier sechs Duschkabinen, drei zu jeder Seite. Lennon öffnete wahllos eine der Kabinen und zog sich darin um.

Die Kleidungsstücke, die er aus dem Wandschrank des Studenten genommen hatte, waren absichtlich bunt zusammengewürfelt. Ein schwarzes »White Stripes«-T-Shirt, ein graues Sweatshirt der Penn State University und ein Paar schlecht sitzende Turnschuhe.

Andrew Whalens schwarze Anzughose behielt er – sie passte ihm besser als die Exemplare aus dem Wandschrank. Außerdem hatte er eine »Timex Indiglo«-Armbanduhr mitgehen lassen; kein Vergleich zu den Schweizer-Armee-Uhren aus Platin, die die Russen abgekupfert hatten, aber immerhin zeigte sie die Zeit an. Es war halb drei nachts.

Lennon fühlte sich beschissen. Er musste schnell ein neues Versteck finden, andernfalls war er erledigt. Früher oder später würde er das Bewusstsein verlieren, und dann würde der Campus-Sicherheitsdienst ihn finden, die Polizei rufen, und alles wäre vorbei.

Also trat Lennon vor das »St. Neumann«-Wohnheim und setzte sich auf die Eingangsstufen. Er hätte jetzt gerne eine Zigarette gehabt; fast wünschte er sich, er würde rauchen. Er blickte in die Dunkelheit, beobachtete die Studenten, die hin und wieder an ihm vorbeigingen, ins Wohnheim oder zu dem Parkplatz, der sich direkt auf der anderen Seite des Weges befand. Nach vierzig Minuten entdeckte er schließlich, was er brauchte: Ein betrunkener Student war vor der geöffneten Fahrertür seines neuen Chevy Cavalier stehen geblieben und überlegte offenbar, ob er sich übergeben oder es riskieren sollte, nach Hause zu fahren, bevor er ohnmächtig wurde.

Lennon marschierte zügig zum Parkplatz hinüber und breitete mit einer theatralischen Geste die Arme aus, als ob er dem Studenten helfen wollte. Lennon hatte die großen braunen Glaskugeln auf den Pfeilern bemerkt, die über diesen Bereich des Campus verteilt waren – Sicherheitskameras. Während Lennon dem Burschen die Hand auf den Rücken legte, versetzte er ihm einen Stoß in die Nieren, so dass er vorübergehend gelähmt war, und einen weiteren gegen die Luftröhre, was ihm zeitweilig die Stimme raubte.

Lennon schob den Studenten auf den Beifahrersitz, nahm ihm die Schlüssel ab, ließ den Motor an und fuhr vom Parkplatz den Hügel zur Belfield Avenue hinunter. Sobald er den Campus hinter sich gelassen hatte, stoppte er am Straßenrand. Aber halt. Das konnte er nicht tun – nicht in dieser Gegend. Lennon fuhr den Hügel wieder hinauf und bog in die Kurve, die ihn direkt bis vor das Wohnheim brachte. Dann griff er über den Sitz neben sich, öffnete die Beifahrertür und stieß den Jungen aus dem Wagen. Früher oder später würde der Campus-Sicherheitsdienst den Jungen schon entdecken. Außerdem lässt man einen Freund nicht betrunken Auto fahren.

So, jetzt also ein Versteck. Lennon kannte sich hier nicht gut genug aus, um zu wissen, welche Viertel sicher waren und welche weniger, darum versuchte er die einzige Ecke zu finden, in der er sich auskannte: den Kelly Drive. Längs der Straße gab es jede Menge Brücken und Laubdächer. Irgendwas davon musste sich als kurzfristiges Versteck eignen. Es dauerte eine Weile, bis er den Drive entdeckte – die Straßen in diesem Teil der Stadt waren vollkommen unübersichtlich und wurden von ausgebrannten Lagerhallen und heruntergekommenen Ladenzeilen gesäumt –, doch schließlich schob Lennon sich mit dem Cavalier auf den Interstate-76 und nahm die Ausfahrt zum Kelly Drive. Innerhalb von drei Minuten hatte er gefunden, was er brauchte, dann krabbelte er auf den schmalen Rücksitz, um sich dort auszuruhen und wieder zu Kräften zu kommen.

Sicher, er war an den Ort des Verbrechens, des Verrats zurückgekehrt, doch hier würden die Russen zuletzt nach ihm suchen. In ein paar Stunden wollte Lennon aufstehen, einen anderen Wagen klauen, zum Langzeitparkplatz fahren, das Geld holen und machen, dass er aus der Stadt kam. Und dann würde er klären, was für eine Verbindung es zwischen Katie und den Russen gab. *Falls* es eine Verbindung gab.

Ein Stückchen die Straße hinunter sickerte Lennons Blut – das er vor fast achtzehn Stunden ausgespuckt hatte – in das Gras und den Schlamm neben dem Schuylkill River.

Auslieferung in Montana

Bewusstlosigkeit. Dunkelheit.

Dann:

Ein Klopfen gegen Glas.

Verdammt. Er hatte es satt, gestört zu werden. Bei seinem Glück war es wahrscheinlich ein Cop. Vielleicht hatte der betrunkene Student von der La Salle seinen Wagen bereits als gestohlen gemeldet. Lennon hätte sich besser einen anderen Ort zum Schlafen ausgesucht oder einfach im kalten Unterholz übernachtet, abseits des Wagens. Doch das wäre seinem Heilungsprozess nicht gerade zuträglich gewesen. Und die ständigen Schläge auf den Kopf hatten auch nicht unbedingt dazu beigetragen, seinem logischen Denken auf die Sprünge zu helfen. Sein Hirn war völlig benebelt.

»Hallo, da drinnen«, hörte er eine Stimme sagen.

Lennon setzte sich auf und wünschte erneut, die Dinge wären anders gelaufen. Er wünschte, er hätte es vorhin geschafft, die Pistole des jungen Russen festzuhalten.

Vor dem Wagen stand ein Typ in einem billigen Sakko. Er hatte eine Glock 17 auf ihn gerichtet. Eine typische Bullenwaffe – siebzehn Patronen, geladen nur 850 Gramm schwer, leichtgängiger Abzug. Meist umklammerten die Bullen sie mit beiden Händen.

»Aufmachen«, sagte er mit leicht undeutlicher Stimme.

Ein Bulle in Zivil, der ziemlich spät noch unterwegs war. Wahrscheinlich hat er auf dem Nachhauseweg von einer Bullenbar zufällig den Wagen erspäht. Was erstaunlich war – Lennon hatte ihn gut versteckt. Aber man weiß nie, was den Cops so ins Auge fällt. Der Scheißkerl hatte es wahrscheinlich gerochen.

Lennon setzte sich auf und sah am Fuß des Hügels

auf dem Kelly Drive etwas Seltsames stehen. Ein Taxi, die Scheinwerfer eingeschaltet, die Beifahrertür offen.

»Komm schon, Sportsfreund«, sagte der Cop.

Lennon zuckte mit den Achseln, dann langte er hinüber und öffnete die Tür hinter dem Beifahrersitz.

Während er die Waffe auf Lennon gerichtet ließ, drehte sich der Cop kurz um und winkte das Taxi fort. Dann öffnete er die Tür und rutschte neben Lennon auf den Sitz. Währenddessen blieb die ganze Zeit die Waffe auf ihn gerichtet. Dieser Cop war betrunken.

»Wie läuft's denn so heute Nacht? Ich ... also bei mir ist alles bestens. Was soll ich sagen, ich hab's heute mal richtig krachen lassen. Vor ein paar Stunden hab ich bei McGlinchey's 'n paar von diesen Memphis Dogs verdrückt und musste noch kein einziges Mal mit Dünnschiss aufs Klo flitzen. Vielleicht gewöhnt sich mein Magen ja allmählich dran.«

Lennon starrte ihn bloß an. Was wollte der Typ? Er hatte ihn nicht wegen Landstreicherei auf dem Kieker. Es ging um irgendetwas anderes.

»Hast du mal eins von diesen Memphis Dogs gegessen? Nur fünfundzwanzig Cent das Stück. Dazu ein Pint Yuengling Bier, Black and Tan, näher kann man als einfacher Angestellter in Philadelphia dem Nirwana nicht kommen.«

Lennon hob langsam die Hände; in der einen hielt er einen unsichtbaren Stift, mit dem er eine imaginäre Nachricht auf die andere kritzelte. Dann fuhr er sich mit der Hand über die Kehle.

»Ach ja, richtig. Du kannst nicht sprechen, stimmt's, Pat?«

Mist. Ausgerechnet dieser Cop bearbeitete den Banküberfall.

Scheiße.

»Wie ist das überhaupt passiert mit deiner Stimme? In deinem Steckbrief hat nichts davon gestanden. Ich würde auf einen Banküberfall tippen. Hast du eine Kugel unters Kinn bekommen? Oder hat jemand versucht, dich aufs Kreuz zu legen, dich wie ein Stück Fleisch aufgeschlitzt und dem Tod überlassen? Als Bankräuber lebt man ganz schön gefährlich. Ich weiß ehrlich gesagt nicht, wie einen so was wirklich befriedigen kann.«

Lennon rührte sich nicht. Starrte bloß vor sich hin. Früher oder später würde der Typ zum Punkt kommen. Und dann wüsste er, wie riskant es war, ihm die Waffe abzunehmen.

»Ich wette, dir gehen gerade eine Menge Dinge durch den Kopf, Pat. Du fragst dich wahrscheinlich, woher ich deinen Namen weiß und wie ich dich so schnell aufgestöbert habe. Immer mit der Ruhe, Kumpel. Verglichen mit den Fragen, die mir durch den Kopf schwirren, sind deine richtig harmlos. Wie zum Beispiel: Warum *habe* ich dich so leicht gefunden? Sollten clevere Bankräuber wie ihr nicht eigentlich wissen, wie man schnell und unauffällig aus der Stadt verschwindet? Ich dachte, ich würde irgendwann was von deiner Auslieferung aus Montana lesen. Doch da du noch hier bist, schätze ich, dass die Sache nicht so toll gelaufen ist, wie alle glauben. Was weitere Fragen aufwirft.«

Der Typ – Lennon war nicht ganz sicher, ob er noch als Cop arbeitete; auf jeden Fall war er früher mal bei den Bullen gewesen, und irgendwie roch die ganze Sache nach vorzeitigem Ruhestand – machte eine Pause, um den Schritt seiner Hose zurechtzuzupfen. Die Pistole blieb unverändert auf ihr Ziel gerichtet.

»Wo sind deine Partner? Ihr wart zu dritt. Du bist gefahren, der schwarze Bursche und dieser Möchtegern-Rapper waren für den Überfall zuständig. Vielleicht warten sie in einem Versteck oben im Nigger-Viertel, und du liegst hier aus irgendeinem Grund auf der Lauer. So ist es, stimmt's? Das Geld ist noch hier. Du wartest, bis die Luft rein ist.«

Der Typ wartete, dass Lennon etwas erwiderte. Aber nach einer Minute Schweigen zuckte er lediglich mit den Schultern.

»Du kannst gut die Klappe halten, was? Schön, kommen wir zum Punkt.«

Endlich.

»Ich könnte dir direkt hier ins Gesicht schießen, jetzt gleich, und wäre um 20000 Dollar reicher. Ein hübsches Sümmchen.«

Definitiv kein Cop mehr. Nicht dass die Bullen gegen so einen Scheiß gefeit waren, doch sie würden es nicht an die große Glocke hängen. Und die Tatsache, dass der Typ davon faselte, bedeutete, dass er Lennon auf jeden Fall ins Gesicht schießen würde, egal was passierte. Als Nächstes würde er nach dem Geld fragen.

»Wir können aber auch das Geld aus dem Überfall holen, sobald es geht, und uns einigen. Nick einmal, wenn du mich verstanden hast.«

Lennon nickte einmal.

»Schön. Also, wir werden folgendermaßen –«

Lennon ließ seinen rechten Arm hervorschnellen; er erwischte den Mann am Handgelenk und schlug die Pistole zur Seite, so dass sie aufs Heckfenster zielte.

Allerdings schaffte es der Typ noch, den Abzug zu drücken. Er war wirklich *schnell.* Er musste damit gerechnet haben, dass Lennon etwas Derartiges versuchte.

Der Schuss fühlte sich an, als hätte ihm jemand mit einem Hammer einen Schlag auf die linke Schulter versetzt. Plötzlich war dort alles taub, und obwohl sein Blut versuchte, sich in andere Teile seines Körpers zu flüchten, spritzte es aus seiner Schulter und durchnässte das »Penn State«-Sweatshirt. In der Dunkelheit schimmerte es schwarz.

»Jetzt sieh dir das an«, sagte der Typ und zog langsam die Hand mit der Pistole von Lennons schlaffem rechtem Arm fort. »So kommen wir nicht weiter. Ich will nicht, dass du eine übereilte Entscheidung triffst. So eine Sache sollte man sich in Ruhe durch den Kopf gehen lassen. Wo ist der Wagenschlüssel?«

Lennon schloss die Augen und versuchte gleichzeitig die Schmerzen zu unterdrücken und sich seinen nächsten Schritt zu überlegen. Es hatte keinen Sinn, die Aktion von eben zu wiederholen. Er musste nachdenken.

Der Mann tippte ihm mit dem noch warmen Pistolenlauf gegen das Gesicht. »Hey. Komm schon. Das ist eine einfache Frage. Die Schlüssel.«

Die Schlüssel. Über der Sonnenblende auf der Fahrerseite. Schlüssel, das bedeutete, der Typ wollte irgendwo mit ihm hinfahren. Das verschaffte ihm die Möglichkeit, nachzudenken, sich einen Plan zurechtzulegen. Der Mann konnte nicht gleichzeitig fahren und dabei die ganze Zeit die Pistole auf ihn richten.

Lennon deutete auf die Sonnenblende. Der Typ lächelte. »Besten Dank.« Er stieg aus dem Wagen, schritt zur Tür auf der Fahrerseite, öffnete sie und schnappte sich die Schlüssel. Dann ging er nach hinten und ließ mit einem Knopfdruck den Kofferraum aufspringen.

»Mann, Pat, du solltest dir den Mist hier mal anschauen«, rief er von draußen. »Tut mir leid, das zu sagen, aber das sieht nicht sehr bequem aus.«

Und das war es auch nicht.

Samstagvormittag

Sehe ich wie ein Bankräuber für Sie aus?

– WILLIE SUTTON

Übelkeit und Reichtum

Es war 1.55 Uhr nachts, als Katie das Gästehaus verließ und Michael bat, dort auf ihren Anruf zu warten. Er sagte, das sei in Ordnung; er habe sowieso noch ein paar Dinge zu erledigen. Er bat sie, auf sich aufzupassen und anzurufen, falls es Probleme gab. Er sei sofort bei ihr. Katie versicherte ihm, sie komme schon zurecht. Sie wollte ihn nicht auch noch in die Sache verwickeln.

Um 6.10 Uhr landete Katies Maschine von San José auf dem Philadelphia International Airport. Eine halbe Stunde später hockte sie, ihr einziges Gepäckstück im Kofferraum, in einem Mietwagen, einem schwarzen Buick Regal. Um 7.08 Uhr klopfte sie an die Tür von Zimmer 910 der Rittenhouse Towers, einer Kombination aus Luxushotel und Apartmentkomplex. Zwei Minuten später wurde die Tür geöffnet.

»Katie?«

»Morgen, Henry.«

»Ich dachte, du wärst im Urlaub.«

Katie schob sich an ihm vorbei durch die Tür. Dahinter lag ein 1 275 000-Dollar-Apartment mit drei Schlafzimmern, Parkettboden und Panoramafenstern, durch die man einen Blick auf beide Flüsse hatte. Nicht übel, wenn auch keineswegs das teuerste Apartment im Gebäude. Henry Wilcoxson stellte seinen Reichtum nicht gerne zur Schau. Eigentlich hatte er sich zur Ruhe gesetzt, nur manchmal kundschaftete er noch Banken aus und erstellte gegen einen Anteil der Beute für andere Teams Pläne für Überfälle. Vor Jahren hatte Wilcoxson mit Lennon zusammengearbeitet; dabei hatte Katie ihn kennengelernt. Er hatte ihnen eine Menge beigebracht; er war für sie beide so etwas wie ein Mentor gewesen.

Wilcoxson hatte sich in Philadelphia niedergelassen, obwohl er früher mal aus zwei unterschiedlichen Gefängnissen der Stadt geflohen war – Eastern State und Holmesburg –, wo er in den 1950ern unter anderem Namen eingesessen hatte. Inzwischen besaß er im Zentrum und in den Vororten mehrere Restaurants und Coffee-Shops und hatte sich, bis auf wenige Ausnahmen, aus dem Geschäft zurückgezogen. Wilcoxson machte das nur noch nebenbei; er gab gerne Ratschläge, das war alles.

»Kaffee? Ich hab mir gerade eine Kanne aufgebrüht.«

»Hast du nicht. Du bist ja noch ganz verschlafen. Hast du irgendwas gehört?«

»Nein«, sagte Wilcoxson. »Nur was in den Nachrichten kam. Scheint geklappt zu haben. Ich nehme allerdings an, dass Patrick es nicht zu eurem verabredeten Treffpunkt geschafft hat.«

Katie hatte ihn kaum gehört. Sie stellte ihr Gepäck ab und wanderte dann mit bleichem Gesicht im Apartment auf und ab, während sie abwesend aus dem Fenster auf die zwei blau glänzenden Liberty Place Towers blickte. »Kann ich dein Bad benutzen?«

Zunächst lächelte Wilcoxson irritiert, dann warf er Katie einen erneuten Blick zu und erinnerte sich. »Natürlich.«

Tiefes stilles Wasser

Eigentlich hätte Lennon inzwischen bewusstlos sein müssen. Erst die Schusswunde und dann im Kofferraum des Wagens ein Schlag mit der Pistole – »damit du schön artig bist«, hatte der Excop erklärt –, das hätte genügen müssen, um seinem Gehirn die lebenswichtige Botschaft zu übermitteln, sich abzuschalten. Doch Fehlanzeige. Es war eine Qual, Lennon blieb, wenn auch völlig umnebelt, die ganze Zeit bei Bewusstsein: während es über holprige Straßen ging, in eine Garage, aus dem Kofferraum heraus und schließlich auf eine dicke Holztür, die auf zwei niedrigen Metallschränken lag.

Er wurde mit Ketten daran festgeschnallt und mit dicken, elastischen Bändern, die Ähnlichkeit mit Bungee-Seilen hatten und normalerweise zum Transport von Möbeln dienten. Der Excop achtete darauf, Lennon weder an der Schulter noch am rechten Unterarm zu berühren, schaffte es aber, ihn sonst überall zu befestigen.

Lennon hatte keine Ahnung, in welchem Teil der Stadt er sich befand – falls er überhaupt noch in der Stadt war. Oder wer dieser Typ wirklich war und was als Nächstes kam.

Lennon wusste nur eins: Das Geld bekam dieses Arschloch nicht. Wenn er sterben musste, dann mit den 650 000 Dollar auf seinem Konto.

»Weißt du, jetzt hab ich mir gerade echt Sorgen gemacht, wo ich einen Knebel für dich herkriege«, sagte der Excop. »Aber das ist momentan nicht wirklich unser Problem, oder?«

Sie befanden sich in einer Doppelgarage. Auf einem der Plätze stand der gestohlene Chevy Cavalier; auf dem anderen war Lennon an den Tisch geschnallt. Dieser Typ – falls er überhaupt hier wohnte – benutzte die Garage als Aufbewahrungsort für sein Werkzeug und jede Menge Gerümpel. Da war eine ergonomische Schaufel. Ein Nass-/Trockensauger. Ein Fahrradrahmen. Ein verrosteter Gasgrill mit zugehöriger Flasche. Und an sämtlichen Wänden standen Regale, die so vollgepackt waren, dass sie sich in der Mitte durchbogen.

»Die Uhr tickt. Wenn du nicht bald einen Arzt siehst, verblutest du. Glaub mir, ich weiß Bescheid. Ich kenne Typen, die haben sich ein Dutzend Kugeln eingefangen und trotzdem überlebt. Aber eine einzige, unbehandelte Schusswunde ist tödlich. Selbst bei einem glatten Durchschuss, wie es bei dir der Fall sein dürfte – im Rücksitz ist ein hübsches kleines Loch. Trotzdem kriegst du mit deiner Schulter in ein paar Stunden ein Problem. Na ja, sie sieht schon jetzt nicht mehr so toll aus. Sie fängt ja schon an zu stinken.«

Lennons Kidnapper legte einen Bic-Kugelschreiber in seine rechte Hand und schob einen Notizblock darunter.

»Schreib einfach auf, wo das Geld ist. Sobald ich das überprüft habe und weiß, dass du die Wahrheit sagst, hole ich einen Arzt.«

Lennon starrte ihn bloß an.

»Und damit das klar ist – es wird keinen Deal geben. Das habe ich nur gesagt, damit du kooperierst. Jetzt hast du eine viel bessere Motivation: zu überleben. Du willst doch am Leben bleiben, oder?«

Im Moment war Lennon sich, ehrlich gesagt, nicht so sicher.

»Natürlich willst du das. Lebend in einem Bundesgefängnis zu hocken ist immer noch um einiges besser, als mitten im Pennypack Park begraben zu liegen.« Der Typ umfasste mit seiner fleischigen Pranke Lennons Schreibhand und drückte zu. »Weißt du, was ›Pennypack‹ bedeutet? ›Tiefes stilles Wasser‹. Ich habe das neulich auch zum ersten Mal gehört, und dabei hab ich hier mein ganzes Leben verbracht.«

Schweigen.

Lennon fing an, etwas auf den Block zu kritzeln.

»Na also«, sagte der Typ und beugte sich vor, um einen Blick darauf zu werfen.

Er runzelte die Stirn.

»Oh. Ich kann dich also mal am Arsch lecken, ja? Schön, Kumpel. Wie du willst.« Er verschwand, und Lennon hörte, wie eine Tür zugeschlagen wurde.

Lennon wusste sofort, dass er einen Fehler gemacht hatte. Er hätte seine Wut runterschlucken und ein glaubwürdiges Versteck hinkritzeln sollen – verdammt, schick den Typen zu irgendeinem Parkplatz in der Innenstadt mit einer falschen Automarke und einem falschen Nummernschild. Zumindest würde er dann für eine Weile von der Bildfläche verschwinden; grob geschätzt, brauchte man mit dem Wagen von hier bis in die Innenstadt dreißig Minuten.

Lennon dachte über den Namen nach – Pennypack Park. Das erinnerte ihn an irgendwas. Lennon ging seine innere Karte von Philly durch. Das lag nicht in der Innenstadt. Und auch nicht im Süden oder Westen; er hatte diese Gegenden nach möglichen Fluchtwegen abgesucht. Vielleicht lag es in der Nähe der Vororte.

Pennypack, Pennypack. Was für ein nerviger Name. Pennys waren was für Verlierer, ihm gehörten sechshunderttausend. Aber wo lag dieser Park? Der größte in der Stadt war der Fairmount Park, und der Kelly

Drive führte mitten hindurch. Der Typ war zu weit gefahren, als dass sie sich noch in der Nähe der Innenstadt aufhalten konnten, es sei denn, er war so schlau gewesen, wieder umzudrehen.

Lennon hörte, wie die Holzdielen über ihm unter dem Gewicht des Mannes knarzten. Wahrscheinlich seine Küche, direkt über der Garage. Wasser- und Gasleitungen schlängelten sich an der Decke entlang und verschwanden nach oben. Er konnte seine Stimme über sich hören, er murmelte irgendwas. Telefonierte mit jemandem.

Kurz darauf fand Lennon heraus, mit wem.

Alptraum in Rot

»Ich habe Neuigkeiten«, sagte Wilcoxson ins Handy.

»Und sie werden mir nicht gefallen, stimmt's?«, fragte Katie. Sie lief um den Rittenhouse Square herum und nippte an einem Pappbecher teinfreiem Tee, während sie versuchte die Fassung zu wahren. Das fiel ihr von Tag zu Tag schwerer – Gefühle, Körpertemperatur, alles war aus dem Gleichgewicht. Am liebsten hätte sie Michael angerufen, doch das wäre ein Zeichen von Schwäche gewesen. Sie war gerade erst hier eingetroffen. Sie konnte selbst Licht in die Sache bringen.

»Der jüngste Deal ist geplatzt.«

Sie kannte den Code, hatte jedoch keine Ahnung, was Henry konkret damit meinte. Die Wachovia-Filiale war ausgeraubt worden. Aber das ist bereits in sämtlichen lokalen Zeitungen zu lesen.

»Im Wirtschaftsteil hieß es«, sagte sie, »der Deal wäre glatt über die Bühne gegangen.«

»Sicher. Zunächst sah es auch danach aus. Aber er ist während der Finanzierung geplatzt, und jemand anders ist eingestiegen.«

»Jemand von uns.«

»Nein, eine andere Firma.«

»Wer?«

Es entstand eine Pause. »Ich weiß nicht, ob ich diese Information weitergeben soll, da bis jetzt niemand davon weiß. Nicht mal der SEC hat bis jetzt etwas darüber in seinen Akten.«

SEC = FBI

»Verdammt, jetzt sag schon«, erwiderte Katie.

»Hören Sie, lassen Sie uns die Sache ausführlich beim Mittagessen besprechen. Es gibt noch andere Möglichkeiten. Für Sie und Ihre Familie.«

»Wer, verdammt nochmal, steckt dahinter, Henry?«

Er seufzte. »Ihr Ehemann wäre nicht darüber erfreut, dass ich seine geschäftlichen Angelegenheiten in dieser Form mit Ihnen bespreche, doch unter diesen Umständen ist es vielleicht besser, wenn Sie es von mir erfahren. Es handelt sich um eine ausländische Firma, mit steigenden Kapitalbeteiligungen in diesem Teil des Staates.«

»Meinen Sie die Firma mit Sitz in Mailand?«

»Nein. Ähm ... in St. Petersburg.«

Katie sagte keinen Ton. Russen?

Was hatten die Russen mit der Sache zu tun? Denk nach, komm schon, denk nach. Die gestohlenen Gelder waren für die Sanierung der Stadt bestimmt gewesen. Vielleicht war die Russenmafia an den Baufirmen beteiligt oder für die Abrissarbeiten vorgesehen. Scheiße. Katie wusste nicht viel über Philadelphia, sie kannte lediglich die örtlichen Gegebenheiten und ein paar grundlegende historische Fakten, wie beispielsweise die Tatsache, dass die italienische Mafia in den letzten zwanzig Jahren hier immer stärker dezimiert worden war. Katie hatte keine Ahnung, dass die Russen so einflussreich waren. Denk nach. Was war ihr Interesse bei der Sache? Wie hatten sie von dem Banküberfall erfahren?

Und was wollten sie von Patrick?

»Haben Sie die Geschäftsadresse der Firma?«

»Mein Gott«, sagte Wilcoxson. »Nein, Katie.«

Sag Hallo zu Mothers

Inzwischen musste eine halbe Stunde vergangen sein. Lennon spürte, wie das Blut in langen, regelmäßigen Abständen aus seiner Schulter pulste. Es fing an, ihn zu langweilen, die Gegenstände in der Garage seines

Entführers durchzugehen – Rohrzangen, Hammer, Bilderrahmen, eine Bandsäge, ein Akkuschrauber ... aber wenigstens dachte er so nicht an Katie. Zumindest für ein paar Sekunden. Bis er wieder an sie dachte.

Lennon musste sich alles nochmal genau durch den Kopf gehen lassen. Die undichte Stelle musste irgendwo anders sein – nicht bei Katie.

Aber warum war sie ihm sofort in den Sinn gekommen, als ihm klarwurde, dass sie aufs Kreuz gelegt worden waren?

Normalerweise hatte Katie keine Geheimnisse – jedenfalls nicht vor ihm; aber in den vergangenen Monaten hatte sie sich wirklich sonderbar benommen. Es war nicht ein einzelnes Ereignis gewesen, sondern eine Reihe kleiner, scheinbar unbedeutender Dinge. Plötzliche Besorgungen. Wenn sie am Telefon schlagartig in einen höflichen Tonfall verfiel, sobald er das Haus betrat. Der »Verlauf« ihres Internet Browsers, den sie plötzlich routinemäßig löschte.

Schluss damit, Lennon. Überleg, wer dich noch verraten haben könnte. Bling kam nicht in Frage. Er war tot.

Aber du hast den Leichensack nicht geöffnet, oder? Du weißt nicht mal, ob die beiden Säcke überhaupt im Rohr gelandet sind. Wo waren Holden und Bling während des Unfalls? Auf dem Rücksitz. An welcher Stelle wurden sie vom Lieferwagen gerammt? Hauptsächlich auf Lennons Seite. Hatten Holden und Bling beim Zusammenstoß das Bewusstsein verloren? Oder schuldeten die beiden der Russenmafia Geld und hatten beschlossen, auf Kosten des Fluchtfahrers ihre Schulden zu begleichen?

Nein, nicht Bling. Das war fast genauso albern wie der Gedanke an Katie. Es sei denn, Bling und Katie steckten unter einer Decke.

Nein.

Kümmere dich zunächst um die Blutung, darum, sie zu stoppen. Dich von diesem Tisch zu befreien. Darum, wie zum Teufel du aus dieser Garage kommst.

Dann kannst du nach Antworten suchen.

Hinter ihm öffnete sich eine Tür. »Ich kann's nicht glauben«, sagte eine Stimme. »Pat, du bist immer noch bei Bewusstsein?«

Lennon starrte an die Decke.

Der Excop schlug ihm ins Gesicht. »Hey, komm schon. Benimm dich. Ich habe einen Freund mitgebracht. Patrick Selway Lennon, Bankräuber auf der Flucht, ich darf dir den Mann vorstellen, der dich gleich befragen wird.«

Der andere umrundete den Tisch und musterte Lennon von oben bis unten. Er war groß. Nicht fett oder besonders kräftig, nur schwer, breit und groß. Unter seiner Nase prangte ein dichter schwarzer Schnauzbart, er blickte leicht verschlafen drein und trug einen Borsalino-Hut. Er wirkte müde und böse und ganz so, als liefe er ständig derart zerzaust durch die Gegend.

»Sag Hallo, Pat«, sagte der Excop. »Ach ja, hab ich ganz vergessen. Tschuldigung.«

Der große Mann wandte sich ab und sah sich in der Garage um. »Hast du eine Abdeckplane oder was in der Richtung?«

»Hmmm. Weiß nicht. Moment mal – vor ein paar Monaten habe ich das hintere Schlafzimmer gestrichen, beim Zubehör war eine Plastikplane dabei. Ich benutze die Dinger nie, die bringen sowieso nichts. Reicht das?«

»Ja. Falte sie auseinander und leg sie rechts neben ihn auf den Boden und über alles, was keine Spritzer abkriegen soll.«

Lennons Entführer brachte die Plastikplane und wickelte sie auseinander. Sein Kumpel griff nach der Sig Sauer in dem Holster unter seinem rechten Arm und zog den Schlitten zurück; eine Patrone sprang in die Kammer. Der Entführer verschwand aus Lennons Sichtfeld. Dann war das Geräusch von knitterndem Plastik zu hören.

»Hey, Saugherty.«

Der Kopf des Entführers erschien wieder. »Häh?«

Der große Mann zielte und schoss Saugherty in die Brust. Der Excop klammerte sich mit beiden Händen am Tisch fest und kratzte über die Oberfläche, sein Kopf fiel nach vorne, als säße er auf einem Scharnier, das sich plötzlich entschlossen hatte, in die falsche Richtung zu klappen. Dann ein Glucksen, Finger, die vom Tisch rutschten, und ein dumpfer Schlag auf den Boden.

Lennon sah zu dem anderen Mann auf.

Der erwiderte seinen Blick. »Was denn? Erwartest du etwa eine Erklärung?«

Lennon starrte ihn an.

»Tja, das wird ein extrem frustrierender Tag für dich.«

Der Mann verschwand und ging die Treppe hinauf. Die Dielen oben knarzten. Dann rief er jemanden an.

Stadt der Frustrationen

»Ich hätte diesem Arschloch nie trauen dürfen«, murmelte eine Stimme unten am Boden.

Der Excop, Saugherty, war immer noch am Leben.

»Scheiße, tut das weh. Wenigstens war er so nett, mich um eine Plastikplane zu bitten. So bleibt mein ganzer Krempel hübsch sauber.« Er fing an zu kichern, dann stöhnte er auf. »Ah, bring mich nicht zum Lachen.«

Lennon lauschte. Wartete ab.

»Du da oben, bist du noch da? Ich weiß, du kannst nicht sprechen, aber wie wär's mit 'nem leisen Husten? Mit Grunzen? Oder mit Pfeifen? Man braucht keine Stimmbänder, um zu pfeifen. Oder doch?«

Nach einer kurzen Bedenkpause gab Lennon ein Husten von sich.

»Endlich. Ein richtiges Gespräch. Ich komme mir vor wie die Lehrerin von diesem taubblinden Mädchen, Helen Keller.«

Lennon hustete erneut.

»Weißt du, du bist einer der letzten großen Geschichtenerzähler, Pat. Knapp und auf den Punkt, aber trotzdem mitreißend.«

Lennon hustete – diesmal vor Ungeduld.

»Okay, okay. Ich weiß nicht, ob ich noch lange bei Bewusstsein bin. Ich seh schon graue Flecken. Hier also mein Vorschlag. Ich geb dir meine Waffe, und du versuchst diesem hinterhältigen Arschloch ins Gesicht zu schießen.«

Tja. Schien ganz so, als würde jemand anders einen frustrierenden Tag haben.

»Hast du kapiert? Klopf mit deiner freien Hand auf den Tisch. Keine Ahnung, welche das ist.«

Lennon klopfte sachte mit der rechten Hand auf die Platte.

»Bestens. Also, ich versuch erst gar nicht mit dir zu feilschen. Ich bin kein Idiot. Tu mir einfach einen Gefallen. Von Mann zu Mann. Wenn du das hier heil überstehst und dieses Arschloch tötest, wie wär's, wenn du mich dann am Leben lässt? Lass mich einfach in Ruhe, und ich vergess dich wieder.«

Was auch immer, dachte Lennon.

»Ehrenwort. Huste, wenn du mich verstehst. Mann, es ist mir egal, wenn du mich anlügst. Ich muss nur wissen, ob du mich verstehst. Ich verlasse mich darauf, dass du trotz allem immer noch ein Mensch bist.«

Lennon wartete ein oder zwei Sekunden – er hatte

das Gefühl, dass Saugherty erst zufrieden war, wenn er den Eindruck hatte, dass Lennon sich die Sache ernsthaft durch den Kopf gehen ließ –, dann hustete er.

»Okay, genug geredet.«

Es ertönte ein kurzes Ächzen und Murmeln, dann spürte Lennon, wie die Kunststoffoberfläche der Glock sanft über seine Finger strich. Die Waffe knallte auf den Tisch. Er streckte die Finger aus und drehte sie um, dann legte er seine Hand um den Griff. Na also.

Willkommen in der Stadt der Frustrationen. Einwohner: der großmäulige Scheißkerl dort oben.

»Hast du sie?«

Lennon hustete.

»Okay. Fein. Ich mach es mir hier unten ein bisschen bequem. Weck mich, wenn der Spaß beginnt.«

Eine Weile geschah nichts.

»Ah, mein Gott«, murmelte Saugherty. »Mann, dieser Scheißkerl.«

Sie mussten lange warten. Egal, was der Typ oben trieb, er ließ sich Zeit. Lennon wollte Saugherty dringend ein paar Fragen stellen. Wer war der Typ? Ein anderer Cop? Er hatte definitiv so was an sich. Was hatten er und Saugherty geplant? Wahrscheinlich wollten sie Lennon so lange foltern, bis er ihnen das Versteck der 650 000 Dollar verriet, dann das Geld teilen und ihn loswerden. Doch Saugherty hatte nicht den Mumm, ihn zu foltern, darum hatte er seinen Kumpel angerufen, der weniger Skrupel hatte. Von dem er glaubte, er könnte ihm vertrauen. Und den er falsch eingeschätzt hatte.

Und dieser andere Mann. Was ging in *seinem* Kopf vor? Vielleicht wollte er die 650 000 Dollar für sich allein. Doch der Betrag schien nicht hoch genug, um deswegen einen ehemaligen Partner umzubringen. Entweder war er dumm und gierig, oder da war noch was anderes im Spiel. Lennon tendierte zu Letzterem. Er dachte über das nach, was der Kerl vorhin gesagt hatte. *Tja, das wird ein extrem frustrierender Tag für dich.* Das bedeutete, dass er mit Lennon etwas anderes vorhatte. Wenn es nur ums Geld ginge, hätte er sich sofort darangemacht, ihn zu foltern. Aber das hatte er nicht. Er war nach oben verschwunden, um jemanden anzurufen. Wen?

Als oben die Eingangstür quietschte und mehrere Paar schwere Stiefel dort herumtrampelten, wo Lennon die Küche vermutete, wusste er auf einmal Bescheid.

Scheiße.

Der Typ steckte mit der Russenmafia unter einer Decke.

Die Russen wollten das Geld.

Wahrscheinlich wollten sie auch wegen der toten Jungs im Rohr unten am Fluss mit ihm reden.

Bloß darum war er noch am Leben. Um später gefoltert zu werden.

Lennon fiel die Pistole in seiner Hand wieder ein. Fest umklammerte er ihren Griff.

»Heilige Scheiße«, murmelte Saugherty auf dem Boden. »Klingt wie eine ganze Kompanie da oben.«

Lennon versuchte die Schritte zu zählen, um abzuschätzen, mit wie vielen Personen er es zu tun hatte, verlor jedoch den Überblick. Er ließ seinen Blick durch die Garage wandern, wie auf der Suche nach einer Antwort. Nach einem Fluchtweg. Nach irgendwas.

»Ich will dich ja nicht demoralisieren, Pat, aber ich glaube, du bist ein toter Mann.«

Speed Loader

Patrick Selway Lennon ist vielleicht ein toter Mann, dachte Saugherty, aber das gilt nicht für mich.

Du wirst nach wie vor unterschätzt. Das war schon unmittelbar nach deinem Ausscheiden bei der Polizei so, und man unterschätzt dich noch immer. Sogar Mothers, ausgerechnet er.

Er hatte früher mit ihm zusammen auf dem Fünfzehnten Revier gearbeitet. Mothers hatte ihn immer damit aufgezogen, dass er keine kugelsichere Weste trug. Saugherty hatte es so gewollt – »Scheiß drauf«, hatte er immer gesagt. Doch insgeheim trug er trotzdem eine.

Er hatte festgestellt, dass der regelmäßige Verzehr von Jack Daniels und kiloweise Hamburgerfleisch ohne Brötchen einen interessanten Nebeneffekt hatte: einen raschen Gewichtsverlust. Diese behämmerte Atkins-Diät. Es war erstaunlich. Saugherty wurde sein Fett los, behielt seine Muskeln und trug die Weste, ohne dass es jemand merkte. Und zwar ständig. Sie war seine zweite Haut. Ja, fast so was wie ein Fetisch, wenn Saugherty ehrlich war. Ein weiteres Geheimnis. Eine weitere Möglichkeit, unterschätzt zu werden.

Mothers hatte ihm in die Brust geschossen, wie das jeder gute Cop getan hätte. In den Körperschwerpunkt. Ja, der Schuss hatte ihn echt umgehauen. Ihm jedoch keinen bleibenden Schaden zugefügt. Abgesehen von einem fiesen Bluterguss, war seine Haut unversehrt.

Saugherty hatte sich zum Schein auf dem Boden gewälzt, wenn auch nur bis zu einem gewissen Grad. Denn es tat echt *weh*. Glücklicherweise hatte Mothers darauf verzichtet, ihm zur Sicherheit eine weitere Kugel zu verpassen. Er hielt eine für ausreichend. Und jetzt würde Saugherty herausfinden, was *wirklich* los war.

Er wusste, dass diese Bürgermeister-vögelt-Tussi-aus-Leon-Street-Geschichte Schwachsinn war. Der Typ war aufrechter als der Schwanz eines Grizzlys: ein stolzer Baptist aus Philadelphias Norden, der nur Augen für seine fünfunddreißigjährige Frau hatte. Nein, er war in was ganz anderes verwickelt – die Barauszahlungen an die Bürger dienten nämlich zur Tarnung für Schulden, die er bei ein paar alten Freunden hatte. Weiße Muschis gehörten nicht zu seinen Lastern.

Vorher war Saugherty das egal gewesen. Mothers hatte ihm eine hübsche Summe Geld für einen schnellen Job angeboten, und damit war die Sache erledigt gewesen.

Doch jetzt war das plötzlich was anderes. Und wesentlich mehr als 325 000 Dollar wert.

Es war etwas, das jede Menge Komplizen auf den Plan rief.

Saugherty war inzwischen doppelt froh, dass er seine Pistole dem stummen Bankräuber gegeben hatte. Zunächst hatte er das für übertrieben vorsichtig gehalten: Mothers so lange abzulenken, bis er selbst freie Schussbahn hatte. Ja, ganz richtig. Mothers hatte ihn nicht mal nach Waffen durchsucht. Die Pistole von seinem Gürtel hatte Saugherty dem Stummen überlassen, doch in einem kurzen Holster oberhalb seines Steißbeins steckte eine weitere, ein stupsnasiges Modell. Der Bankräuber würde ein paar Kugeln auf Mothers abfeuern, ihn ein- oder zweimal treffen, und wenn der andere dann das Feuer erwiderte, konnte Saugherty ihn von unten erledigen. Perfekt.

Jetzt wurde Saugherty klar, dass die Pistole, die er dem Stummen abgetreten hatte, von zentraler Bedeutung war. Sollte dieser ruhig das Feuer eröffnen, sich die ersten Kugeln einfangen. Saugherty versuchte sich darauf zu konzentrieren, wie viele Schritte er gehört hatte, wie viele Typen Mothers begleiteten.

Müsste er eine grobe Schätzung abgeben, würde er sagen, drei.

Wenn alles gut lief, konnte der Stumme einen von ihnen ausschalten, vielleicht auch zwei, bevor es ihn selbst erwischte. Damit blieben mindestens zwei für Saugherty. Kein Problem, wenn er sie überrumpeln konnte. Erst Mothers – er war vermutlich am gefährlichsten –, dann die anderen.

Saugherty griff nach unten und legte seine Finger um die versteckte Pistole.

»Hey«, zischte er dem Stummen zu. »Ziel auf den Körperschwerpunkt.«

Die 650-Dollar-Beleidigung

Die zwei Väter saßen in einer Nische des »Dining Car« an der Frankford Avenue nahe der Ausfahrt Academy Road des Interstate-95. Es war sehr, sehr früh – kurz vor 8 Uhr. Und es war eine lange Nacht gewesen. Die beiden waren von mehreren aufgeregten Anrufen aus dem Bett geworfen worden. Gefolgt waren mehrere Telefonate, um die Fakten zu klären. Und schließlich zwei weitere, um sich zu diesem Frühstück zu verabreden.

»Wie geht's deiner Lisa?«, fragte Evsei Fieuchevsky.

»Bestens«, erwiderte sein Gast, Raymond Perelli. »Dein Sohn hat sie gut behandelt.«

»Schön zu hören.«

»Und … dein Junge?«

Fieuchevsky verzog das Gesicht. »Er wird immer noch vermisst.«

»Scheiße.«

»Ja. Scheiße.«

Lisa.

Mikal.

Die Väter hatten von der Beziehung der beiden nichts gewusst. Seit drei Monaten waren Lisa Perelli und der »La Salle«-Student Andrew Whalen ein Paar – seit dem Ende der Weihnachtsferien, als eine Freundin von Lisa mit Whalen Schluss gemacht und sie ihn getröstet hatte. Die beiden verstanden sich großartig. Lisa kannte Andrews Macken bereits; sie hatte oft genug zugehört, wenn Kimberly sich darüber beschwert hatte. Sie wusste, wie man damit umging, sie sich zu Nutze machte und ihn so ummodelte, wie man ihn haben wollte. Meistens zumindest.

Es war reiner Zufall, dass Andrew Whalen zusammen mit Mikal Fieuchevsky in einer Rockband spielte, dem Sohn eines mutmaßlichen Mafiabosses aus dem Nordosten Philadelphias.

Die Dienststelle, die für die Verbrechensbekämpfung im südöstlichen Pennsylvania zuständig war, sah darin allerdings mehr als reinen Zufall. Seit dem 10. Januar 2003 hatten sie im Wohnheim und zu Hause Andrew Whalens Telefon abgehört, als die Nachricht von der Whalen-Pirelli-Affäre die Zentrale erreichte. Die Dienststelle für Verbrechensbekämpfung erkannte darin eine direkte Verbindung zwischen den Überbleibseln der italienischen Organisation und der schlankeren, jüngeren und robusteren Russenmafia. Die Beziehung sei nur ein Vorwand, behaupteten sie; Whalen ließ sich mindestens dreimal die Woche den Schwanz lutschen (den Überwachungsbändern und -fotos zufolge) und fungierte im Gegenzug als Mittelsmann zwischen Evsei Fieuchevsky, einem mutmaßlichen Mafiaboss, und Ray Perelli, dem Capo der kläglichen Überreste der italienischen Mafia. Er leitete Nachrichten und Befehle weiter und manchmal auch Bargeld. Ray »Chardonnay« Perelli behandelte seinen jungen Mittelsmann gut, wie die Verbrechensbekämpfung herausfand. Abgesehen davon, dass seine Tochter Andrews Schwanz verwöhnte, spendierte er ihm ein altes »Yamaha DX7-II«-Keyboard für seine Auftritte. Zum Geburtstag.

Doch die Verbrechensbekämpfung irrte sich gewaltig. Andrew Whalen kannte zwar die etwas fragwürdige Vergangenheit von Mikals Vater, hatte aber keine Ahnung, was Lisa betraf. Er wusste lediglich, dass sie ein wenig besitzergreifend war, doch sie war auch die sinnlichste Frau, mit der er je zusammen gewesen war. Sie war nicht ganz billig, dafür hatte sie aber auch einiges zu bieten. Es lohnte sich. Darum kehrte er immer wieder zu ihr zurück. Und das DX7-II hatte auch nicht wehgetan.

»Hier«, sagte Fieuchevsky und schob einen Umschlag über den kastanienbraunen Resopal-Tisch. »Um den Schaden wiedergutzumachen, den wir möglicherweise angerichtet haben.«

Perelli lächelte. »Das musst du nicht.«

»Ich bestehe aber drauf.«

Unter großem Trara lehnte Perelli den Umschlag ab, um ihn kurz darauf doch an sich zu nehmen und in seine Jackentasche gleiten zu lassen.

»Kann ich sonst noch was für dich tun?«

Jetzt war Fieuchevsky an der Reihe, ein falsches Lächeln aufzusetzen. »Nein, nein. Damit ist die Sache erledigt. Lass dir dein Rindergeschnetzeltes schmecken.«

»Hey, ich will nur helfen.«

So eierten sie eine Weile herum, während Perelli sich über sein Rindergeschnetzeltes hermachte – die »Scheiße auf einer Schindel«, wie er es gerne nannte – und Fieuchevsky über sein Tomatenomelett mit drei Portionen Speck und einem Wodka on the Rocks. Unbeholfen tauschten die beiden Komplimente aus, darauf bedacht, den anderen nicht zu verletzen. Das Ganze fand schließlich ein erfreuliches Ende, als Fieuchevsky ein dreimal gefaltetes Fahndungsplakat des FBI über den Tisch schob.

»Falls jemand von euch diesem Mann über den Weg läuft«, erklärte er, »wäre ich dir sehr verbunden, wenn ich als Erster mit ihm reden könnte.«

Perelli steckte das Plakat ein. »Wäre mir ein Vergnügen.«

Unter seinen ganzen Fettröllchen, dachte Fieuchevsky, findet dieser ungepflegte Scheißkerl von einem Itaker nicht mal seinen Schwanz.

Diese russischen Arschlöcher, überlegte Perelli gleichzeitig, vergeigen es gerade. Höchste Eisenbahn, wieder einzusteigen.

Da klingelte Fieuchevskys Handy. Kaum hatte er wieder aufgelegt, erklärte er Perelli, dass er sich auf den Weg machen müsse. Und plötzlich hatte es auch Perelli eilig und bedankte sich bei Fieuchevsky überschwänglich für das 8,95-Dollar-Frühstück.

Als Perelli draußen in seinem silbernen BMW den Umschlag aufriss, fiel ihm die Kinnlade herunter. Er enthielt einen Barscheck über 650 Dollar. Verwendungszweck: »Fenstergitter«.

Das beschissene Fenstergitter im Wohnheim.

Drei muskelbepackte Russki-Schläger hatten sich auf seine Tochter gestürzt, und alles, was dieser Kommunisten-Arsch anzubieten hatte, waren 650 Dollar.

Am liebsten hätte Perelli sein Rindergeschnetzeltes wieder ausgekotzt. Über die Windschutzscheibe von Fieu*scheiß*kys Wagen.

Und dann besaß er auch noch die Frechheit, ihn um einen Gefallen zu bitten.

Diesen Typen zu finden. Patrick Selway Lennon. Einen Bankräuber.

Mann, leck mich, du russischer Scheißkerl. Steck dir deinen Finger in den Arsch und versuch dort dein Glück. Diese russischen Wichser machten sich überall in der Stadt breit und taten, als hätten sie hier schon immer das Sagen gehabt. Angesichts der Anklagewelle im verrückten Sommer 2001 lachten sie sich ins Fäustchen. Außerdem spielten sie diese albernen Streiche; während der Boss eine lebenslange Haftstrafe absaß, entdeckte die Polizei unter dem Bett seiner Frau einen einbeinigen Geldboten. Die Russen nahmen die Überbleibsel eines ehemals großen Imperiums auseinander.

Stinkwütend stieg Perelli in seinen Wagen und gab Gas.

Das dritte Team

Als die schwarzen Jungs mit den Pistolen die Garage betraten, wusste Saugherty sofort, dass er mit seiner Vermutung Recht gehabt hatte. Es waren Mothers und drei weitere Männer. Nicht dass er sich deswegen besser fühlte. Mit etwas Glück konnte der Stumme zwei von ihnen erledigen. Damit blieben zwei für Saugherty übrig. Die Chancen standen nicht besonders gut, aber es war möglich.

»Schneidet ihn los«, sagte eine Stimme.

Zwei Männer mit Messern fingen an, den Stummen von den Bungee-Seilen zu befreien. Offensichtlich hatte er seine Pistole vorübergehend versteckt. Los, dachte Saugherty, drück schon ab. Peng peng. Erst einen, dann noch einen. Seine Hand an der Pistole war schon ganz verschwitzt. Es war nicht leicht, sich tot zu stellen, während man voller Anspannung auf seinen Einsatz wartete. Seine Brust tat schrecklich weh. Hoffentlich bekam er nicht zu einem ungünstigen Zeitpunkt einen Krampf.

Dann geschah etwas Unerwartetes.

Der Stumme sprang mit einem Satz vom Tisch – eine alte dicke Holztür, die Saugherty vor Jahren auf dem Mount Airy beim Durchstöbern von Müll gefunden hatte – und wuchtete die Platte über seinen Körper. Mit der Tür auf dem Rücken krabbelte er über den Garagenboden; er erinnerte an einen Krebs, der sich verzweifelt an seinen Panzer klammerte. Der Stumme versuchte die Tür tatsächlich als Schutzschild zu benutzen.

Die drei Kerle mit den Pistolen lachten und johlten, »Hey, weißer Junge. Wo willst du hin?« Wer wollte ihnen einen Vorwurf machen? Es sah jämmerlich aus.

»Die Tür wird Ihnen nichts nutzen, Mr. Lennon«, sagte Mothers mit einem Lächeln auf den Lippen.

Zwei der Männer zogen Maschinenpistolen unter ihren ausgebeulten Mänteln hervor. Luden die Trommel. Und lösten den Abzugbügel. Die beiden anderen hatten jeder eine schwarze Halbautomatik; sie zogen den Schlitten zurück, so dass eine Patrone in die Kammer geladen wurde. Die Garage war von kurzem, hartem metallischem Klicken erfüllt. Eine Maschinenpistole reichte bereits, um Saugherty und den Stummen komplett zu durchlöchern. Verdammt, diese Typen hatten genug schwere Feuerwaffen dabei, um ein Polizeirevier zu überfallen.

»Ein Arm genügt uns«, fuhr Mothers fort. »Der Rest ist egal. Die Jungs hier können innerhalb von Sekunden mit chirurgischer Präzision eines deiner Gliedmaßen abtrennen, Tür hin oder her. Du wirst nicht lange am Leben bleiben, aber so lange, wie es nötig ist.«

Die Tür wackelte. Zog der Stumme jetzt doch noch seine Pistole?

Und wenn, was zum Teufel wollte er damit erreichen?

War die Situation eben noch *beschissen* gewesen, war sie nun *absolut beschissen.* Saughertys einziger taktischer Vorteil bestand darin, dass alle vier Männer ihm jetzt den Rücken zuwandten. Er konnte versuchen, aufzustehen und in kurzer Folge sechs präzise Schüsse abzufeuern, auf jeden ... nein, das war lächerlich. Wahrscheinlich schaffte er es gerade mal, zwei von ihnen auszuknipsen, bevor die anderen herumfuhren und ihn durchsiebten.

Die Tür hob sich ein paar Zentimeter vom Garagenboden. Und die Spitze von Saughertys Glock ragte hervor.

Die Typen lachten jetzt noch lauter und nahmen die Waffen in Anschlag.

Was zum Teufel hatte der Stumme bloß vor?

»Okay. Wäre jemand so freundlich, sich der Beine dieses Scheißkerls anzunehmen?«

Saugherty sah nach, wohin der Lauf der Pistole zielte. Quer über den Garagenboden, über seinen Kopf hinweg, auf was? Er warf einen verstohlenen Blick in diese Richtung.

Auf die Gasflasche seines Grills.

Oh nein.

»Nehmt *das,* ihr dummen Arschlöcher«, sagte der Stumme. Dann feuerte er.

Durch die Tür

Er wurde von der Explosion gegen die Garagenwand geschleudert, die Tür blieb jedoch ganz. Lennon konnte spüren, wie die Hitze gegen das Holz drückte. Die Platte würde nicht mehr lange halten. Wahrscheinlich stand sie bereits in Flammen. Mit Saughertys Pistole in der Hand rappelte er sich wieder auf. Dann spähte er über die Holztür.

Saughertys Garage war ein einziges Inferno. So gut wie die ganze Inneneinrichtung war verrußt oder stand in Flammen, die Schwarzen mit den Pistolen eingeschlossen. (Eigentlich sahen sie immer weniger nach russischen Gangstern aus.) Einer von ihnen krümmte sich auf dem Boden, und Lennon verpasste ihm eine Kugel. Dann hielt er durch den Rauch nach weiteren Überlebenden Ausschau. Er musste auf Nummer sicher gehen. Er hatte bereits mehrere Menschen auf dem Gewissen. Auf ein paar mehr oder weniger kam es da nicht mehr an.

Doch das Feuer war inzwischen außer Kontrolle geraten. Er musste sofort hier raus. Er war sich nicht sicher, wie lange er noch durchhielt, ohne das Bewusstsein zu verlieren. Sein ganzer Körper tat höllisch weh, und seine Schulter am allermeisten.

Der leichteste Weg nach draußen: mit der Tür.

Die Garagentore aus Aluminium wölbten sich bereits. Lennon konnte es hören. Also hob er die Holztür – verdammt, war das Scheißding schwer – und benutzte sie als Rammbock. Sie durchschlug das Aluminium, und Lennon folgte ihr. Dann ließ er sie los, bevor sie ihn nach unten zog, taumelte zur Seite und ging in die Knie. Durch jede Faser seines Körpers zuckten jetzt Schmerzen. Steh auf, steh auf, sagte er sich. Sein Haar fühlte sich an, als hätte man es über einem Grill geröstet.

Lennon wankte auf die Füße und betrachtete die Umgebung. Er war völlig orientierungslos. Mein Gott, das hier sah aus wie die Sackgasse in einem Vorort. Ein gelbes Plastikdreirad stand mitten auf dem Rasen. Es war ein strahlender, sonniger Frühlingstag. Die Sonne brannte auf seiner Haut.

Hinter ihm lagen fünf geröstete Männer – drei davon wahrscheinlich Gangmitglieder, die beiden anderen vermutlich Cops oder Excops. Lennon hatte eine Kugel im Arm, und sein ganzer Körper war voller Prellungen. Außerdem hielt er eine Pistole in der Hand, und im Kofferraum eines Wagens in der Innenstadt von Philadelphia warteten 650 000 Dollar auf ihn.

Langsam ging Lennon los. Er musste weg von dem brennenden Haus, weg von den Augenzeugen. Auch wenn es dafür wahrscheinlich längst zu spät war. Schon spähten Gesichter hinter den Gardinen hervor, und Väter traten vor die Fliegengitter-Türen.

Schluss jetzt. Seit dem Überfall waren fast vierundzwanzig Stunden vergangen. Es war an der Zeit, sich endgültig aus dem Staub zu machen.

Die warme Luft schärfte seine Sinne, oder zumindest hatte es den Anschein.

Reihenfolge der anstehenden Aufgaben:

Einen Wagen besorgen.

Zu einem kleinen Supermarkt fahren. Eine Telefonkarte und einen Stadtplan von Philadelphia organisieren.

Etwas Reinigungsalkohol über die Schulterverletzung kippen.

Sie mit einem Druckverband umwickeln.

Beten, dass nichts infiziert war.

Herausfinden, wo zum Teufel er sich befand.

Katie auf dem Handy anrufen. Genug rumgeeiert. Dreißig Sekunden am Telefon würden genügen, um rauszufinden, was er wissen musste.

Sich mit ihr treffen. Oder auch nicht, und sich später darum kümmern.

Überlegen, wie er mit dem Geld aus der Stadt kam.

Und nie, nie wieder nach Philadelphia zurückkehren.

Seine Doppelhaushälfte am Colony Drive hatte Saugherty 1988 gekauft, als er noch mit seiner damaligen Frau Clarissa und seinem fünf Jahre alten Sohn zusammenlebte. Sie hatte seinerzeit 65 000 Dollar gekostet, was bedeutete, dass er die Hypothekenzahlungen mit seinem Gehalt als Cop gerade so aufbringen konnte. Aufgrund der steigenden Immobilienpreise hatte sich der Wert des Hauses in den letzten fünfzehn Jahren allerdings verdoppelt. In dieser Zeit hatte ihn Clarissa verlassen, und sein fünfjähriger Junge war jetzt ein einundzwanzigjähriger Ecstasy-Schlucker, der Medikamente gegen seine Anfälle nahm; mittlerweile war das Polizistengehalt durch andere Zuwendungen ersetzt worden. Clarissa und der Junge hatten ihre Sachen gepackt und waren nach Warminster gezogen; und aus reiner Trägheit hatte Saugherty das Haus behalten. Er hatte immer vorgehabt, eine Wohnung näher an der Innenstadt zu mieten, wo er die meiste Zeit arbeitete, aber er war nie dazu gekommen.

Als er jedoch in der Frühlingsluft auf dem Rasen hinter seinem Haus hockte und zusah, wie seine Doppelhaushälfte für 135 000 Dollar (aktueller Marktwert) niederbrannte, dachte Saugherty an nichts davon. Stattdessen versuchte er etwas anderes auf die Reihe zu kriegen.

Nein, nicht die Tatsache, dass sein früherer Weggefährte und bester Freund, Earl Mothers, jetzt ein verkohltes Stück Fleisch in seiner qualmenden Garage war.

Auch nicht die Tatsache, dass außerdem drei schwer bewaffnete Männer – offensichtlich von der Junior Black Mafia – auf dem Grillplatz am Colony Drive lagen.

Und auch nicht, dass Saugherty sich früher oder später eine Geschichte einfallen lassen musste, um seinen toten Freund und diese toten Nigger in seinem niedergebrannten Haus zu erklären.

Es war der Stumme.

Er hatte gesprochen.

Der Typ konnte schon die ganze Zeit sprechen. Er hatte den Leuten seit Monaten, vielleicht seit Jahren was vorgemacht. Saugherty hatte keine Ahnung, wie alt die Info auf dem Steckbrief war, aber es wirkte nicht so, als wäre dieses Detail erst gestern darin aufgetaucht. Patrick Selway Lennon hatte den Leuten über einen langen Zeitraum etwas vorgespielt. Das machte ihn zu einem attraktiven Fluchtfahrer – gab es einen besseren Komplizen als jemanden, der bei den Cops nicht singen konnte?

Selbst wenn es darauf ankam, wenn sein Leben auf dem Spiel stand und jeder andere um Gnade gefleht hätte, hielt der Typ den Mund.

Aber warum hatte er diesen einen letzten Satz hervorgestoßen? Mit irischem Akzent?

Nehmt das, *ihr dummen Arschlöcher.*

Ganz einfach: Er hatte eine Grenze erreicht. Und

ihm war die Hutschnur geplatzt. Das schien einleuchtend.

Saugherty musste den Typen aufspüren. Vermutlich hatte er die Explosion überlebt, so wie er. Die schwere Platte hatte ihn wahrscheinlich einigermaßen geschützt. Saugherty hatte es gerade noch zur Garagentür geschafft, die in den Keller führte, als die Gasflasche hochging. Als er sah, dass die Pistole darauf zielte, beschloss er, das Theater zu beenden. Er sprang einfach auf und lief los. Zwei der vier Männer – darunter Mothers – rissen die Köpfe herum und blickten ihm hinterher. Die anderen richteten ihr Augenmerk auf Lennon und die Pistole, die unter der Tür hervorragte. Innerhalb von Sekunden stand der Raum in Flammen, und Saugherty hechtete hinter ein Sofa. Dann fegte ein Feuerball über ihn hinweg, und der ganze Keller flog in die Luft. Er musste einen Stuhl durch eines der Erkerfenster schleudern, um es hinaus auf den Rasen zu schaffen.

Lennon hatte einen anderen Weg genommen. Mit der Pistole in der Hand hatte Saugherty hier auf seinem Rasen gesessen und auf ihn gewartet.

Doch er musste nach vorne entkommen sein.

Saugherty lief um die Seite des Hauses Richtung Straße. Sein unmittelbarer Nachbar Jimmy Hadder, der Geschäftsführer eines Baumarkts, fasste ihn am Arm. »Himmel, bist du in Ordnung?«

»Hausfriedensbruch«, murmelte Saugherty. »Ein paar schwarze Typen haben mich k.o. geschlagen, ausgeraubt und mein Haus angezündet.« Er erzählte das Erstbeste, was ihm in den Sinn kam. Dann wurde ihm klar, dass er damit aufhören musste, bevor er etwas sagte, was er später nicht erklären konnte. »Einer von ihnen ist entwischt – hast du ihn gesehen, Jim?«

»Ja – er ist Richtung Axe Factory Road gelaufen. Aber ich glaube, er war weiß.«

»Heutzutage kann man nie wissen. Danke, Jimbo.«

Die Axe Factory Road mündete in den Colony Drive. Von dort gab es zwei Möglichkeiten: Richtung Osten oder Richtung Westen. Saugherty bedankte sich bei Jim und trottete zum Ende der Sackgasse.

Runter Richtung Park: nada. Rauf Richtung Welsh Road: Er konnte gerade noch erkennen, wie sein Mann um die Ecke bog.

Hab dich.

Saugherty lief zurück, um den Wagen zu holen, den er Lennon abgenommen hatte, als ihm klarwurde, dass er in der Garage geparkt hatte.

Erstversorgung

Auf der Tolbut Street knackte Lennon einen jägergrünen Chevy Cavalier Baujahr 1997, der am Straßenrand parkte. Chevys waren für ihn ein Kinderspiel. Er hatte mit einem Chevy gelernt, wie man einen Wagen kurzschließt. Außerdem hatte das Ding keine Alarmanlage, und das Lenkradschloss war nicht verriegelt. Niemand tat das. Was den Wagen zusätzlich attraktiv machte, war das zusammengeknüllte Sweatshirt auf dem Rücksitz. Nach zwei Blocks fuhr Lennon rechts ran, streifte sein blutverschmiertes, zerrissenes Sweatshirt ab und zog das andere an. Darauf prangte der Schriftzug »Father Judge High School«. Mir nichts, dir nichts war er vom College auf die Highschool zurückversetzt worden.

Nach ein paar Kurven fand er sich auf einer Hauptstraße wieder – der Welsh Road. Zehn Minuten weiter Richtung Norden, gegenüber einer Hauptverkehrsstraße, dem Roosevelt Boulevard, lag ein kleiner Supermarkt. Lennon stoppte und betrat den Laden. Seine Schulter tat immer noch weh; und seine Haut brannte. Saugherty hatte Recht. Er fing an, etwas streng zu riechen. Sobald er das brennende Haus weit genug hinter sich gelassen hatte, musste er sich erst mal verarzten. Selbst wenn das bedeutete, dass er etwas Wodka über die Wunde kippen und einen Verband draufklatschen musste.

Der Bewohner von Zimmer 219 hatte nirgends Geld herumliegen gehabt; das war bei College Kids nicht üblich. Also musste Lennon einen kleinen Raubüberfall abziehen. Er hasste das, denn damit lenkte er die Aufmerksamkeit auf sich. Doch die Telefonkarten lagen hinter dem Tresen, man konnte sich also nicht einfach selbst bedienen.

Abgesehen davon konnte er zur Überbrückung etwas

Kohle gebrauchen, bis er das Geld aus dem Wagen geholt hatte. Und gemessen an den Morden, die er inzwischen auf dem Konto hatte, war so ein Überfall nichts.

Lennon fischte einen Stadtplan aus einem Drehständer. Beim Überqueren des Roosevelt Boulevard hatte er eine ungefähre Vorstellung gehabt, wo er sich befand, und ein kurzer Blick auf den Plan bestätigte ihn. Er war im Nordosten von Philadelphia, ungefähr fünfundzwanzig Minuten von der Innenstadt entfernt. Saugherty hatte ihn mit nach Hause genommen. Der Karte nach war der kürzeste Weg zurück der Boulevard, auch bekannt als Route 1, bis er in den Interstate-76 überging und Richtung Innenstadt führte. Er steckte den Plan wieder in den Drehständer zurück.

Dann nahm er sich ein Exemplar der *Philadelphia Daily News,* eine Packung gekochter Hühnchenstreifen – schnell verwertbares Eiweiß – und eine Flasche Wasser. Plötzlich fiel ihm noch etwas ein, und er schnappte sich einen dicken weißen Deostift von Old Spice. Das alles legte er auf den Tresen.

Der Bursche hinter der Kasse warf ihm einen komischen Blick zu, während er die Sachen in eine Tüte packte. Wahrscheinlich hatte er die Father Judge High School besucht. Lennon hob die Unterseite des Sweatshirts und zeigte ihm die Glock, die im Bund seiner Jeans steckte. Er deutete auf die Kasse und dann auf die Tüte. Der Junge verstand. Er öffnete die Kasse, klaubte die Geldscheine zusammen und stopfte sie in die Tüte. Dann deutete Lennon auf die Telefonkarten.

»Wie viele?«, fragte der Bursche.

Lennon krümmte die Finger. *Her damit.*

»Okay.« Der Junge schnappte sich einen Stapel und legte sie zu den anderen Sachen.

Lennon packte die Tüte.

»Wir sehen uns im Unterricht«, sagte er grinsend. Offensichtlich war der Junge völlig aus dem Häuschen. Wahrscheinlich hatte Lennon gerade eine lang gehegte Fantasievorstellung oder einen Running Gag unter Kollegen wahrgemacht. *Ey Alter, man hat mich ausgeraubt.*

Es gab hier eine Überwachungskamera, doch Lennon kam zu dem Schluss, dass das jetzt keine Rolle mehr spielte.

Nach fünfzehn Minuten auf dem Roosevelt Boulevard wechselte er auf die äußeren Fahrstreifen und bog auf den großen Parkplatz eines Einkaufszentrums. In einem Kaufhaus fand er mehrere Münztelefone und rief mit einer der Telefonkarten Katie auf dem Einweg-Handy an. Das für den Notfall.

Seit der Erfindung von Stadtplänen gab es nichts Besseres als Telefonkarten, wenn man vorhatte, eine Bank zu überfallen. Unmöglich zurückzuverfolgen – diese Billigfirmen kauften jede Menge Einheiten für Ferngespräche und verscherbelten sie an Leute, die zu arm waren, um sich einen Festanschluss zu leisten, oder wegen mangelnder Kreditwürdigkeit von den Telefongesellschaften abgewiesen wurden, oder an Kriminelle, die nicht wollten, dass man ihren Anruf zurückverfolgt. Man machte dabei kein Schnäppchen, auch wenn auf den Karten stand, dass man pro Minute jede Menge Geld sparte. Benutzte man eine Telefonkarte jedoch, um ein Handy anzurufen, das nach einem Anruf weggeworfen wurde, hatte man ein fast absolut sicheres Kommunikationsmittel.

Katies Wegwerf-Handy klingelte fünfmal, dann ertönte die automatische Ansage der Mailbox.

Ein Anruf

Katies Handy klingelte. Mist. Sie konnte jetzt nicht drangehen. Nicht mit dem Lauf einer Beretta im Mund eines russischen Gangsters.

Moment.

Nur zwei Personen hatten die Nummer ihres Einweg-Handys. Eine davon war Patrick. Was es überflüssig machte, noch weiter mit diesem wortkargen russischen Scheißkerl zu verhandeln.

»Warte einen Moment, okay? Natürlich tust du das.« Katie wühlte in ihrer Handtasche herum, fand das Telefon und klappte es mit einer Hand auf – doch zu spät. Aufgelegt. Mist.

Sie nahm die Pistole aus dem Mund des Mannes und schlug ihn damit bewusstlos. Er war sowieso zu nichts nutze. Angeblich wusste er nichts. Während Katie die Pistole an seinem Sofa abwischte, fragte sie ihre Mailbox ab.

Es war nicht schwer gewesen, den Russen aufzuspüren. Henry hatte sich zwar geweigert, Namen zu nennen, und sie gebeten, in sein Apartment zu kommen und in Ruhe über die Sache nachzudenken. Doch schließlich hatte er nachgegeben und ihr einen Namen genannt: Evsei Fieuchevsky. »Ich weiß nicht, ob er was mit der Sache zu tun hat, aber er könnte ein paar Leute kennen, die was darüber wissen.«

Fieuchevsky behauptete, keine Ahnung zu haben, aber das spielte keine Rolle. Denn beim Durchsuchen der Schreibtischschublade stieß sie auf ein altmodisches Adressbuch. Irgendjemand darin wusste garantiert, was mit Patrick passiert war.

Der Anrufer

Lennon verzichtete darauf, eine Nachricht zu hinterlassen. Das tat er nie – es lohnte sich nicht. Er würde es später nochmal probieren. Er wollte der Tatsache, dass Katie nicht an ihr Notfalltelefon gegangen war, nicht allzu viel Bedeutung beimessen. Er war der Einzige, der diese Nummer hatte. Entweder war sie gerade unter der Dusche oder nicht in der Nähe des Telefons. Oder sie ging davon aus, dass er tot war. Dann wusste sie jetzt, dass er noch lebte.

Er hatte jedenfalls keine Zeit, darüber nachzudenken.

Weiter zum nächsten Punkt der Tagesordnung.

Er konnte es kaum abwarten, Philadelphia zu verlassen.

Verbrecherjagd

Saugherty beobachtete, wie Lennon telefonierte. Er bewegte nicht mal den Mund. Fragte er seine Nachrichten ab, oder bekam er irgendwelche Anweisungen? Fast wünschte sich Saugherty, wieder bei den Cops zu arbeiten. Dann könnte er jemanden auf die Telefone hier im Kaufhaus ansetzen, um den Anruf zu orten. Doch er war ganz auf sich gestellt. War alleine unterwegs. In einem Wagen – einem königsblauen Kia –, den er sich von seinem Nachbarn Jimmy geliehen hatte.

Mothers anzurufen war der Fehler des Jahres gewesen. Das würde ihm nicht nochmal passieren.

Er wollte Lennon zum Geld folgen, ihn abknallen und die Kohle einsacken. Dann dem FBI einen Tipp geben. Damit sie ihren Mann abholten und sich um die ganze Sauerei kümmerten. Allerdings musste Saugherty sich eine Geschichte einfallen lassen, aber dafür war später immer noch Zeit.

Als Lennon das Kaufhaus verließ, ging er nicht zu dem gestohlenen Wagen zurück. Er schlenderte einfach am Geschäft entlang, abseits des hektischen Treibens, und wählte ein anderes Fahrzeug aus – ein älteres Chevy-Modell. Sekunden später hockte er im Innern. Saugherty hatte nicht mal mitbekommen, wie er das gemacht hatte. Unglaublich. Das erinnerte ihn an ein Videospiel, das sein Sohn gerne spielte, *Grand Theft Auto III.* »Das wird dir gefallen, Dad«, hatte sein Junge gesagt, doch Saugherty war von dem Spiel entsetzt. Es drehte sich um einen Typen, der Autos klaute und Leute überfiel oder tötete; der Spielstand wurde in Dollar angezeigt, die man entweder gestohlen oder mit krummen Geschäften verdient hatte. Laut seinem Sohn kriegte man Extrapunkte, wenn man so viele Fahndungssterne wie möglich ansammelte – die Höchstzahl war sechs –, und das ging am einfachsten, indem man einen Polizisten tötete. Sein Sohn liebte dieses Spiel. Offensichtlich war ihm nicht klar, dass sein Vater seine Brötchen damit verdiente, als Cop sein Leben aufs Spiel zu setzen, im Kampf gegen echte Scheißkerle, die ebenfalls stolz darauf waren, die Bullen plattzumachen.

Der Protagonist dieses Spiels hatte nicht das geringste Problem damit, Autos zu klauen, die irgendwo parkten oder sonst wie benutzt wurden. Man bewegte einfach seine Figur zum Wagen und drückte auf den Knopf. Bei diesem Typen hier war es genauso. Ein Knopfdruck. Und zack war er im Wagen.

Saugherty folgte ihm vom Parkplatz, zurück auf den Roosevelt Boulevard.

Er wünschte, er hätte mehr Zeit gehabt, sich über

den Mann zu informieren. Alle unterschätzten Saugherty, doch er seinerseits hatte diesen Burschen, der sich stumm stellte, ebenfalls die ganze Zeit unterschätzt.

Was war seine Geschichte? Wo waren seine zwei Partner, und warum bewachten sie das Geld nicht? Oder taten sie das? Und Lennon versuchte mit allen Mitteln, an sein Drittel zu kommen?

Nein. Irgendwas war schiefgelaufen. Kein professioneller Bankräuber blieb freiwillig vor Ort. Er schlug unerbittlich und schnell zu und machte sich schleunigst aus dem Staub. Die Sache war aus dem Ruder gelaufen, nur darum war Lennon noch hier.

Aber was war schiefgegangen?

Verdammt, Saugherty. Bevor du angefangen hast, dir jeden Tag einen hinter die Binde zu gießen, warst du ein ziemlich guter Ermittler. Finde es raus. Denk über seinen nächsten Schritt nach. Das könnte den Unterschied bedeuten zwischen dem Leben, das du immer führen wolltest, und dem Leben in einer – inzwischen abgebrannten – Doppelhaushälfte drüben im Pennypack Park.

Die Uhr am Armaturenbrett vom Wagen seines Nachbarn zeigte 9.34 Uhr. So früh war er seit Jahren nicht mehr auf gewesen.

War er tatsächlich die ganze Nacht wach gewesen?
Ja.

Lennon fuhr den Roosevelt Boulevard ganz hinunter, durch den unteren Teil von Phillys Nordosten, vorbei an so üblen Gegenden wie Logan, Hunting Park und Feltonville und an anderen Vierteln, die vor langer Zeit mal voller Leben waren – voller Fabriken und Jobs, mit Lebensmittel- und Süßwarenläden und mit Leuten, die jeden Tag ihre Eingangsstufen fegten. Mittlerweile war alles heruntergekommen. Einige Leute fanden es immer noch lohnenswert, die Viertel instand zu halten. Hier und da sah man die Ergebnisse ihrer Bemühungen auf dem Boulevard. Ein frisch gestrichenes Haus mit leuchtender Markise. Doch meist standen sie direkt neben einer tiefen Grube, in einer Häuserzeile, die von der Baubehörde schließlich zum Abriss freigegeben wurde. Niemand wollte noch an so einen Ort ziehen – ganz bestimmt niemand, der Wert auf ein schönes Viertel legte.

Saugherty fragte sich, was Lennon bei dem Anblick wohl dachte – ob er überhaupt Notiz davon nahm. Laut seinem Steckbrief war er in Listowel, Irland, geboren, aber niemand wusste, wo er aufgewachsen war. Vielleicht hier. Vielleicht war er in einem Dreckssloch wie Feltonville groß geworden und überfiel Banken, um sicherzustellen, dass er nie wieder in so einem Drecksloch hausen musste.

In dem Fall konnte Saugherty seine Gründe verstehen. Er hätte dasselbe getan. Verdammt, darum war er ja jetzt hier.

Der Boulevard verengte sich von zwölf auf vier Spuren – zwei in jede Richtung. Lennon fuhr weiter. Saugherty passierte ein Schild mit der Aufschrift

KELLY DRIVE. Weiter vorne hörte der Boulevard auf, und man hatte zwei Möglichkeiten: den Interstate-76 West in die Vororte oder den Interstate-76 East, der in einem Bogen an der Innenstadt vorbeiführte, durch South Philly und schließlich zum internationalen Flughafen. Drüben im Westen gab es für Lennon nichts von Interesse – es sei denn, er wollte sich Valley Forge ansehen, wo George Washington und seine Truppen ihre blutigen Füße in Lumpen gewickelt und sich auf die Schlacht mit den Briten vorbereitet hatten.

Nein, Lennon fuhr Richtung Osten. Wer hätte das gedacht? Die Frage war jetzt: Richtung Innenstadt, in die Nähe des Tatorts, oder direkt zum Flughafen, fort von hier?

Nun, nach dem zu schließen, was Lennon bei sich hatte, würde er die Stadt nicht verlassen, außer er hatte in einem Schließfach am Flughafen eine Tasche für die Flucht deponiert. Saugherty hatte ihn von Kopf bis Fuß durchsucht, er hatte nicht einen Cent bei sich. Sein kleiner Überfall auf den Supermarkt konnte nicht mehr als fünfzig Dollar eingebracht haben. Also, sperr die Augen auf. Die Antwort liegt direkt vor dir. Soweit Saugherty das mitbekommen hatte, hatte Lennon im Supermarkt lediglich einen Stapel Telefonkarten und Trockenfleisch geklaut.

Frühstück für Champions. Obwohl Saugherty gegen ein paar Würstchen auch nichts einzuwenden gehabt hätte. Er war völlig ausgehungert – das Letzte, was er gegessen hatte, waren diese beschissenen Memphis Dogs gewesen.

Wie er vermutet hatte, nahm Lennon eine Ausfahrt Richtung Innenstadt. Saugherty hätte ihn fast aus den Augen verloren – unvermittelt bog Lennon erneut nach rechts ab, auf die Zweiunddreißigste Straße.

Verdammt. Der Typ fuhr tatsächlich zum Tatort zurück.

Der bittere Geschmack von Blut

Der Morgen war für Evsei Fieuchevsky alles andere als erfreulich verlaufen. Erst die Nachricht von seinem Sohn. Er hatte sich mit Bankräubern eingelassen und war wahrscheinlich tot. Wie konnte sein Sohn nur so etwas tun? Was hatte Mikal sich bloß dabei gedacht? Dann das peinliche Versehen mit der Tochter dieses fetten Italieners. Und schließlich diese dumme Schlampe mit der Pistole, die ihn in seiner Wohnung in Morrell Park überfallen hatte und drohte, ihn umzubringen, wenn er ihr nicht sagte, was sie mit dem Bankräuber angestellt hatten.

Dem Mann, der wahrscheinlich seinen Sohn umgebracht hatte.

Gott sei Dank war seine Dimitria nicht mehr am Leben und kriegte von dieser Schmach nichts mit.

Während sie ihn in die Mangel nahm, hatte Fieuchevsky einfach die Klappe gehalten. Er hatte beschlossen, Geduld mit dem durchgeknallten Miststück zu haben. Sollte sie schimpfen und toben, spucken und drohen. Das spielte alles keine Rolle. Bald würden seine Mitarbeiter – die, die Mikals Laster gefunden hatten – hier eintreffen. Und dreißig Minuten später würde diese dumme Schlampe von einem Fleischerhaken in seiner Garage baumeln und um ein gnädiges Ende der ganzen Prozedur betteln.

Doch dann hatte das Miststück eine Pause eingelegt, um an ihr Handy zu gehen, und ihn daraufhin ohne Vorwarnung bewusstlos geschlagen.

Das war verrückt.

Ebenso, dass sein hellbraunes Kunstledersofa mit seinem eigenen Blut beschmiert war. Diese durchgeknallte Schlampe hatte ihm ins Gesicht geschlagen und dann das Blut an seinen Möbeln abgewischt. An seiner 4000-Dollar-Garnitur. Als wäre sie ein Kleenex.

Fieuchevsky wusste nicht, was ihm mehr Freude bereiten würde – den Bankräuber oder dieses verrückte Miststück leiden zu sehen.

Er würde jedenfalls beides genießen.

Dann schoss ihm ein Name durch den Kopf. Jemand von außerhalb, der sich mit so was auskannte. Ein Freund, den sein Sohn mal erwähnt hatte. »Dieser Wirtschaftstyp, den ich kennengelernt habe, Dad. Er hat früher Banken ausgeraubt. Behalt das aber für dich – er möchte nicht, dass jemand das erfährt.«

Fieuchevsky hob den Hörer ab.

Lennon parkte an der Arch Street, zwei Blocks vom Stellplatz entfernt. Dieser Chevy war echt eine Scheißkarre – er war froh, ihn loszuwerden. Sollte der Wagen in Philadelphia bleiben und zusammen mit der Stadt verrotten. Nach allem, was er auf der Fahrt hier runter gesehen hatte, war die Stadt bereits auf dem besten Wege dorthin. Auch wenn das hart klang.

Als er schließlich den Honda Prelude erblickte, atmete er erleichtert auf. Nicht dass er sich deswegen Sorgen gemacht hatte – die anderen zwei Personen, die Standort, Modell und Marke kannten, waren beide tot und verfaulten in einem Rohr unten am Fluss. Nein, es ging um eine Bestätigung auf spiritueller Ebene. Dass nicht alles, was er anfasste, sich zwangsläufig in Scheiße verwandelte.

Um seine Schulter machte er sich inzwischen wirklich Sorgen. Sie roch ungefähr so wie chinesisches Essen, das man zu lange auf der Küchenanrichte stehen gelassen hatte. Das bedeutete Infektion. Und das wiederum Ärger, sollte er nicht bald einen Arzt finden, der ihm Antibiotika verschrieb. Die Wunde hatte sich weitgehend geschlossen und eine Kruste gebildet; seine Schulter würde zwar nie wieder ganz in Ordnung kommen, aber wenigstens bestand nicht mehr die Gefahr, zu verbluten. Auf seiner persönlichen Leidensliste rangierte seine Schulter ganz oben. Dann folgten die existenziellen Sorgen – der Verrat, sein Pech und alles, was ihm sonst noch seelisch zusetzte. Und schließlich ganz unten blaue Flecken, Prellungen, Schnittwunden, Verstauchungen und alles andere. Wenn man jeden gebrochenen oder auch nur schmerzenden Teil seines Körpers entfernte, blieb wahrscheinlich nichts übrig als zwei Augäpfel und die Milz. Vielleicht nicht mal die Milz.

Doch all das würde wieder heilen. Und das Geld konnte dabei helfen. Geld und ein Flugticket, ein Zimmer in einem Urlaubshotel, ein freundlicher Arzt, gutes Essen, Ruhe und Musik. Das war's. Und dann wäre immer noch eine halbe Million übrig, um davon zu leben. Wenn er mit dem Geld sparsam umging, konnte es bis zu seinem vierzigsten Geburtstag reichen. Und Katies.

Falls Katie noch mit von der Partie war.

Lennon bog um die Ecke und spähte auf den Parkplatz. In einem Häuschen hockte ein Aufseher, der jedoch zu sehr mit etwas beschäftigt schien, das auf seinem Schoß lag. Am Samstagmorgen standen hier nicht viele Autos, auch wenn dies ein Langzeitparkplatz war. Irgendwie fand Lennon das beunruhigend. Er hatte mehr erwartet, ein Meer aus teuren, schnittigen Wagen mit höherem Verkaufswert, zwischen denen der Prelude nicht auffiel.

Er ging an der zweiten Reihe entlang, wo sie ihn abgestellt hatten. Noch nichts. Wahrscheinlich war er weiter unten.

Dann war die Reihe zu Ende. Nichts.

Es musste die dritte sein.

Nach der Hälfte der Reihe fing der Aufseher an, sich für Lennon zu interessieren.

Lennon drückte sich zwei Finger gegen den Hals und tastete nach der Halsschlagader.

Ruhig Blut.

Ganz.

Ruhig.

Zwischenspiel mit Übelkeit

Katie dachte an ihren Besuch in Morrell Park. Sie hätte sicher etwas geschickter vorgehen können. Michael wäre damit bestimmt nicht einverstanden gewesen. Und Patrick auch nicht.

Allerdings war Patrick wahrscheinlich nicht mehr am Leben, was spielte das also für eine Rolle?

Es sei denn, er war derjenige, der angerufen hatte. Womöglich versteckte er sich gerade irgendwo.

Es gab nur eine Möglichkeit, das zu klären. Katie fuhr mit ihrem Mietwagen auf der Grant Avenue rechts ran und wählte Henrys Nummer. Mit ihrem normalen Handy, nicht dem für den Notfall. Ihr Magen schlug Purzelbäume, doch sie schaffte es, die Wogen zu glätten, indem sie tief Luft holte. Wenn sie nur kräftig genug einatmete, vertrieb der Sauerstoff die Übelkeit.

»Hallo?«

»Hast du mich vor zwanzig Minuten angerufen?«

»Nein. Aber warte – leg nicht auf. Lass mich nur das Gespräch auf der anderen Leitung beenden.«

Klick.

Mist. Katie hatte keine Ahnung, was sie zu hören gehofft hatte. *Dass* Henry angerufen hatte – oder lieber nicht. Wenn er sich wirklich nicht gemeldet hatte, musste Patrick noch irgendwo stecken. Aber warum hatte er dann keine Nachricht hinterlassen?

Weil dieser sture Mistkerl nie auf die Mailbox sprach. Das war gegen seine Überzeugung.

Katie spürte, wie ihr Magen erneut rumorte, und konzentrierte sich auf ihre Atmung.

Dann klickte es erneut.

»Katie, wo steckst du?«

Sie ignorierte die Frage. »Irgendjemand hat mich vor zwanzig Minuten angerufen. Auf dem anderen Handy. Es gibt nur zwei Personen, die diese Nummer haben. Du und Patrick.«

»Dann geht es ihm also gut. Sag mir, wo du steckst, und ich schick dir einen Wagen vorbei.«

»Nein. Hilf mir auf die Sprünge. Wo könnte Patrick sein?«

»Ich kann am Telefon nicht gut denken«, sagte er. »Das weißt du.«

»Was kannst du überhaupt?«

Verdammt, Patrick. Ruf noch mal an. Erzähl mir, was los ist. Sag mir, dass ich nicht ohne Grund gerade einen russischen Gangster mit der Pistole niedergeschlagen habe.

»Hör zu, Süße. Du hast mich heute Morgen schon genug beschimpft. Du weißt, wo ich bin. Wenn du willst, dass ich dir helfe, Licht in die Sache zu bringen, komm vorbei. Ach, und noch eins, seit du schwanger bist, bist du nur noch schlecht gelaunt.«

»Fick dich«, fauchte Katie.

Die Leitung war tot.

»Ich seh dich in zwanzig Minuten«, fügte sie hinzu.

Der Outsider macht sich bezahlt

Henry Wilcoxson schaltete auf die andere Leitung um. »Evsei? Danke fürs Warten. Ich glaube, ich kann dir doch noch helfen.«

Eine Lücke

Lennon spürte, wie ihm jemand auf die Schulter klopfte. Es war der Parkplatzwächter.

»Kann ich Ihnen helfen?«, sagte er, doch sein Tonfall signalisierte das genaue Gegenteil. *Kann ich dich schnell wieder loswerden, damit ich in mein Häuschen zurückkann?*

Lennon schüttelte den Kopf. Doch der Aufseher ließ nicht locker.

»Nach was für einem Wagen suchen Sie denn?«

Lennon ignorierte ihn und ließ seinen Blick über die letzte Wagenreihe am Rand des Parkplatzes wandern. Er wusste, dass sie den Prelude hier nicht abgestellt hatten, aber vielleicht hatte ein Aufseher die Autos umgeparkt. Manchmal kam das vor, meistens um eine Straße für einen Arbeitstrupp frei zu machen; sie luden die Wagen einfach auf einen Tieflader und brachten sie woandershin. Das war zwar äußerst unwahrscheinlich, dennoch suchte Lennon weiter.

Der Wächter schien es aufzugeben und marschierte zurück zu seinem Häuschen. Dabei warf er Lennon immer wieder einen komischen Blick zu.

Drauf geschissen. Wo zum Teufel war der Wagen?

Es gab nur zwei Möglichkeiten.

Erstens – und das war ebenfalls äußerst unwahrscheinlich –, jemand hatte den Honda Prelude geklaut und beim Blick in den Kofferraum eine hübsche Überraschung erlebt. In dem Fall war Holden zu Recht nervös gewesen, und das Schicksal hatte sich gegen sie alle verschworen.

Aber das war Blödsinn.

Wahrscheinlicher war, dass einer seiner Partner, Bling oder Holden, ihn hintergangen hatte. Allerdings warf das zwei weitere Möglichkeiten auf: Erstens, der Verräter arbeitete mit den Russen zusammen, was bedeutete, dass er von der Attacke des Lieferwagens gewusst hatte und auf den Zusammenstoß vorbereitet gewesen war und sie anschließend zum Prelude geführt hatte. Zweitens, der Verräter hatte wie Lennon den Überfall der Russen überlebt, war jedoch schneller beim Prelude gewesen und war in der Annahme, dass die anderen tot waren, davongebraust. Lennon war nicht sofort zum Wagen geeilt, weil er es für besser gehalten hatte, sich zu erholen und abzuwarten, bis sich der Rauch gelegt hatte.

Doch jetzt erschien ihm sein Zögern lediglich als ein Fehler von vielen, die er in den letzten vierundzwanzig Stunden begangen hatte. Wenn Lennon direkt zum Prelude gefahren wäre, hätte ihn dieser Scheißkerl Saugherty am Kelly Drive nicht im Schlaf überwältigt, und er würde lediglich mit zwei Toten zu Buche schlagen, statt mit mindestens … wie viele waren es? Zwei, drei (Saugherty), vier (sein großer Freund), fünf, sechs, sieben (die Unbekannten mit Pistolen). Für einen entschieden gewaltlosen Bankräuber hatte Lennon eine unangenehm hohe Opferzahl angehäuft.

Klär das später. Kümmer dich um dein aktuelles Problem.

»Hey, Kollege.«

Es war noch einmal der Parkplatzwächter.

»Telefon für Sie.«

Er streckte ihm ein Handy entgegen.

Als Ray »Chardonnay« Perelli das Dining Car Restaurant verließ, rief er seinen Anwalt Donovan Platt an.

»Wie kann ich jemanden ausfindig machen?«

»Es wäre hilfreich, wenn du dich etwas genauer ausdrücken würdest, Ray.«

»Ich muss einen Bankräuber aufspüren.«

»Einen ganz bestimmten oder irgendeinen Bankräuber?«

»Einen ganz bestimmten.«

Schweigen. »Der Typ, der gestern die Wachovia-Filiale überfallen hat?«

»Ja.«

Platt flüsterte jetzt. »Meinst du nicht, dass es für das Verdienstabzeichen der Pfadfinder dreißig Jahre zu spät ist?«

»Leck mich, du Lahmarsch.«

»Hey, beruhige dich. Weißt du was – sag mir *nicht,* warum. Wer bin ich, dass ich nach dem Grund frage, okay? Wenn du diesem Typen auf die Spur kommen willst, versuch es an den üblichen Orten.«

»Zum Beispiel?«

»Diese Profi-Bankräuber sind ziemlich berechenbar. Wenn er sich immer noch in der Stadt rumtreibt, dann weil das Geld noch hier ist. Probier's auf Langzeitparkplätzen, an den Schließfächern der Busbahnhöfe und in Lagerhallen. Sollte er versuchen, die Stadt zu verlassen, ist er am Flughafen – da ist er etwas leichter zu entdecken – oder er ist mit dem Wagen unterwegs, dann kannst du's vergessen. Diese Typen sind zwar ziemlich berechenbar, trotzdem lassen sie sich nicht so leicht aufspüren. Für sie ist es wichtig, abzutauchen und sich möglichst schnell aus dem Staub zu machen.«

»Halt, halt. Parkplätze und Busbahnhöfe hast du gesagt?«

»Ja, Ray. Da, wo man unauffällig was verstecken kann.«

»Okay. Danke, Don.«

»Darf ich dich mal fragen … hm, soll ich überhaupt fragen?«

»Was?«

»Was du mit einem Bankräuber vorhast?«

»Frag nicht, Don. Bis später.«

In den frühen 80er Jahren hatte man der italienischen Mafia in Philadelphia mehrere vernichtende Schläge zugefügt, dennoch harrten ihre Mitglieder das restliche Jahrzehnt sowie über große Teile des darauffolgenden aus. Dann, kurz vor dem 11. September, brach ein Maschinengewehrfeuer von Anklagen seitens der Bundesbehörden über die noch verbliebene Führungsriege herein, was sie endgültig zerschlug.

Innerhalb weniger Monate wurden neun Drahtzieher samt Komplizen in unterschiedliche Bundesgefängnisse im ganzen Land verfrachtet, wo sie bei schlechtem Essen niederen Tätigkeiten nachgingen, für die sie fünfunddreißig Cent die Stunde bekamen.

Nach einem Jahr war von der Mafia in Philly nichts weiter übrig als ein zusammengewürfelter Haufen unbedeutender Capos, die sich um die Überreste stritten, sowie ein paar Kleinkriminelle, die sich für echte Gangster hielten. Sie trugen zwar die entsprechenden Anzüge, doch die waren ihnen ein paar Nummern zu groß. Sie drehten das eine oder andere kleine Ding, hatten aber nicht genug Grips, um mehr daraus zu machen.

Alles, was von der Mafia in Philadelphia tatsächlich übrig blieb, war ein ziemlich wirksames Kommunikationssystem, älter und sicherer als die regionale Telefongesellschaft. Denn die Alteingesessenen, die Neuen, die Capos, sie alle redeten miteinander. Mehr gab es nicht zu tun. Reden.

Als Ray Perelli also eine Personenbeschreibung des Bankräubers herausgab, auf den die Russen es abgesehen hatten, dauerte es nicht lange, bis jeder Bescheid wusste. Erst recht weil die Russen darin verwickelt waren. Diese Angelegenheit konnten sich diese Wodkasäufer in den Arsch schieben.

Fünfzehn Minuten später erreichte Perelli die Nachricht, dass eine unbekannte Person auf einem Langzeitparkplatz unterhalb der Überführung des JFK Boulevard nahe der Zweiundzwanzigsten Straße herumschnüffelte. Perelli rief den Wächter an, einen Cousin von einem Freund seines unmittelbaren Nachbarn; er absolvierte gerade das zweite Studienjahr an der Tyler Art School. Es war dem Wächter verdächtig vorgekommen, dass der Typ nicht redete – hatte der Bankräuber nicht seine Stimme verloren? Perelli versprach dem Burschen, ihm die Kunstbücher für das nächste Semester zu bezahlen, wenn er es schaffte, den Mann auf dem Parkplatz festzuhalten. »Wie soll ich das anstellen?«, fragte der Wächter.

Mein Gott, dachte Perelli. Die Jugend von heute kriegt gar nichts mehr gebacken. »Hol ihn ans Telefon«, sagte er.

So spürte Perelli den Bankräuber vor den Russen auf. Sie kannten sich in der Stadt nicht aus. Sie waren noch nicht lange genug hier.

Scheiß auf die Russen, dachte Perelli. Scheiß auf diese blöden Arschlöcher.

Trinken wir was

»Hallo.«

Lennon lauschte.

»Du bist der Typ, den ich suche, stimmt's? Der Bankräuber?«

Lennon lauschte weiter.

»Na ja, ich weiß, dass du nicht antworten kannst. Auf den Fahndungsplakaten steht, dass du stumm bist. Darum machen wir das folgendermaßen. Du hörst mir zu, und dann gibst du meinem Mann das Telefon zurück. Wenn du einverstanden bist, nickst du mit dem

Kopf, und er wird mir das sagen. Okay? Falls nicht, tu einfach nichts, und er wird mir das ebenfalls sagen.«

Der Wächter machte einen gelangweilten Eindruck.

Lennon hörte zu. Worum zum Teufel ging es überhaupt? Das war nicht die Russenmafia. Wirkte zumindest nicht so. Die Russen wären wütender gewesen. Der Typ klang zu locker. Zu entspannt. War er vielleicht ein Partner von diesem großgewachsenen Cop?

»Okay. Hier also mein Angebot. Ich habe, was du suchst. Mein Mann fährt dich zu mir, wir reden ein bisschen und schauen, was dabei herauskommt.«

Lennon dachte darüber nach und gelangte schnell zu dem Schluss, dass das keinen Sinn ergab. Er suchte nach einem Honda Prelude mit 650 000 Dollar im Kofferraum. Wenn der Typ am anderen Ende den Wagen und das Geld hätte, warum sollte er dann versuchen, mit ihm ein Geschäft zu machen? Nein, er wollte ihm irgendwas anderes anbieten.

»Ich will nur ein bisschen mit dir plaudern. Außerdem besorg ich dir einen Arzt – hab gehört, dass du ziemlich im Arsch bist. Bei einem Gläschen Wein und gutem Essen hörst du dir meinen Vorschlag an. Sollte er dir nicht gefallen, kannst du sofort wieder gehen. Keine Spielchen. Was hältst du davon?«

Lennon wusste, dass das Schwachsinn war, doch er hatte kaum eine Wahl. Er stand auf einem Parkplatz, ohne Honda Prelude, ohne die 650 000 Dollar. Auf ihn wartete höchstens das Gefängnis, eine Folterkammer der Russenmafia oder das Stahlrohr unten am Fluss.

Er konnte noch nicht mal die Stadt verlassen. Nicht ohne das Geld. Immerhin existierte die winzige Möglichkeit, dass dieser Vollidiot etwas wusste. Das musste er, immerhin hatte er ihn ausfindig gemacht.

»Schön. Wenn das ein ›Ja‹ ist, könntest du dann das Telefon zurückgeben?«

Das tat Lennon.

Der Typ am anderen Ende sagte irgendwas.

»Äh, nein.«

Dann noch etwas.

»Nein, Mann, so einen Scheiß hab ich nicht dabei.«

Und noch mehr.

»Tränengas, Mann. Ja. Ich hab Tränengas.«

Herrgott nochmal, dachte Lennon. Wie kam es, dass seine ungewisse Zukunft plötzlich in den Händen eines Gangsters am Telefon und eines hoffnungslos zurückgebliebenen Mannes lag? Nicht dass es einen großen Unterschied zwischen beiden gab.

Lennon tippte dem Burschen auf die Schulter.

»Einen Moment«, sagte der.

Lennon hob sein »Father Judge«-Sweatshirt.

»Scheiße«, sagte der Bursche. »Der Typ ist bewaffnet. Im Ernst. Also … oh Mann. Was zum Teufel soll ich bloß … Moment. Er will laufen. Also laufen wir. Wir sehen uns in ein paar Minuten. Halt, halt, halt. Wie war noch mal die Adresse?«

Es ertönte ein leises Klopfen. Bevor Wilcoxson aufstehen konnte, hatte Fieuchevsky sich schon erhoben und öffnete die Tür.

Im Türrahmen erschien Katies Gesicht. Sie wirkte überrascht, Fieuchevsky hier zu sehen, erst recht, als ihr der Russe einen Schlag ins Gesicht verpasste. Katie sackte gegen die Wand und rutschte seitwärts auf den Teppich. Fieuchevsky knallte die Tür zu, dann packte er sie an den Hüften und zerrte sie ins Wohnzimmer.

»Mein Gott, Evsei. Was tust du da?«

»Diese Schlampe hat mir in meinem eigenen Haus mit der Pistole eins übergebraten. Ich zahle es ihr nur mit gleicher Münze zurück.«

»Das geht nicht.«

Fieuchevsky warf Wilcoxson einen Blick zu. »So, das geht also nicht?«

»Sie ist schwanger«, sagte Wilcoxson. »Bei so einem Sturz kann sie ihr Baby verlieren.« Nicht dass Wilcoxson das in irgendeiner Weise interessierte.

»Scheißegal. Sie hat mir mit der Pistole eins übergebraten. Und ihr Mann hat meinen Sohn umgebracht. Glaubst du, dass ich mich da einen Scheiß um ihr Baby schere?«

»Die sind nicht verheiratet. Außerdem willst du nicht sie. Sondern Lennon.«

»Ich will ihre ganze Familie tot sehen.«

Dämlicher Russenarsch. Wilcoxson starrte zu Katie hinüber, die ausgestreckt auf dem Teppich lag; aus ihrer Nase strömte Blut. Selbst bewusstlos sah sie noch hübsch aus.

Seit dem Tag, an dem Lennon sie einander vorgestellt hatte, war Wilcoxson in sie verliebt gewesen. Lennon hatte sie seine »Schwester« genannt, doch das hatte Wilcoxson ihm nicht abgenommen. Im Laufe der Jahre hatte er eine Menge Bankräuber kennengelernt, die ihm eine Menge »Schwestern« präsentiert hatten.

Jemanden wie Katie hatte er bis dahin nicht kennengelernt. Ihr Lächeln besänftigte sein Gemüt. Für seinen Geschmack war sie etwas zu klein. Ihr Haar hatte eine schmutzige, rotbraune Färbung, ganz anders als die Blondinen, mit denen er sich im Laufe der Jahre amüsiert hatte. Und ihr Körper hatte nicht ganz die Proportionen, auf die er sonst stand – schmal, breit, schmal und noch etwas breiter. Aber irgendwie schaffte es Katie, perfekt auszusehen.

Von Anfang an war es nur um Katie gegangen. Wilcoxson hatte Lennon unter seine Fittiche genommen – so wie eine Art Sohn –, obwohl er nie Kinder hatte haben wollen, und das war auch jetzt nicht der Fall. Trotzdem hatte es ihm gefallen, sich vor Lennon mit einigen der Jobs zu brüsten, die er im Laufe der Jahre abgezogen hatte. Lennon lernte schnell und war ein guter Zuhörer. Mehr brauchte es nicht. Wilcoxson hatte ihn hin und wieder ein paar Teams empfohlen, und der Bursche hatte sich als guter Fluchtfahrer erwiesen.

Doch seit dem Tag, als Lennon Katie mitgebracht hatte, damit sie Wilcoxson kennenlernte, hatte sich alles verändert. Er wusste, dass es nur eine Frage der Zeit war, bis er sie Lennon ausspannen konnte. Lennon verdiente zwar gutes Geld, aber eigentlich hatte er ihr nicht allzu viel zu bieten. Zumindest verglichen mit dem, was Wilcoxson im Laufe der Jahre gestohlen hatte. Er konnte Katie das Leben ermöglichen, das sie verdiente. Und offen gesagt, Wilcoxson stand eine junge Frau wie Katie zu. Er hatte genug vom Versteckspielen, von dem ganzen Trubel. Er wollte sich mit Katie zusammen zur Ruhe setzen. Oder es zumindest versuchen.

Vor ein paar Wochen hatte Katie ihn angerufen. Sich ihm anvertraut. Gefragt, was Lennon wohl davon halten würde. Sie hatte es ihm nicht gleich sagen wollen; er steckte mitten in den Vorbereitungen zu einem Überfall in Philadelphia, und sie störte ihn nur ungern, wenn er mit seinen Gedanken bei einem Job war. Also lud Wilcoxson Katie zum Abendessen ein; sie hatten ein angenehmes Gespräch, Katie vertraute Wilcoxson wie einem Vater. Ihr richtiger Vater, ein unbedeutender Straßenräuber, war 1978 bei einer Schießerei ums Leben gekommen.

Doch sosehr Wilcoxson ihr bedingungsloses Vertrauen schätzte, so bange war ihm ums Herz.

Ein Kind.

Ein Kind würde sie an Lennon binden, zumindest auf absehbare Zeit.

Und so beschloss er in jener Nacht, dass Lennon beseitigt werden musste.

Ungefähr zu dieser Zeit hatte Wilcoxson die Bekanntschaft eines ehrgeizigen jungen Mannes namens Mikal Fieuchevsky gemacht, der zufällig auch Sohn eines russischen Mafiabosses war. Das war im Dezember auf einer Party gewesen, die eine lokale Zeitschrift für die einflussreichsten Persönlichkeiten der Stadt geworfen hatte. Mikal hatte ihn angesprochen, um von ihm etwas über die Beschaffung von Geldern zu erfahren. (All die wichtigen Leute in der Stadt wussten, dass Wilcoxson ein recht erfolgreicher »Finanzberater« war.) Mikal versuchte sein erstes Album zu beenden, und auch wenn sein Vater etwas Geld zugeschossen hatte, reichte das nicht annähernd, um das Projekt so zu realisieren, wie Mikal sich das vorstellte. Er wollte einen namhaften Produzenten, erstklassige Aufnahmegeräte und Session-Musiker. Das Album solle seine Visitenkarte werden, hatte Mikal mit großen Augen erklärt. Keine Kneipen und Ferienhotels in South Jersey mehr; er würde ganz groß rauskommen, wie Bruce Springsteen oder Bon Jovi, aber mit einem modernen Sound. Blues, Hip-Hop, Electronica, fuhr er fort, während Wilcoxson nur mit halbem Ohr zuhörte. Er war kein großer Musikfan.

Doch später, als Katie zu ihm kam und das Problem mit Lennon auftauchte, erinnerte er sich an Mikals Geldbedarf und stellte den Kontakt her.

Das konnte Wilcoxson am besten. Kontakte knüpfen. Er war stets der Überzeugung gewesen, dass sich Begabung nach den Kontakten bemaß, die man machte, ob es sich dabei nun um Informationen, Menschen oder Finanzanlagen drehte.

Wilcoxson hatte beschlossen, Lennons Job an Mikal zu verkaufen.

Während mehrerer Telefonate in der Woche darauf quetschte er Katie darüber aus und erfuhr von ihr genug Einzelheiten, um sich einen Überblick über den geplanten Raub zu verschaffen. Ein kleiner Artikel im *Philadelphia Inquirer* brachte dann den entscheidenden Hinweis – im Oktober sollte ein großer Betrag Bargeld an die Wachovia-Filiale Siebzehnte Straße Ecke Market Street geliefert werden. Von da an wusste Wilcoxson, was genau Lennon vorhatte – schließlich hatte er ihm das alles beigebracht. Außerdem bearbeitete er Lennons Partner. Es gab nur eine Handvoll Profis, die in Philly arbeiteten. Er nahm mit dem Kandidaten, der dafür in Frage kam, Kontakt auf, und dieser war einverstanden, seine Partner zu verraten.

Wilcoxson erklärte Mikal, wo sein Team sich auf die Lauer legen sollte, und versprach, danach wären sie um 650000 Dollar reicher. Abzüglich Wilcoxsons Honorar von 65000 Dollar natürlich. Mikal war mit den Bedingungen ihrer Abmachung mehr als einverstanden; dazu gehörte auch, dass die Bankräuber von der Erdoberfläche verschwanden.

Abgang Patrick Selway Lennon.

Auftritt Wilcoxson, um alles wieder in Ordnung zu

bringen. Ein Baby wäre schon okay, wenn er dafür Katie haben konnte. Aber falls es wie sein Vater einfach verschwand, wäre das genauso gut.

Wilcoxson betrachtete Katie, die blutend am Boden lag.

Als Allererstes musste er jetzt diesen bescheuerten Russenarsch beruhigen. Allerdings hatte er kein schlechtes Gewissen wegen Mikal – hey, der Bursche hatte seinen Teil der Abmachung nicht eingehalten. Der junge Russe hatte einen der Bankräuber am Leben gelassen, und wenn das Lennon war, wartete noch einiges an Arbeit auf ihn.

Außerdem warteten dort draußen 650 000 Dollar darauf, dass jemand sie abholte.

Samstagnachmittag

Hier, unser Empfehlungsschreiben.

– HARRY PIERPONT,
MITGLIED DER DILLINGER-BANDE,
WÄHREND ER DEM GEFÄNGNISDIREKTOR
SEINE WAFFE ZEIGT

Riech die Rosen

Ray Perelli war sehr mit sich zufrieden. Ein Gespräch und ein kurzes Telefonat, und schon war der Bankräuber zu *ihm* unterwegs. Die russischen Vollidioten suchten die ganze Stadt nach ihm ab, doch sie würden nichts finden. Perelli hatte ihn. Oder hätte ihn bald, in wenigen Minuten.

Und dann? Was zum Teufel sollte er mit ihm *machen?*

Perelli hatte dem Bankräuber gesagt: »Ich habe, wonach du suchst.« Er wusste, dass der Typ nach irgendwas suchte. Andernfalls wäre er längst abgehauen. War es das Geld aus einem aktuellen Banküberfall? War es das, was die Russen gegen ihn in der Hand hatten? Nein. Ausgeschlossen. Ein cleverer Bankräuber wie er würde deswegen nicht in der Stadt bleiben, oder? Wie wahrscheinlich war es, dass er das Geld von den Roten zurückbekam? Nein, nein, es war etwas anderes. Komm schon, Ray, dir wird doch wohl noch eine beschissene Antwort einfallen.

Nachdem er neun Sekunden angestrengt nachgedacht hatte, beschloss Perelli, ein Telefonat zu führen.

»Hallo?«

»Hey, Evsei?« Perelli sprach es *Evsi* aus. Das war nicht die korrekte Aussprache.

»Wer ist da?«

»Ray Perelli.«

»Wer?«

Hey, fick dich, du Wodka schlürfender russischer Schwanzlutscher. Perelli versuchte sich zusammenzureißen. Er hatte angerufen, um Informationen zu bekommen. Beleidigungen führten zu nichts.

»Wir haben vor einem Weilchen zusammen gefrühstückt.«

»Oh, ja, Mr. Perelli. Tut mir leid. Ich bin mit meinen Gedanken gerade woanders, diese Sache mit meinem Sohn.«

»Oh, schon gut. Ich kann mir ungefähr vorstellen, wie es Ihnen geht.«

»Was wollen Sie?«

»Ich glaube, ich habe jemanden, den Sie suchen.«

»Was haben Sie gesagt?«

»Den Bankräuber. Einer meiner Männer hat ihn geschnappt. Er wird bald hier eintreffen.«

Schweigen.

»Das sind wirklich gute Neuigkeiten, Mr. Perelli. Ich kann Ihnen gar nicht sagen, wie mich das freut.«

»Ja, das ist wirklich großartig. Es ist nur so, ich möchte Sie in dem Zusammenhang um eine Kleinigkeit bitten.«

»Ahhh«, sagte der Russe. »Bargeld.«

»Nein«, sagte Perelli, zum zweiten Mal heute Morgen beleidigt. »Nur eine Info. Also, ich habe diesen Burschen, man könnte sagen, unter einem Vorwand hierhergelockt. Ich habe ihm gesagt, dass ich etwas habe, was er will. Nur dass ich keine Ahnung habe, was das ist. Können Sie mir das vielleicht sagen?«

Der Russe gluckste. »Oh, ich habe etwas, das er will.«

»Was denn?«

»Seine schwangere Freundin. Sagen Sie dem Kerl, dass ich eine geladene Pistole auf ihren Bauch gerichtet habe.«

Mein Gott, dachte Perelli. Diese roten Mistkerle fackeln nicht lange.

»Schätze, das funktioniert«, sagte er leise. »Aber wie überzeuge ich ihn davon?«

»Hmmm. Eine Minute.«

Perelli blieb am Apparat. Er hatte das Bargeld zwar ausgeschlagen, allerdings nur vorläufig. Ja, darauf lief die ganze Sache hinaus. Er wollte sehen, wie weit der russische Scheißkerl ging, wie viel ihm der Mörder seines Sohnes wert war. Jedenfalls mehr als 650 Dollar, so viel wusste Perelli.

»Okay. Ich hab's. Sollte der Typ Ihnen nicht glauben, sagen Sie ihm: ›Riech die Rosen‹.«

»Was?«

»Er weiß schon Bescheid. Das ist was zwischen ihm und seiner Freundin.«

»Woher wissen Sie das?«

»Ich habe hier einen Informanten.«

Seltsam. Evsei hatte keinen Grund, ihn deswegen anzulügen. Nun gut, das war etwas, mit dem Perelli arbeiten konnte.

»Bestens. Und wo Sie's gerade erwähnt haben, wie viel ist der Kopf des Typen überhaupt wert?«

»Darüber können wir später reden.«

»Tja, wissen Sie, das möchte ich lieber jetzt klären.«

»Sobald ich ihn sehe, bekommen Sie eine großzügige Belohnung.«

Großzügig. Was, zum Teufel, hieß »großzügig«? Doch nicht etwa noch mal 650?

Spritz die weißen Fliesen ab

Saugherty folgte Lennon und dem Parkplatzwächter den ganzen Weg die Broad Street hinunter, mitten ins Herz von Philadelphias Süden. Saugherty war nicht entgangen, dass Lennon den Wächter mit einer Pistole – der Glock 17 von heute Morgen – bedroht hatte, bevor sie in den Wagen gestiegen waren, und er konnte nur vermuten, dass sie die ganze Fahrt über auf ihn gerichtet war. Trotzdem hielt er sich an sämtliche Verkehrsregeln, was unter diesen Umständen erstaunlich war.

An der Neunten Straße Ecke Catherine Street, vor einem hundert Jahre alten Restaurant mit dem Namen Dominick's Little Italy, stoppten sie schließlich. Saugherty kannte den Laden nur zu gut. In den 1960ern berühmt für seine Mafiaversammlungen, in den 1980ern für seine grässlichen Mafiamorde, gab es im Dominick's außerdem fantastisches italienisches Essen. Saugherty hatte seine Exfrau zum fünften Hochzeitstag dorthin eingeladen. Es hatte ihm Spaß gemacht, ihr die lokalen Capos und Möchtegerngangster an jedem Tisch zu zeigen. Doch seine Frau war zu nervös gewesen, um sich zu amüsieren. »Hör auf, mit dem Finger auf sie zu deuten«, hatte sie ihm ängstlich zugezischt.

Was ihm von Dominick's Little Italy am meisten im Gedächtnis geblieben war: die vielen weißen Fliesen. Sie waren überall – am Boden, an den Wänden ... sogar an der Decke, wenn er sich richtig erinnerte. Weiße Fliesen, eingerahmt von schwarzen Kacheln. Der große Speisesaal wirkte wie der riesige Duschraum einer Highschool. Saugherty meinte damals im Scherz, dass man nach einem Mafiamord von den weißen Fliesen das Blut besser abspritzen könne. Auch das fand seine Ex überhaupt nicht lustig.

Was trieb Lennon hier unten? Zwang er den Parkwächter, ihm einen Teller Ravioli zu kaufen?

Schräg gegenüber von Dominick's befand sich eine kleine Kneipe. Saugherty parkte den Wagen. Erleichtert stellte er fest, dass es sich um eine dieser urigen Bars handelte, die er so liebte – keine ausgefallene Getränkekarte, kein Karaoke, keine lokalen Biersorten. Nur Holzvertäfelung und Bier vom Fass. Untersetzer waren so ziemlich das Ausgefallenste in diesem Laden. Die Decken bestanden aus gestanztem, überstrichenem Blech. Die Sitzflächen der Hocker hatten einen weichen Kunststoffüberzug, und auf dem Tresen prangten schwarze Plastikschalen mit Erdnüssen. Und das Beste: Durch ein großes verschmiertes Fenster, das zum Teil von Rollläden aus den 1950ern verdeckt war, hatte Saugherty einen Blick auf Front und Seitenwand von Dominick's. Sobald Lennon das Lokal verließ, kriegte er das mit.

Blieb nur noch eins zu tun: endlich einen verdammten Drink zu bestellen.

Saugherty orderte einen Boilermaker – ein Bier, in dem ein Glas Whiskey versenkt wurde. Der Barkeeper fragte weder nach der Whiskey- noch nach der Biersorte. Saugherty mochte das. Das Glas versank im Becher und landete mit einem dumpfen Geräusch auf dem Boden, als würden zwei U-Boote unter Wasser aneinanderstoßen. Saugherty kippte den Drink hinunter, dann bestellte er ein weiteres Bier und einen Jack Daniel's. Jack und Bier. Vor zehn Jahren waren das die Getränke seiner Wahl gewesen, als der Mist mit seiner Ex außer Kontrolle geraten war. Nach seiner Schicht war er immer zur Ashton Tavern gegangen, von seinem Haus am Colony Drive nur ein Stückchen die Straße runter.

Das Haus, das jetzt brannte.

Saugherty hob sein Glas und schwelgte in Erinnerungen an alte Zeiten. Hin und wieder warf er einen Blick über die Straße, um zu sehen, was bei Dominick's los war.

Zwei Pistolen

Lennon wurde durch Restaurant, Flur und Küche zu einem rückwärtigen Büro geführt. Dort, hinter einem leeren Schreibtisch, saß ein korpulenter Mann mit strahlend weißem Hemd. Offenbar war dies nicht sein Tisch. Er hatte ihn sich nur geliehen. »Du bist Lennon«, sagte er. »Ich erkenn's an deinem Gesicht. Mann, du siehst schlecht aus. Nimm Platz. Willst du was trinken? Hier sind Stift und Papier. Schreib auf, was du möchtest.« Wortlos verließ der Parkplatzwächter das Zimmer.

Lennon setzte sich, ohne jedoch nach dem Stift zu greifen. Er wartete.

»Ehrlich. Mach schon. Was du willst. Die Bar ist bestens bestückt.«

Lennon nahm den Stift und den Block darunter und kritzelte ein paar Wörter auf das Papier, dann drehte er den Block um, so dass sein Gastgeber ihn sehen konnte: DAS GELD?

Der Typ lächelte. »Ich sag's dir gleich, ich hab dein Geld nicht. Hab ich so geklungen? Ich glaube nicht.«

In gewisser Weise war er erleichtert. Die 650 000 Dollar waren also immer noch irgendwo dort draußen. Lennon kritzelte erneut etwas hin. Dann drehte er den Block um.

EISWASSER. HÜHNCHENBRUST.

»Klingt schon besser. Iss erst mal was. Wenn ich das mal sagen darf, ich schätze, du siehst nicht immer aus wie ein Penner. Oder riechst so.«

Der Mann hob das Telefon ab, drückte drei Knöpfe und rief einen jungen Burschen in einer weißen Jacke zu sich, bei dem er ein Sandwich mit Hühnerbrust bestellte. Dann richtete er sein Augenmerk wieder auf Lennon.

»Weißt du, ich habe letzte Weihnachten von meiner Tochter ein Buch bekommen. Verdammt, wie hieß es noch gleich? *Die Gesetzlosen – Helden der 1930er,* oder so ähnlich. Es geht darin um Typen wie Dillinger, Baby Face, Pretty Boy, die Barkers, Al Karpis, all diese Burschen. Der Titel gefiel mir – ›Helden‹. Schon mal davon gehört?«

Lennon kannte das Buch. Er verschlang alles über historische Verbrechen – damit hatte er seine Auszeit im Winter verbracht. Die liegen gebliebenen Bücher zu lesen, Verbrechergeschichten und einen Stapel Science-Fiction-Romane. (Katie stand ebenfalls auf

Science-Fiction – Dick, Bester, Sturgeon –, und so hatten sie eifrig Taschenbücher ausgetauscht). *Die Gesetzlosen* war okay; nichts Besonderes. Er erinnerte sich, wie er es an einem ruhigen Nachmittag im Dezember durchgeblättert hatte. Der Autor hatte das meiste von anderen Chroniken abgekupfert.

Lennon verzichtete darauf, etwas auf den Block zu schreiben. Er hörte lieber zu. Früher oder später würde der Typ zur Sache kommen, was Katie betraf.

»Okay. Vielleicht liest du nicht viel. Du hast eine Menge zu tun. Also kommen wir zur Sache. Der Russe hat deine Freundin. In den Intes Studios, unten an der Delaware Avenue. Suite 117.«

Lennon starrte ihn an. Freundin?

»Scheint, als würdest du mir nicht glauben. Also, ich soll dir von ihm ausrichten: Riech die Rosen. Sagt dir das was? Er meinte, dann wüsstest du Bescheid.«

Verdammte Scheiße.

Diese Mistkerle hatten Katie.

»Riech die Rosen« war vor Jahren ein Insiderwitz zwischen ihnen gewesen. Lennon hatte Katie zur Weihnachtsparty einer Freundin begleitet. Unter den Gästen war auch ein großer Bursche namens Joe. Ein ziemlicher Idiot. Fitnesstrainer aus Florida. Als er Lennon in einer Ecke entdeckte, versuchte er, ihn aus der Reserve zu locken. (Lennon war eigentlich mit einem Fluchtplan beschäftigt und spielte die organisatorischen Details im Kopf durch. Am besten konnte er in einer großen Gruppe nachdenken, wenn ihm niemand Beachtung schenkte.) Nach ein paar unbeholfenen Versuchen, ein unverbindliches Gespräch in Gang zu bringen, packte der Typ Lennon an den Schultern und schüttelte ihn. »Komm schon, mach dich locker und genieß das Leben. Riech die Rosen, Kumpel!« Seitdem war »Riech die Rosen« zum geflügelten Wort geworden. Es stand für Leute, die keine Ahnung vom Leben hatten. Und für so ziemlich jeden, der Katie und Lennon auf die Nerven ging.

Das bedeutete, dass Katie hier in Philadelphia war. Mit ein paar Partnern des Mannes hinter dem Schreibtisch. Gegen ihren Willen, vielleicht aber auch nicht. Das ergab alles keinen Sinn.

Andererseits ergab nichts in den letzten vierundzwanzig Stunden irgendeinen Sinn.

Der Typ öffnete eine Schreibtischschublade und zog einen Revolver heraus. Einen schwarzen 38er mit Gummigriff. Er ließ die Kammer herausspringen, legte sie auf den Tisch und schob sie zu Lennon hinüber. Außerdem eine Schachtel mit Kugeln.

»Sie rechnen damit, dass ich dich persönlich bei ihnen abliefere«, sagte der Typ. »Aber ich schätze, du kannst dich selbst dort abliefern. Hab ich Recht?«

Lennon nahm Pistole und Patronen und wartete auf die Pointe. Da musste doch noch was kommen.

»Trink dein Eiswasser, iss dein Hühnchen, und dann tu, was du tun musst. Wenn du damit fertig bist, kannst du gerne wieder herkommen. Vielleicht habe ich noch was anderes für dich.«

Lennon balancierte die Pistole samt der Schachtel auf seinem Schoß und kritzelte hastig eine Frage hin. DEIN PLAN?

Der Typ las es und grinste. »Nee, kein Plan. Ich hab's mir nur anders überlegt.«

Mit der Pistole und der Schachtel in den Händen stand Lennon auf.

»Willst du nicht auf dein Essen warten? Nein, schätze nicht. Weißt du was? Ich lass es für dich aufheben. Komm später wieder. Und bring deine Frau mit. Dann essen wir was zusammen und können reden. Vielleicht gibt es ein paar Geschäftsmöglichkeiten für dich hier in Philadelphia.«

Als Lennon das Büro verließ, hörte er den Typen immer noch hinter sich reden.

»Hey – du solltest besser den Hintereingang nehmen. Mein Mann meinte, dass dir jemand vom Parkplatz aus gefolgt ist.«

Überlebens-Modus

Fast zwanzig Minuten lang redete Wilcoxson sich den Mund fusslig. Nein, Evsei. Du darfst die Frau nicht töten. Das bringt nichts. Nicht, Evsei, vertrau mir. Leg sie auf mein Bett. Als Köder ist sie nützlicher, Lennon wird nur anbeißen, wenn sie noch am Leben ist. Du willst Lennon, vergessen? Den Typen, der deinen Sohn umgebracht hat. Die einzige Möglichkeit, ihn aus der Deckung zu locken, ist seine Freundin, und auch nur dann, wenn sie noch lebt.

Evsei, dieses bescheuerte Arschloch, wollte Katie hier im Apartment mit einem Steakmesser den Bauch aufschlitzen und dann ihre Leiche zusammen mit der des Babys Lennon vor die Füße werfen, bevor er ihn an einem Fleischerhaken aufhängte – eine richtiggehende Familienzusammenführung. Der Russe wollte unbedingt Blut sehen. Kein Wunder, dass der junge Mikal es kaum abwarten konnte, auf eigenen Beinen zu stehen.

Aber Wilcoxson brauchte Katie lebendig. Allein darauf kam es an. Außerdem musste er sich überlegen, wie Evsei sich an Lennon rächen würde – er war sowieso schon so gut wie tot – und wie er selber es schaffen sollte, Katie und sich aus dieser Situation zu befreien. Um anschließend mit ihr einen ausgedehnten Urlaub zu machen, ohne dass er dabei die ganze Zeit einen Blick über die Schulter werfen musste. Im Gegensatz zur armseligen Organisation der Italiener hatte die Russenmafia einen langen Arm.

Außerdem musste Wilcoxson die 650 000 Dollar zurückholen. Fieuchevsky wusste nichts von dem Plan seines Sohnes, die Bankräuber zu beklauen; ja, er wartete immer noch auf eine Erklärung dafür, warum sich sein Sohn überhaupt mit den Männern getroffen hatte.

Also improvisierte er eine kleine Ansprache.

»Ich habe ein paar Telefonate geführt«, erklärte er

dem Russen. »Dein Sohn hatte nichts mit diesem Banküberfall zu tun.«

Fieuchevsky schloss die Augen und presste die Lippen zusammen.

»Er wurde von einem der Räuber kontaktiert – diesem Patrick Lennon –, und der hat deinem Sohn eine Investitionsmöglichkeit unterbreitet. Um seinen nächsten Job zu finanzieren, benötigte Lennon etwas Startkapital, und dein Sohn hat ihm 10000 gegeben. Im Gegenzug sollte er das Sechseinhalbfache bekommen – 65000 Dollar.«

»Aber«, fing Fieuchevsky an, »ich habe ihm doch Geld gegeben.«

»Entscheidend ist, dass dein Sohn, Mikal, das für ein ganz normales Geschäft hielt. Er hatte keine Ahnung, dass er es mit einem Bankräuber zu tun hatte.«

»Wofür brauchte er das Geld?«

»Dein Sohn ist hier das Opfer. Vergiss das nicht.«

»Hab ich ihm nicht genug gegeben?«

»Evsei«, sagte Wilcoxson. »Hör mir zu. Was hältst du davon, diesen Bankräuber zu töten und dabei eine Menge Geld zu verdienen?«

Das brachte den verrückten Russen zum Verstummen. Aufmerksam lauschte er Wilcoxsons Plan – die Einzelheiten dachte dieser sich an Ort und Stelle aus.

Zu Wilcoxsons Überraschung nickte der Russe.

»Schön«, sagte Wilcoxson. »Dann hole ich jetzt den Kassettenrekorder.«

Nach dem dritten Boilermaker schien alles etwas mehr Sinn zu ergeben. Sicher, sein Haus stand in Flammen … war niedergebrannt … gelöscht … aber was soll's? Dafür hatte Gott Versicherungen erfunden. Saugherty beobachtete Dominick's und hielt Ausschau nach seinem Mann, dem Bankräuber. Früher oder später musste er ja wieder rauskommen. Früher oder später musste er seine 650 000 Dollar holen. Früher oder später würde Saugherty den Job, den er letzte Nacht begonnen hatte, zu Ende bringen.

Da tippte ihm jemand auf die Schulter.

»Hey, Kumpel – was gibt's denn da drüben zu sehen?«

Saugherty wandte sich dem Mann zu, der rechts von ihm aufgetaucht war. Er war groß und teigig, trug eine Hornbrille und hatte einen buschigen schwarzen Schnauzer.

Saugherty öffnete den Mund, um etwas zu sagen, doch er kam nicht dazu. Eine Faust krachte gegen seine Nase, und während er vom Barhocker rutschte, traf ihn ein weiterer Schlag am Hinterkopf. Saugherty hob abwehrend die Hand, doch jemand packte ihn am Handgelenk und brach seinen Arm in der Mitte durch.

Wie viele Schläge und Tritte noch folgten, konnte er nicht mehr sagen.

Die umgebaute Lagerhalle schien menschenleer zu sein – nicht eines der Fenster war erleuchtet, und auf dem kleinen Parkplatz zur Linken stand kein einziger Wagen. Doch Lennon wusste, dass es hier nur so vor Russen wimmeln musste. Erst recht nach heute Morgen. Wahrscheinlich hatten sie irgendwo Position bezogen und warteten darauf zuzuschlagen. Brüder, Freunde und Väter. Mit Pistolen. Und Messern. Vielleicht sogar mit Kettensägen und wütenden Kampfhunden.

Und mit Katie.

Wie hatten die sie so schnell gefunden? Oder überhaupt so schnell eine Verbindung zwischen ihnen hergestellt? So gut wie niemand wusste etwas über Lennons Familie. Nur Bling, doch Bling war tot. Hatte Katie vielleicht irgendwie erfahren, dass der Überfall schiefgelaufen war, irgendwie herausgefunden, dass die Russen dahintersteckten? Wollte sie das Geld zurückholen und war ihnen direkt ins Messer gelaufen? Viele Fragen und keine Antworten.

Natürlich blieb da noch die beunruhigende Möglichkeit, dass Katie Teil dieses ganzen Plans war und sich selbst als Köder benutzte, um Lennon aus der Deckung zu locken, damit man ihn umbringen konnte.

So oder so, keine schöne Vorstellung.

So wenig wie die Tatsache, dass dieser italienische Gangster Lennon eine Pistole in die Hand gedrückt und ihn mehr oder weniger aufgefordert hatte, einen Haufen Russen zu töten. Wahrscheinlich Feinde in einem Streit um Gebietsansprüche. Er wollte mit dem ganzen Scheiß nichts zu tun haben.

Jetzt, da er in der grellen Sonne stand, die auf die Delaware Avenue knallte, hatte Lennon nichts als seine Vermutungen ... und zwei geladene Pistole. Wäre er der Held in einem Actionthriller, wäre er ein Meisterdieb und wüsste, wie man in fast jedes Gebäude kam. Doch Lennon war kein Dieb, sondern ein Fluchtfahrer. Das Studio wirkte ziemlich groß und hatte wahrscheinlich ein Dutzend Seiteneingänge, aber er hatte keine Ahnung, wie er durch einen von denen schlüpfen sollte. Mit militärischen Ablenkungstaktiken kannte er sich nicht aus.

Lennon presste sich zwei Finger gegen den Hals.

Ach, scheiß drauf, dachte er dann.

Und drückte auf den Klingelknopf neben dem Schild mit der Aufschrift INTES STUDIOS.

Die Gegensprechanlage knackte. »Ja?«

»Hey«, sagte Lennon in seinem besten Philly-Akzent. »Wir haben euren Mann hier draußen.«

»Gut, bringt ihn rein. Den Gang runter und dann rechts.« Es ertönte ein lautes Summen, dann öffnete sich der Verriegelungsmechanismus.

Also schön.

Mehrere Plastikschilder wiesen Lennon den Weg durch den Empfangsbereich, einen schmalen Flur hinunter und dann zweimal nach rechts. Die Türen mit der Aufschrift INTES wurden von Holzkeilen aufgehalten. Im Innern befanden sich ein Aufenthaltsraum und dahinter ein durch Glasscheiben abgetrenntes Studio.

Lennon hatte beide Pistolen in den Händen und war bereit, jeden Moment loszuballern. Doch auf das, was ihn im Studio erwartete, war er nicht vorbereitet.

Dort, in einer gläsernen Aufnahmekabine, stand lediglich ein einzelner Mann. Ein großer, dunkelhäutiger Typ mit grauem Haar, das auf seinem massigen Schädel nach hinten geklatscht war; er hatte eine Schrotflinte auf ihn gerichtet.

Es ertönte ein leises, statisches Knacken, und aus den Lautsprechern drang eine Stimme.

»Hallo, Mr. Lennon.«

Das kam nicht von dem Mann, der dort stand. Die Stimme war verzerrt, verfremdet. Die dazugehörige Person war nicht zu sehen.

Jedenfalls richtete Lennon seine Pistolen auf den Mann vor sich. Auch wenn man durch Glas keinen vernünftigen Schuss abgeben konnte. Vermutlich hatten die Russen es darauf angelegt. Es war kaum möglich, den Mann zu treffen, da das splitternde Glas die Kugel ablenken würde. In der Zwischenzeit konnte der Mann problemlos abdrücken und Lennon eine Ladung Schrot verpassen. Nicht zu reden davon, dass sich wahrscheinlich weitere Schützen im Raum verbargen, die ihn ins Visier genommen hatten. Es war wie auf einer Schießbude. Und Lennon war die Schießbudenfigur.

»Wir arbeiten für Evsei Fieuchevsky. Sein Sohn Mikal wird vermisst. Und Sie sind einer der Letzten, die ihn lebend gesehen haben.«

Diese Stimme. Trotz der Verzerrung konnte Lennon hören, dass es sich nicht um einen Russen handelte. Die Aussprache war zu deutlich. Außerdem kam sie ihm auf unangenehme Weise bekannt vor. Es war nicht der Tonfall, den er wiedererkannt hatte, sondern die Wortwahl. Aber er konnte sie nicht ganz einordnen.

»Mr. Fieuchevsky hat Ihre Freundin, sie befindet sich an einem anderen Ort. Er will seinen Sohn zurück, und zwar schnell.«

Lennon ließ seinen Blick hastig durchs Studio wandern und hielt Ausschau nach einem halbdurchlässigen Spiegel. Der Sprecher beobachtete ihn. Wartete seine Reaktion ab.

»Bevor wir über die Bedingungen reden, würde Mr. Fieuchevsky Ihnen gerne etwas vorspielen. Ein Liebeslied.«

Ein was?

Es klickte, und aus den Lautsprechern drang ein leises Rauschen, dann das Husten eines Mannes. »Okay«, sagte die Stimme, offenbar auf dem Band. »›Life‹, Take fünf.« Ein Gitarrenlauf, eine Pause, dann eine laute Rhythmusgitarre in gemächlichem Tempo, fast wie bei einem Trauerlied. Ein Mollakkord. Nach zwei Takten setzten ein verzerrter Bass und eine gedämpfte Drum Machine ein. Dann der Gesang:

I can see the writing on the wall
When I can hear you coming down the hall
Have you finished all that you've begun?
I can feel my life coming undone

Das Lied war noch nicht zu Ende, doch es wurde leiser gestellt und lief im Hintergrund weiter.

»Dieser Song, ›Life Come Undone‹, wurde von Mikal Fieuchevsky geschrieben und gesungen. Das ist einer der zahlreichen Titel, die er in den letzten Wochen für sein Album aufgenommen hat.«

Der Song lief unter der Stimme weiter, fast als hätte man in den Mittelteil der Aufnahme eine Sprechpassage eingefügt.

»Sie sehen, Mr. Lennon, Mikal ist nicht nur Mr. Fieuchevskys Sohn. Er ist die Zukunft der Rockmusik. Und Sie sollten besser zu Gott beten, dass er noch lebt und bei bester Gesundheit ist.«

Lennon starrte durch das Glas den schweigenden Russen an. So wie dieser Mist klang, dachte er, war es wohl besser, wenn der Junge nie wieder auftauchte.

Unterhaltskosten

Evsei hatte darauf bestanden, den lahmarschigen Song seines Sohns abzuspielen. Wilcoxson hatte versucht ihm klarzumachen, dass Lennon das am Arsch vorbeiging, dass Evsei sich an ihren Plan halten und möglichst schnell seine Forderungen stellen sollte.

Doch der verrückte Russe wollte nicht nachgeben. In den frühen Morgenstunden hatte er einen seiner Männer in die Intes Studios geschickt, um die unbeendeten Digitalaufnahmen zu holen, und sich zu Hause eine Weile die unfertigen Titel angehört; er weinte und trank Wodka und spielte einige Passagen erneut ab. Das ist mein Sohn, hatte er gesagt. Dieser Bankräuber soll hören, was er zerstört hat. Evsei hatte versucht, Wilcoxson ein paar der Songs vorzuspielen, doch der weigerte sich und beharrte auf ihrem Zeitplan, andernfalls riskierten sie, Lennon zu verlieren.

Was soll's.

»Kommen wir zur Sache«, sagte Wilcoxson aus dem Kontrollraum, der mit einem Videomonitor ausgestattet war, der den Aufenthaltsraum und das Studio zeigte. *»Sie waren gestern an einem ganz bestimmten Verbrechen beteiligt, bei dem 650 000 Dollar den Besitzer gewechselt haben. Wenn Sie nicht wollen, dass Ihrer Freundin was passiert, bringen Sie das Geld hierher, zu Mr. Fieuchevsky.«*

Wilcoxson beobachtete aufmerksam Lennons Gesicht auf dem Monitor. Er zeigte keinerlei Reaktion, doch Wilcoxson wusste, dass er innerlich rotierte. Er wollte ihn unbedingt dazu bringen, dass er zusammenzuckte. Nur einmal. Dass er redete. Flehte. Bettelte.

Stattdessen zeigte Lennon ihm einfach den Stinkefinger.

Wilcoxson schnaubte, dann fing er erneut an zu reden. *»Mr. Lennon, Sie haben keine Ahnung …«*

Frohe Kunde

»… in was für einem Zustand Ihre Freundin ist, oder?«

Zustand. Hmmm.

»Auf der Couch liegt was für Sie. Na los. Sehen Sie sich's an.«

Lennon nahm die Pistole in der linken Hand ein wenig herunter und warf einen kurzen Blick hinüber. Auf einem Kissen lag ein weißer Plastikstab. Während er darauf achtete, dass die Waffe in seiner Rechten weiter auf den Russen zielte – so sinnlos diese Geste auch war –, steckte Lennon die andere Pistole in den Hosenbund und trat langsam zum Sofa. Er hob den Gegenstand auf. Er erinnerte ein wenig an eine Thermometerhülle mit einem kleinen Plastikfenster. Bis auf eine dünne blaue Linie in der Mitte war die Fläche im Fenster weiß.

»Es ist gar nicht so leicht, von einer Frau eine Urinprobe zu bekommen, wenn sie das nicht will. Wir mussten sie wieder wecken, sie dazu bringen, mitzuspielen, und sie zu unserer eigenen Sicherheit erneut betäuben. Chloroform ist ein ekliges, schmieriges Zeug. Echt fies.«

Lennon starrte auf die blaue Linie, und schließlich kapierte er.

»Gar nicht gut fürs Baby.«

Kapierte, wie dumm er gewesen war.

Darum also die Geheimniskrämerei, die komischen Stimmungsschwankungen. Natürlich. Sie hatte ihn nicht von den Vorbereitungen für den Überfall ablenken wollen. Das war Katie. Die wichtigen Dinge hatten bis nach dem Job Zeit. Und jetzt wurde Lennon auch noch einiges andere klar. Darum hatte sie auf einem hübschen Ort – einem Urlaubsort – bestanden, obwohl sie fast den ganzen Winter über auf der faulen Haut gelegen hatten. Sie wollte, dass es ein ganz besonderer Tag wurde. Ein Haufen Bargeld, eine hübsche Aussicht, strahlender Sonnenschein, und ihre Neuigkeiten.

Schwanger.

Aber wer ...?

Lennon spürte, wie der Raum leicht um die eigene Achse kippte.

Drei wenn du zuckst

Wilcoxson konnte es deutlich sehen: Lennons Gesicht zuckte. Selbst seine Knie schienen für einen Moment nachzugeben. Er war zu ihm durchgedrungen. Hatte seinen wunden Punkt getroffen. Jetzt würde Lennon alles tun, was er wollte. Der Rest war reine Formsache.

»Also passen Sie gut auf, Mr. Lennon. Hören Sie auf Mami.«

Wilcoxson drückte auf PLAY, und das Band, das er vorbereitet hatte, wurde abgespielt.

»Patrick, ich bin's. Es ist 11.43 Uhr, Samstag, der 30. März. Ich befinde mich in Philadelphia und nicht, wie verabredet, an einem anderen Ort. Ich bin zurückgefahren. Man hat mir gesagt, dass du am Leben bist, und dass du ihnen geben sollst, was sie haben wollen, sonst töten sie mich. Das soll ich dir von ihnen ausrichten. Wenn du tust, was sie verlangen, geschieht mir nichts, und sie lassen mich gehen.« Eine Pause, dann murmelte jemand etwas. *»Bis bald.«*

Wilcoxson drückte auf STOP und musterte Lennon auf dem Videoschirm. Der arme Kerl versuchte mit aller Macht, seine Gefühle für Katie zu verbergen. Schließlich hatte Wilcoxson ihm vor Jahren beigebracht, dass das Geheimnis eines erfolgreichen Überfalls darin besteht, menschliches Versagen auszuschließen. Und damit die Menschlichkeit. Hunger, Gier, Wut, Freude hatten bei einem Banküberfall nichts zu suchen. Knallt jemand deinen Partner ab, mit dem du seit der fünften Klasse ein Ding nach dem anderen gedreht hast? Vergiss es. Spar dir deine Tränen für später; mach, dass du wegkommst.

Doch das war leichter gesagt als getan. Wilcoxson war sich sicher, dass Lennon nur noch an Katie denken konnte und daran, was mit ihr geschah. Beschissene Russen, sie hatten sie betäubt und gezwungen, in einen Becher zu pinkeln. Grobe Hände auf ihrem ganzen Körper. Die sie fesselten. Sie auszogen. Wahrscheinlich hatten sie dabei gegrinst. Ja, Wilcoxson war sich sicher, dass Lennon das fertigmachte. An seiner Stelle ginge es ihm nicht anders.

»Ich möchte, dass Sie die Pistolen fallen lassen.«

Lennon nahm sie augenblicklich herunter. Er hatte einen seltsamen, leeren Gesichtsausdruck, als bestünde die einzige Möglichkeit, seine Gefühle zu beherrschen, darin, sich aus der Wirklichkeit auszuklinken.

»Fallen lassen. Sofort.«

Er gehorchte wie ein Zombie.

»Fein. Das ist der erste Schritt, um das Leben Ihrer Freundin und Ihres ungeborenen Kindes zu retten. Ach, übrigens, Glückwunsch. Und jetzt noch ein paar Abschiedsworte von Mr. Fieuchevsky an Sie, bevor Sie das Geld holen.«

Der Russe benötigte keine weitere Aufforderung. Mit der Schrotflinte in der Hand verließ er die Kabine und lächelte wie ein Dobermann, der seine Zähne bleckt.

Wilcoxson musste die Situation genau im Auge behalten. Fieuchevsky hatte darauf bestanden, etwas, *irgendwas,* zu tun, um seine Wut abzureagieren. Fünfzehn Minuten hatten sie in Wilcoxsons Apartment am Rittenhouse Square darüber debattiert, wie viel Prügel Lennon heute Nachmittag bekommen sollte. Der

Russe wollte freie Hand haben; solange der Bankräuber noch sprechen könne, sei er auch in der Lage, das Geld zu holen. Wilcoxson war dagegen, absolut dagegen. Man durfte ihn nicht gleich entmutigen. Man musste ihm ein Fünkchen Hoffnung lassen, sich das Geld schnappen und ihn *dann* wie eine Wanze zerdrücken. Heb dir was für später auf, Evsei, hatte er ihn aufgefordert. Du wirst noch Gelegenheit dazu haben.

Am Ende diskutierten sie die Einzelheiten: Nach einem hitzigen Wortwechsel war Wilcoxson schließlich bereit, dem Russen drei Stöße mit dem Kolben der Schrotflinte auf den Körper zuzubilligen. Nicht auf den Kopf, nur auf die Brust oder in die Leistengegend. Dann durfte Lennon das Geld holen.

Wilcoxson hielt den psychischen Druck – die Sorge, was mit Katie passierte – für ausreichend. Doch der Russe war da anderer Meinung.

Und wie sich herausstellte, kümmerte sich Fieuchevsky einen Dreck um ihre Abmachung. Der erste Kolbenstoß traf Lennon im Gesicht. Sein Kopf flog nach hinten, und ein Schwall blutroter Flüssigkeit spritzte aus seinem Mund. Mit rudernden Armen taumelte er rückwärts und versuchte etwas zu erwischen, woran er sich festhalten konnte.

Himmel, dieser Russe war echt ein Schwanzlutscher.

Der zweite Stoß: direkt auf die Brust, während Lennon sich vom ersten noch erholte. Ein wuchtiger Schlag auf die Rippen und den Herzbeutel. Mein Gott.

Und Lennon musste all das ohnmächtig über sich ergehen lassen. Andernfalls hätte er Katie ins Unglück gestürzt.

Wilcoxson wusste bereits, wohin der dritte Schlag zielte. Natürlich. In die Eier. Lennon lag jetzt am Boden und klammerte sich am Teppichbelag fest, wahrscheinlich um sich einen Weg aus dem Studio zu graben. Er sollte besser beten, dass Katie das Baby termingerecht zur Welt brachte; es schien eher unwahrscheinlich, dass Lennon sich in Zukunft weiter vermehrte. Nicht nach einem Schlag wie diesem.

Wilcoxson musste dazwischengehen, bevor Fieuchevsky zu einem vierten, fünften oder vielleicht sogar siebzehnten Schlag ausholte. Er drückte auf den Mikrofonknopf: *»Gehen Sie jetzt, Mr. Lennon. Retten Sie das Leben Ihrer Familie. Und kommen Sie morgen wieder her. Um zwölf Uhr.«*

Fieuchevsky stand da, das Gewehr in die Höhe gereckt, und wirkte irritiert. Dann schien er sich zu besinnen und nahm die Waffe herunter. Er machte einen maßlos enttäuschten Eindruck.

Lennon kroch aus dem Studio.

Wilcoxson schaltete das Mikrofon aus und atmete tief durch. Es konnte tatsächlich klappen.

»Scheiße, Mann«, sagte Holden Richards und erhob sich hinter der Trennwand. »Erinner mich dran, dass ich mich nie mit dir anlege.«

Holden hatte sich eine Stunde lang hinter dieser verdammten Trennwand versteckt und gewartet, dass Lennon hier aufkreuzte. Es war nicht gerade bequem, und sein Nacken und sein Rücken taten nach dem ganzen Scheiß gestern höllisch weh.

Gestern.

Fünfzehn Minuten nach dem Überfall.

Wilcoxson hatte gesagt, kein Problem. Die Russen werden mit ihrem Lieferwagen vor euch aufkreuzen, euch einkreisen, euch Kapuzen über den Kopf ziehen und wegbringen, die anderen Jungs erschießen und dich laufen lassen.

Ja, sie waren mit ihrem Lieferwagen vorgefahren.

Holden konnte sich die Sache nur so erklären, dass Lennon zu schnell war und die Russen keine Zeit hatten, wie geplant vor ihnen aus dem Wagen zu springen. Darum traten sie aufs Gas und rasten direkt in den Subaru.

Sicher, Holden war auf eine Vollbremsung vorbereitet gewesen, aber verdammt, *damit* hatte er nicht gerechnet. Der Forester hob ab, drehte sich ein paarmal in der Luft, landete mit dem Dach im Schlamm neben dem Schuylkill River und rutschte noch ein Stückchen weiter, bis Holden schließlich glaubte, sie würden im Fluss landen, und gute Nacht. Aber nein. Der Wagen kam schlitternd zum Stehen, und die Russen schafften es schließlich, sie mit ihren seltsamen schwarzen

Maschinenpistolen zu umzingeln. Nicht dass das noch eine Rolle gespielt hätte. Lennon war hinüber; er zuckte und spuckte, dann wurde er ohnmächtig. Bling war noch bei Bewusstsein, also fing Holden an, ihm den Ellbogen ins Gesicht zu rammen. Was soll's? Der Nigger würde später sowieso im Rohr landen.

Ehrlich gesagt, hatte Holden wegen Bling ein etwas schlechtes Gewissen. Dieser hatte ihn Wilcoxson überhaupt erst vorgestellt, sich für ihn verbürgt. Holden hatte keine Ahnung gehabt, dass über das ganze Land verteilt ein loses Netzwerk von Gangstern existierte. So ähnlich wie die Mafia und auch wieder nicht. Lediglich ein paar Leute, die einander kannten und füreinander einstanden. Bling verbürgte sich also für ihn, und Holden traf sich abends mit Wilcoxson in diesem Steak-Haus, Smith and Wollensky, zum Essen und verdrückte ein riesiges Steak. Wilcoxson prophezeite ihm eine große Zukunft. Er sehe sofort, wenn jemand Talent habe.

Und das war's. Monatelang nichts. Bling setzte ihn bei einer Reihe Jobs ein, nichts Großes. Doch Wilcoxson meldete sich nicht.

Was Holden nervte.

Blings Aufträge waren in Ordnung, aber er zog ihn nie für ein richtig großes Ding heran, die Sorte Job, die Wilcoxson ihm zutraute. Holden wollte für Wilcoxson arbeiten, um sich einen Namen zu machen. Er hatte es satt, in seinem alten Apartment in West Philly herumzuhängen. Bling ließ sich in der Gegend nicht blicken – der Neger hing in irgendwelchen Ferienhotels ab und ließ es sich gutgehen.

Als Wilcoxson vor ein paar Wochen schließlich anrief, sagte Holden ohne Zögern zu.

Tags darauf meldete sich Bling bei ihm. Diesmal hatte Wilcoxson für *ihn* gebürgt, anstatt umgekehrt. Eine hübsche Stange Geld, erklärte Bling. »Also versau's nicht.« Ja, ja, ja. Quatsch du nur, Bling. Im Gegensatz zu ihm wusste Holden, worauf Wilcoxson es *wirklich* abgesehen hatte. Scheiß auf Bling. Das hier war seine Eintrittskarte. Schluss mit den abgewrackten Villen in West Philly – jetzt gehörte er zu den Jungs, die in Ferienhotels abhingen.

»Holden, ich brauche jemanden, dem ich vertrauen kann«, hatte Wilcoxson zu ihm gesagt. Was bedeutete, dass er Bling nicht vertrauen konnte. Holden müsse nichts weiter tun, erklärte Wilcoxson, als ihn auf dem Laufenden zu halten und nach dem Überfall etwas Geduld zu haben.

Etwas Geduld, ja. Und eine verdammte Halskrause.

Nachdem die Russen Bling und Lennon fortgeschafft hatten – sie zogen sie nackt aus und stopften sie in Leichensäcke –, wollte Holden sofort das Geld holen. Sein Bauch sagte ihm: Schnapp dir die Kohle und hau ab. Vergiss Wilcoxson. Er hatte ihm statt des Drittels, das Bling ihm zugesagt hatte, die Hälfte des Betrags versprochen. Die Hälfte, ein Drittel. Warum nicht alles?

Nein. Das war zu kurzfristig gedacht. Wilcoxson

konnte ihn weiterbringen. 650 000 Dollar waren nichts im Vergleich zu dem, was in Zukunft auf ihn wartete.

Direkt nach einem Überfall behalten die Cops die Parkplätze im Auge, hatte Wilcoxson erklärt. Lass dich bloß nicht in der Nähe des Wagens blicken. Er wird auch später noch dort stehen. Keine Sorge. Doch Holden konnte nicht anders, er machte sich trotzdem Gedanken. Arbeiteten Profis tatsächlich so? Bling und Lennon schienen sich keine Sorgen zu machen. Wilcoxson ebenfalls nicht. Doch Holden machte es völlig fertig, die Beute einfach so zurückzulassen, auf einem Parkplatz mitten in der Stadt.

Den Rest des Freitags verharrte Holden in seinem Versteck und versuchte, nicht an den Wagen und das Geld zu denken. Er sah sich ein paar DVDs an, aß Sushi vom Imbiss und trank etwas Wodka auf das Wohl der Russen, die in jener Nacht unten am Fluss waren und Bling und Lennon in die Röhre beförderten. Holden sah sich in seinem vollgestopften Apartment um – dort, wo sie den Überfall geplant hatten – und dachte daran, seinen Krempel zu packen. Das tat er auch, dann machte er eine Pause, um noch mehr Wodka zu trinken.

Am Samstagmorgen nahm er ziemlich verkatert Wilcoxsons Anruf entgegen. Es gab ein paar »Komplikationen«.

Lennon war noch am Leben.

»Hol den Wagen«, sagte Wilcoxson. »Dann ruf mich zurück.«

Den Wagen holen – das bedeutete Geld. Holden hatte ein ziemlich ungutes Gefühl bei der Sache. Warum hatten sie nicht gestern auf ihn gehört? Als er ihnen erklärt hatte, wie bescheuert es war, so viel Geld auf dem Parkplatz zurückzulassen?

Holden nahm eine Straßenbahn raus zur Neunzehnten Ecke Market Street und lief die paar Blocks zum Parkplatz. Während er die Reihen abschritt, hielt er Ausschau nach dem Wagen. Er sah gründlich nach, dann fing er noch mal von vorne an.

Kein Auto.

Kein Auto, kein Geld.

Er rief Wilcoxson an, der offensichtlich gerade in irgendeine seltsame Geschichte verwickelt war, und überbrachte ihm die schlechte Nachricht.

»Dieser verdammte Lennon«, sagte er. »Okay, warte auf weitere Anweisungen. Ich ruf dich zurück.«

Es dauerte zwanzig Minuten, bis Wilcoxson sich erneut meldete. »Ich möchte, dass du zu mir ins Apartment kommst. Wir werden unser Geld wiederkriegen. Und bring jemanden mit, dem du vertraust.«

Das klang gut für Holden. Er hatte nur nicht damit gerechnet, sich fast eine Stunde lang hinter einen Schallschutz zu kauern und auf diesen stummen Mistkerl zu warten.

Als Lennon schließlich auftauchte, kam es zu einem kurzen Wortwechsel; Wilcoxson sprach über den Lautsprecher mit verfremdeter Stimme zu ihm. Das imponierte Holden; Wilcoxson hatte ziemlich schnell einen Plan auf die Beine gestellt, an dem sogar der Russe beteiligt war. »Wegen dem brauchst du dir keine Sorgen zu machen«, hatte Wilcoxson am Telefon zu ihm gesagt. »Um den kümmern wir uns heute noch. Er wird seinem Sohn Gesellschaft leisten.«

Und jetzt trottete Lennon, verletzt und blutüberströmt, wieder zur Tür hinaus, um die 650 000 Dollar von dort zu holen, wo er sie versteckt hatte. Wenn er seine schwangere Hure wiedersehen wollte, würde er es morgen Mittag hier abliefern.

Mit knackenden Knien erhob Holden sich hinter seinem Versteck. Mist. Er war völlig steif, und sein Nacken und sein Rücken taten von dem Autounfall gestern immer noch weh.

Er spürte die Pistole in der rechten Tasche seiner Sportjacke. Er sollte warten, bis der Russe zusammen mit Wilcoxson die Kabine verließ. Und ihm dann, wenn Wilcoxson das Zeichen gab, in den Kopf schießen. »Das Studio ist schalldicht – niemand wird was hören«, hatte Wilcoxson ihm versichert.

Da kam der Russe, seine Pistole in der Hand. Er grinste Holden verlegen an. Der nickte ihm zu, darauf bedacht, keine Miene zu verziehen.

»Lief doch ziemlich gut, oder?«, sagte Wilcoxson, der plötzlich durch eine kleine Tür zur Rechten trat. »Morgen, Evsei, kriegst du deine Rache, und etwas Geld, um deinen Schmerz zu lindern.«

Der Russe nickte. Er schien nicht glücklich mit der Vereinbarung. Ganz und gar nicht. Und bestimmt nicht mit dem, was Wilcoxson vorhatte. Ebenso wenig wie Holden.

Warum sich mit 325 000 Dollar begnügen? Er kannte bereits die komplette Abmachung. Morgen brachte Lennon im Austausch für seine Frau das Geld aus dem Banküberfall vorbei.

Holden verpasste dem Russen einen Kopfschuss.

Wilcoxson hatte das Zeichen noch gar nicht gegeben und wirkte entsprechend überrascht. Erst recht, als Holden die Pistole auf *ihn* richtete.

Er brauchte sich keine Sorgen zu machen. Das Studio war schalldicht.

Samstagabend

Ich kann mir lebhaft vorstellen, wie sich die beiden nach einem ihrer Überfälle aufs Ohr hauen, sich kaputtlachen und ihren Spaß haben.

– PSYCHOLOGE FRANK FARLEY
ÜBER DIE BANKRÄUBER CRAIG PRITCHERT
UND NOVA GUTHRIE

Das Haus an der Oregon Avenue

Alles in allem war es ein gutes Geschäft: Ein leerstehendes Reihenhaus im Süden von Philadelphia.

Ein Arzt mit Versicherung gegen Kunstfehler, dem man die Lizenz entzogen hatte und der seine zahlreichen Wunden versorgte.

Eine Flasche Jameson. Ein Packen Tiefkühlgerichte und eine Mikrowelle.

Ein Fläschchen Aspirin.

Ein Digitalwecker aus Plastik.

Zwei Pistolen – beides 38er Sig Sauers.

Sechs Schachteln Munition.

Preis: 325 000 Dollar.

Lennon war am Nachmittag zu Dominick's zurückgekehrt und hatte ohne Umschweife ein Geschäft vorgeschlagen, schriftlich: Er brauche etwas zu essen, eine Unterkunft und medizinische Versorgung. Im Gegenzug sollte Perelli 325 000 Dollar erhalten, die Hälfte der Beute aus dem Banküberfall. Er schrieb, dass die Russen seine Freundin hatten und das Geld aus dem Banküberfall haben wollten, andernfalls würden sie sie töten. Samt ihrem ungeborenen Kind. Perelli war selbst Vater; Lennon dachte, es könnte nicht schaden, an sein Mitgefühl als Familienmensch zu appellieren. Er fügte hinzu, dass er einen Plan habe, um an die Beute zu kommen und die Russen unter die Erde zu bringen. Er brauche lediglich etwas Zeit, um sich zu erholen und zu genesen.

Über seine eigene Rolle als Familienmensch konnte er sich später Gedanken machen.

Perelli war einverstanden.

Und nicht nur das, er hatte ihm außerdem einen Anzug spendiert. Die Vorstellung, dass Lennon als Bankräuber für ihn arbeitete, gefiel ihm.

»Ein Bankräuber kann nicht in einem beschissenen ›Father Judge‹-Sweatshirt herumlaufen, verdammt nochmal«, hatte er gesagt. »Hat Machine Gun Kelly etwa ein Sweatshirt getragen? Oder Dillinger?«

Also schickte Perelli, als er den Quacksalber ohne Lizenz kommen ließ, auch gleich jemanden vorbei, der Lennons Maße nehmen sollte. Der Anzug sei in ein paar Stunden fertig, versprach Perelli.

Der Anzug war Lennon eigentlich egal. Ihn interessierte, wie er Katie und das Geld zurückkriegen und schleunigst die Stadt verlassen konnte. Dann würde er über die Sache mit dem Baby nachdenken. Momentan war das alles noch zu viel. Zunächst mal aß er etwas, trank genug, um den Schmerz zu betäuben, und ruhte sich aus. Er wachte erst wieder auf, als der Arzt eintraf, und versuchte nicht zu schreien, während dieser die empfindlichen Stellen malträtierte. Der Arzt schnalzte verächtlich mit der Zunge und machte sich dann wieder an die Arbeit. Schließlich ermahnte er Lennon, nichts zu trinken. Egal. Auf eine blaue Serviette kritzelte der Arzt die Nummer seines Piepers und verschwand wieder. Lennon trank noch etwas von dem Jameson, dann schlief er erneut ein.

Ein Klingeln an der Tür weckte ihn. Ein junger Bursche brachte den Anzug vorbei. Ein schwarzes Modell von Ermenegildo Zegna aus einem Laden namens Boyd's in der Chestnut Street. Zusammen mit einem dunkelblauen Anzughemd von Stacy Adams, schwarzen Socken mit blauen Uhren drauf und einem Paar schwarzer Schuhe von Giorgio Brutini. Außerdem hatte Perelli noch eine Sonnenbrille einpacken lassen – von Dior Homme by Hedi Slimane. Das Einzige, was nicht direkt aus einem Lifestyle-Magazin stammte, war die Unterwäsche von Hanes. Du liebe Güte, weiße Feinripphosen. Offensichtlich war das Perellis Lieblingsmodell.

Lennon duschte vorsichtig und zuckte immer wieder zusammen. Sein Gesicht sah schlimm aus; an einigen Stellen zeigte es ein Muster in Schwarz-, Lila- und Blautönen, das an ein Batikhemd erinnerte. Allerdings war er angenehm überrascht, dass alle Kleidungsstücke wie angegossen saßen. Sogar die weiße Feinripphose. Er zog sich bis auf die Schuhe an. Dann lud er die Sig Sauers, steckte eine in jede Jackentasche. Und drückte sich zwei Finger gegen die Halsschlagader.

Schließlich legte er sich auf die Einzelmatratze, die sich in der Mitte des Elternschlafzimmers befand, und schloss die Augen.

Nach ein paar Stunden unruhigen Schlafs schlug er sie wieder auf.

Drei Sekunden später läutete der Wecker. Er war bereits fertig angezogen.

Zeit zu gehen.

Das Grab am Fluss

Es dauerte nicht lange, dann hatte Holden das Rohr gefunden. Mikal, der junge Russe, hatte ihm davon erzählt. Drüben auf der Camdener Seite, nicht allzu weit von der Brücke entfernt. Das machte die Suche überschaubar. Es gab hier drüben nur wenige neue Gebäude – das Aquarium, das Tweeter Center und den übrigen Touri-Mist – Touristen in Camden, wer's glaubt. Hier war kaum Platz für eine Kakerlake mit einem Ständer.

Aber bitte, trotzdem versuchte man eine weitere Touristenattraktion ans dicht bebaute Ufer zu pflanzen. Ein Kindermuseum.

Mann, würden die Kinder Augen machen, wenn sie wüssten, was Onkel Holden in das Drainagerohr warf.

Zuerst den alten Russen. Er und sein Junge – wieder glücklich vereint. Der Kopf des Russen war trotz des Schusses aus kürzester Distanz erstaunlich heil geblieben. Die Kugel war in die Stirn eingedrungen und auf dem Weg durch den Schädel explodiert. Vom Hinterkopf war nichts mehr übrig, doch sein kräftiges, gut geschnittenes Gesicht würde die Ewigkeit überdauern. Als er die Knöchel des Russen losließ, fragte sich Holden, ob er wohl Wange an Wange neben seinem Jungen im Rohr landete und was zukünftige Archäologen daraus schließen würden.

Als Nächstes kam Wilcoxson dran. Ein Ausnahmebankräuber. Seinem Gesicht war es nicht so gut ergangen. Holden hatte ihm die Kugel direkt von vorne verpasst, sein Gesicht war größtenteils zerfetzt, übrig geblieben war eine breiige Masse. Er hatte ein paarmal geschrien und wild mit den Beinen ausgeschlagen, als säße er auf einem unsichtbaren Fahrrad. Gott sei Dank gab es den Schallschutz, was? Aber schließlich hatte Wilcoxson aufgehört sich zu winden und war tot.

Zu dem Zeitpunkt war Holden drauf und dran gewesen, zurückzugehen und der Schlampe ebenfalls eine Kugel zu verpassen, nur damit er es hinter sich hatte. Morgen würde Lennon mit den 650 000 auftauchen, und dann würde Holden ihn töten. Momentan befand sich Lennons kleine Hure in Wilcoxsons Bude am Rittenhouse Square, sein Cousin Derek hatte ein Auge auf sie. Wilcoxson war mit dem Plan einverstanden gewesen, doch gleichzeitig schien er beunruhigt, einen anderen Typen bei ihr zu lassen, während sie mit den Händen an einen Pfosten gefesselt war. Fast als wäre er ihr Mann. Irgendwie war das verdächtig.

Holden dachte eine Weile darüber nach, bis ihm endgültig klarwurde, dass es keinen vernünftigen Grund gab, sie am Leben zu lassen. Er nahm sein Handy und wählte Dereks Nummer.

Badezimmer mit Buch

Als Lisa Perelli den Schlüssel in die Eingangstür steckte, hatte sie gleich ein komisches Gefühl. Es war noch jemand hier. Hatte ihr Vater die Wohnung vermietet, ohne es ihr zu sagen?

Natürlich, warum sollte er es ihr auch sagen?

Sie war hier, um Andrews Sachen abzuholen. Dieses Haus an der Oregon Avenue war eines von vielen, das ihr Vater besaß. Sie hatte hier die letzten sechs Wochen gewohnt. Zusammen mit Andrew.

Lisa hasste sein Zimmer im Wohnheim – es war wie eine Schuhschachtel, nur schlimmer eingerichtet. Andrew wiederum hasste es, auf dem Sofa von Lisas

Vater in South Philly zu kampieren. Er hatte ihr nie verraten, warum, bis er eines Tages vor anderthalb Monaten schließlich seinen Widerstand aufgab und mit der Wahrheit herausrückte: Er konnte das Badezimmer im Haus ihres Vaters nicht benutzen. So wie er das sonst morgens tat. Andrew erging sich in einer Menge blumiger Umschreibungen – ich bin ein ganz normaler Typ, ich muss morgens einfach was lesen –, doch Lisa wusste, was er meinte. Komischerweise war Lisa genauso. Und deswegen hasste *sie* es, im Wohnheim zu pennen. Sie fühlte sich einfach nicht wohl, dort aufzustehen, den Flur runterzupilgern, vorbei an einer Menge fremder Türen, hinter denen fremde Jungen lagen, zwei Treppen hinauf in den Gemeinschaftswaschraum der Frauen. Sie war so was einfach nicht gewohnt. Das war der eigentliche Grund, warum sie nicht auf dem Campus wohnte.

Damit blieb als einzige Lösung Dads Mietwohnung in der Oregon Avenue, mit ihren zwei Badezimmern. Ein großes im ersten Stock und ein kleineres im Erdgeschoss.

Es war, als würde man Vater-Mutter-Kind spielen, nur ohne das Risiko. Andrew hatte einige wenige Sachen dort – eine aufblasbare Matratze, einen Stapel Taschenbücher, ein zusätzliches Paar Kontaktlinsen und einen Pappkarton mit Unterwäsche, Deo, Zahnbürste und einer großen Tube Zahnpasta. Lisa hatte Kerzen mitgebracht, den Kühlschrank mit ein paar großen Flaschen Pinot Grigio gefüllt und ihre Unterwäsche fein säuberlich in den Wandschrank des großen Schlafzimmers gestapelt.

Ihr Vater wusste nicht, dass sie sich hier aufhielten; eines Nachts hatte Lisa die Schlüssel fürs Haus einfach mitgehen lassen.

Dieselben Schlüssel, die sie jetzt in der Hand hatte und die bereits zur Hälfte im Schloss der Eingangstür steckten.

Lisa spitzte die Ohren.

Es war definitiv jemand hier. Oben.

Sie zog die Tür hinter sich zu und schloss ab.

Eine Verbindungsbraut

Nicht dass Katie speziell was dagegen hatte, den ganzen Tag mit den Händen an einen Pfosten gefesselt zu sein. Das konnte sie verkraften. Nicht mal die leichten Prellungen im Gesicht, von den Schlägen des Russen, machten ihr etwas aus. Auch das konnte sie ertragen.

Was sie nicht aushielt: Sie musste dringend pinkeln.

Das lag an der Schwangerschaft.

Soweit Katie wusste, befand sie sich in Henrys Schlafzimmer. Sie war schon mal hier gewesen, als er ihr und Patrick das ganze Haus gezeigt hatte. Allerdings hatte sie nicht damit gerechnet, dass ihr nächster Besuch in Henrys Schlafzimmer Bewusstlosigkeit und Handschellen beinhalten würde sowie einen

Stützpfeiler, an den man sie mit den Armen auf dem Rücken fesselte. Henry wirkte nicht, als stünde er auf irgendwelche Spielchen.

Nachdem der Russe sie niedergeschlagen hatte, kam sie auf dem Sofa wieder zu sich. Der Russe hatte einen schwarzen Revolver auf Henrys Hinterkopf gerichtet. »Sie wollen, dass du was auf Band sprichst«, hatte er mit ruhiger Stimme gesagt, während seine Augen versuchten, ihr etwas anderes zu signalisieren. »Ich schlage vor, wir tun, was sie sagen, und klären das hier später.«

Katie hatte nichts dagegen einzuwenden. Sie hatte ein schlechtes Gewissen – offenbar hatte sie den Russen direkt hierhergeführt und auf diese Weise Henry in die Sache verwickelt. Patrick hätte das nie getan. Nicht für eine Million Dollar. Sie war von sich selbst angewidert. Sie hatte noch so viel zu lernen.

Michael hatte ihr das immer wieder erklärt. Nicht etwa verächtlich. Nur in seiner typisch wertfreien, nüchternen Art. Michael war ein echter Profi. Deswegen hatte sie sich überhaupt zu ihm hingezogen gefühlt.

Katie sprach den Text, den Henry ihr gegeben hatte, in den Kassettenrekorder, ganz ruhig, um Patrick nicht zusätzlich zu beunruhigen. Eher so, als ob nichts passiert wäre. Sie versuchte sich ein Codewort zu überlegen, etwas, das Patrick ihren Aufenthaltsort verriet, doch ihr fiel keins ein. Es ging alles zu schnell.

Da klopfte es an der Tür. Der Russe zwang Henry

aufzumachen. Es waren zwei junge weiße Burschen, die unbedingt wie Schwarze aussehen wollten. Sie würdigten Henry keines Blicks. Sie kannte sie nicht, doch so langsam fügten sich für sie die verschiedenen Teile zusammen. Einer der weißen Jungs war wahrscheinlich der dritte Mann vom Banküberfall – neben Lennon und Bling. Und er hatte den Plan für den Überfall an die Russen verraten.

Der dickere der beiden fesselte sie mit Handschellen an den Stützpfeiler in Henrys Schlafzimmer. Henry versuchte sie zu beruhigen: »Alles wird gut« – dann wurde er zusammen mit dem anderen weißen Burschen und dem Russen aus der Tür gestoßen. Sie gingen los, um Patrick zu suchen. Oder um ihn zu bedrohen. Ihn umzubringen. Oder hierherzubringen und dann zu bedrohen und umzubringen. Wahrscheinlich Letzteres. Warum sonst ließen die Russen sie am Leben?

Fünfzehn Minuten später merkte sie zum ersten Mal, dass sie pinkeln musste.

Dreißig Minuten später war ihr klar, dass sie zu einer drastischen Maßnahme greifen musste, wenn sie sich und Henrys schicken Laminatboden im Schlafzimmer nicht nass machen wollte.

»Hey.«

Ihr Entführer. Ein junger blonder, muskulöser Mann, Typ Studentenverbindung, mit College-Sweatshirt und abgewetzten Schlabberhosen. Ein Durchschnittskerl mit dicker Knarre. Er war definitiv kein Mitglied der

Russenmafia; er war ein Laufbursche. Eine reichlich ausgefallene Wahl für einen Laufburschen.

»Soll ich dir einen blasen?«

Sie musste ihm noch ein wenig zureden, doch schließlich ging der Verbindungstyp auf ihr Angebot ein. Immerhin konnte er sich bei dem Leben, das er führte, leicht einbilden, dass jede dahergelaufene Frau nichts anderes wollte, als seinen Schwanz in den Mund zu nehmen. Aber der Bursche war kein Idiot. Als Erstes musste sie ihm versprechen, dass sie ihre Zähne nicht benutzte. Katie versprach es. Dann fragte sie ihn, ob es ihm was ausmachen würde, wenn er sie vorher ein bisschen verwöhnte, sonst wäre das erniedrigend. Der Kerl ließ sich auf diesen Vorschlag bereitwillig ein. Das klang sogar noch besser – sie musste wirklich auf ihn stehen. Das Muskelpaket verkündete, er habe wirklich Lust darauf. Wahrscheinlich hatte er irgendwo in der Stadt eine ziemlich befriedigte Verbindungsbraut.

Er ging auf die Knie, knöpfte Katies Jeans auf und öffnete den Reißverschluss.

»Sei schön sanft«, gurrte sie und wartete darauf, dass er zu ihr hochsah.

Als er das tat, rammte sie ihm ihr Knie gegen den Adamsapfel. Das war die effektivste Methode, um einen Menschen mit einem einzigen Körperteil zu töten, sei es mit der flachen Hand, dem Ellbogen oder dem Knie. Patrick hatte ihr das beigebracht. Es war ein schneller Tod; seine dicken, behaarten Finger kratzten über den Laminatboden, bis sie kurz darauf aufhörten zu zucken.

Das einzige Problem war jetzt: Katie war außerstande, nach dem Schlüssel zu suchen.

Oder Michael zu verständigen.

Außerdem musste sie immer noch verdammt dringend pinkeln.

Viele, viele Stunden später klingelte das Telefon in der Hosentasche der Leiche.

Keine Antwort

Ein paar Blocks von seiner Unterkunft in South Philly entfernt klaute Lennon einen Wagen, dann fuhr er auf der Zwanzigsten Straße Richtung Innenstadt. Der Himmel war voller tief hängender Wolken, und es wehte ein kalter Wind. Erstaunlicherweise fand Lennon am Rittenhouse Square einen Parkplatz. Der Portier machte keine Schwierigkeiten, nachdem er ihm gesagt hatte, wo er hinwollte. Lennon legte sein Ohr an Wilcoxsons Tür und lauschte, dann klopfte er.

Scheiße.

Keine Antwort.

Wilcoxson war sein Ass im Ärmel – die einzige Person in Philadelphia, der er vertrauen konnte. Lennon hatte darauf verzichtet, ihn vorab in den Plan für den Überfall einzuweihen; besser wenn Wilcoxson nichts davon wusste. Der alte Mann hatte sich vor Jahren aus dem Geschäft zurückgezogen. Es hatte keinen Sinn, ihn in etwas zu verstricken, was ihm am Ende womöglich um die Ohren flog. Trotzdem war Wilcoxson in der Vergangenheit immer für ihn da gewesen, und es gab keinen Grund, ihn jetzt nicht aufzusuchen. Lennon fühlte sich zahlenmäßig hoffnungslos unterlegen – auf der einen Seite russische und italienische Gangster, auf der anderen mehrere kriminelle Cops. Das hier war nicht seine Stadt. Er brauchte Hilfe, brauchte Schutz. Ein paar Stunden, um zu verschnaufen. Und Wilcoxson konnte ihm das bieten. Von Mentor zu Schüler, ein letztes Mal. Um der alten Zeiten willen.

Doch Wilcoxson war nicht zu Hause.

Verdammte Scheiße.

Lennon trabte den Flur zum Fahrstuhl zurück und fuhr hinunter in den Empfang. Er ließ seinen Blick durch die Eingangshalle wandern, in der Hoffnung, dass er Wilcoxson vielleicht irgendwo entdeckte; vielleicht fläzte er sich hier irgendwo herum oder gab einem der Promis vom Rittenhouse Square einen Gutenachtkuss, wir sehen uns, bla bla bla. Lennon brauchte Geld nur, um davon zu leben. Wilcoxson hingegen brauchte es, um sich ein besseres Leben leisten zu können. Der Alte war unter bettelarmen Verhältnissen in Brooklyn aufgewachsen und hatte sich in den 1960ern mit Klauen und Zähnen nach oben gearbeitet. Er wollte nie wieder zurück.

Lennon war klar, dass er nicht ewig in der Eingangshalle bleiben konnte. Er trug zwar einen schicken italienischen Anzug, doch er sah immer noch aus, als hätte er über sechs Runden mit irgendeiner Maschine gekämpft. Und verloren. Nicht lange, und die Verwaltung des Rittenhouse würde nervös werden.

Scheiße, Scheiße, Scheiße.

So lief es immer. Lennon hasste es, um Hilfe zu bitten. Er tat das überhaupt nicht gerne. Als er älter wurde, hatte er sich geschworen, dass er seinen Vater nie um etwas bitten würde, solange er lebte – sein Vater gab sich mit den Grundnahrungsmitteln und einer versifften Unterkunft in einem üblen Viertel zufrieden –, und Lennon hielt sich an diesen Schwur. Selbst im Gefängnis. Er legte stets großen Wert auf seine Selbstständigkeit.

Und jetzt – kaum gab er seinen Widerstand auf, weil er es für das Vernünftigste hielt, jemanden um Hilfe zu bitten, war plötzlich keiner da. Niemand, an den er sich hätte wenden können. Niemand auf der ganzen Welt. Stets musste man die ganze Last alleine tragen. Umgib dich mit Familie, mit Freunden, Jasagern und Partnern, mit wem auch immer. Das ändert nichts an der Wahrheit: Du bist auf dich allein gestellt.

Lennon verließ die Hotellobby und fing an, die Loucust Street hochzugehen. Er war so in Gedanken versunken, dass er ihn fast nicht bemerkt hätte.

Den Toten, der aus dem Park kam.

Dieser dämliche Derek. Nie schaltete er sein Handy ein. Warum besaß er überhaupt so ein Scheißding, wenn er es nie anmachte? Anstatt sich also ein paar Stunden zu entspannen, wie er es sich vorgenommen hatte – hey, wie man es auch dreht und wendet, Leichen in ein beschissenes Rohr zu werfen ist und bleibt harte Arbeit –, musste er den ganzen Weg zurück in die Innenstadt fahren, um nach Derek und nach Lennons Schlampe zu sehen.

Der Portier warf ihm einen komischen Blick zu, dann fing er sich wieder. Er musste sich an heute Morgen erinnert haben, als Wilcoxson ihn hatte antanzen lassen. So würde es von jetzt an immer laufen. Respekt. Erst recht mit den 650 Riesen. Vielleicht konnte er mit einem Teil des Geldes ja Wilcoxsons Apartment kaufen. Der Alte brauchte es jetzt garantiert nicht mehr.

Holden fuhr mit dem Aufzug nach oben. Dann schloss er Wilcoxsons Apartment auf und rief: »Hey, Derr.«

Nichts.

Als er das Schlafzimmer betrat, sah er seinen Cousin auf dem Boden liegen, er war tot. Die Frau war immer noch mit den Handschellen an den Pfeiler gefesselt, doch sie schien ebenfalls tot zu sein. Der ganze Boden war voller Wasser, als hätte jemand einen Spüleimer ausgekippt. Was zum Teufel …?

Holden kniete sich über Derek und tastete an seinem Hals nach dem Puls. Nicht dass er wirklich wusste, was er überhaupt überprüfen sollte, Derek war sowieso schon kalt, es war also überflüssig, noch nach irgendeinem Puls zu suchen. Allerdings fühlte sich Dereks Hals irgendwie komisch an.

Holden drehte sich um, gerade noch rechtzeitig.

Mit einem Schrei schleuderte ihm die Schlampe ihr Knie ins Gesicht.

Hab dich

Bevor Johnny Kotkiewicz seinen Job als Chef des Sicherheitsdienstes in den Rittenhouse Towers angetreten hatte, hatte er in Philadelphia als Cop gearbeitet und war schließlich im Raub-und-Mord-Dezernat gelandet. Nach zwanzig Jahren im Polizeidienst war er dann in die Privatwirtschaft gewechselt. Das Rittenhouse hatte ihm ein gutes Angebot gemacht; und er hatte akzeptiert. Das Geld kam ihm gerade recht, denn seine Tochter studierte Jura an der Villanova Law School. Eines Tages würde sie vielleicht für eine der angesehenen Firmen in Center City arbeiten – Schnaeder, Harrison, Soliss-Cohen – und konnte sich hier eine Eigentumswohnung leisten, anstatt, wie ihr alter Herr, im Empfang zu arbeiten.

Er war stolz auf das, was er tat. Doch er wollte, dass

es seine Tochter mal besser hatte. Die alte Elterngeschichte.

Anders als sonst am Samstagabend war Kotkiewicz noch hier. Es war allerdings auch ein ungewöhnlicher Tag im Rittenhouse gewesen. Alle naselang waren irgendwelche auffälligen Gestalten hier aufgekreuzt. Zunächst, gegen sieben Uhr morgens, eine hübsche junge Frau mit roten Haaren. Sie fuhr hinauf zu Apartment 910, das Mr. Henry Wilcoxson gehörte, einem Finanzberater hier aus der Innenstadt. (Zumindest stand das in den Sicherheitsunterlagen des Rittenhouse.) Das war an sich noch nichts Ungewöhnliches. Und nach zwanzig Minuten verließ sie das Gebäude wieder. Später am Morgen suchte ein bulliger Mann mit slawischem Aussehen – ein Bosnier oder Russe vielleicht – ebenfalls die Wohnung auf. Nach einer Stunde dann kehrte die Rothaarige zurück und fuhr mit den Aufzug direkt zu Apartment 910. Knapp zwanzig Minuten später betrat ein Typ, der wie dieser weiße Rapper aussah – Eminem –, zusammen mit einem leicht teigig wirkenden weißen Mann den Empfang. Vierzig Minuten darauf verließen Mr. Wilcoxson, der slawische Herr und Eminem das Gebäude. Der teigige Typ und die Rothaarige waren immer noch oben.

Es war ein sonderbarer Aufmarsch von Leuten, die sich merkwürdig benahmen, und seltsame Versammlungen machten Kotkiewicz grundsätzlich nervös. Er kannte die täglichen Gewohnheiten der Rittenhouse-

Bewohner sowie ihrer Gäste nur zu gut, aber so etwas hatte er noch nicht erlebt.

Er führte ein, zwei Telefonate und ließ sich ein paar Unterlagen faxen. Er verließ sich ganz auf sein Gefühl. Wie immer.

Folglich beschloss Kotkiewicz dazubleiben. Judy war nicht gerade begeistert; sie wartete darauf, dass Johnny etwas zu essen vom Chinesen mitbrachte, außerdem hatte sie einen Film ausgeliehen, *Road to Perdition.* Es war mal wieder die alte Leier: Kotkiewicz hin- und hergerissen zwischen Job und Ehefrau.

Mit voranschreitendem Abend beschlich Kotkiewicz die Sorge, dass er vielleicht einfach nur ein Dummkopf war.

Da betrat erneut ein Unbekannter die Eingangshalle und fuhr schnurstracks zu Apartment 910. Schon wieder Mr. Wilcoxsons Bude. Offensichtlich traf er sich dort mit der Rothaarigen und dem teigigen Burschen. Aber wozu?

Fünf Minuten später kam der Fremde – ein braunhaariger, blauäugiger Mann mit den schlimmsten Blutergüssen im Gesicht, die Kotkiewicz je gesehen hatte – wieder aus dem Aufzug und verließ die Lobby.

Kaum eine Minute verstrich. Dann: Eminem durchquerte erneut die Empfangshalle. Inzwischen war Kotkiewicz vorbereitet. Eminem nickte ihm zu, dann warf der Portier einen letzten Blick auf den Steckbrief auf seinem Schreibtisch. Er hatte ihn den ganzen Nachmittag über betrachtet und versucht, ihn sich einzuprägen. Und nach diesem letzten Blick war alles klar. Holden Richards. Verdächtiger aus dem Wachovia-Überfall gestern.

Dann blätterte er zu einer weiteren Suchmeldung. Richards war nur einer von drei Männern.

Verdammter Mist. Der andere Fremde. Mr. Bluterguss.

Kotkiewicz nahm den Telefonhörer. Und als er hochsah, kam Mr. Bluterguss prompt in die Empfangshalle zurückmarschiert.

Chirurgischer Stahl

»Du glaubst bestimmt, ich bin sauer wegen meinem Cousin hier.«

Sie antwortete nicht.

»Tja, weißt du, das bin ich nicht. Nicht wirklich.«

Schweigen.

»Mir geht's heute Abend nur ums Geschäft. Weißt du, was ich meine?«

Schweigen.

»Schön, du willst es also auf die harte Tour. Bitte schön.« Der weiße Typ – der andere Weiße von heute Morgen – stand auf. »Bin gleich zurück.«

Katie beobachtete, wie er das Schlafzimmer verließ. Dann blickte sie sich ein letztes Mal im Zimmer um – hatte sie irgendwas übersehen? Etwas, mit dem sie sich von den Handschellen befreien konnte? Nein, natürlich nicht. Sie hatte sich den ganzen Nachmittag, den ganzen Abend, die ganze Nacht über umgeschaut. Die Digitaluhr auf Henrys Kommode befand sich außerhalb ihres Blickfelds. Sie konnte gerade die Oberseite mit der Maserung aus Kunstholz erkennen, aber nicht die Ziffern. Sie hatte keine Ahnung, wie spät es war. Und keine Ahnung, wie sie hier rauskommen sollte.

Ihr ganzer Körper tat weh; und ihre Schultermuskulatur hatte begonnen, sich zu verkrampfen. Sie hatte so oft die Kontrolle über ihre Blase verloren, dass sie aufgehört hatte zu zählen.

Der weiße Mann kehrte ins Schlafzimmer zurück. Er hatte ein Küchenmesser in der Hand.

Na großartig.

Was würde Martin wohl sagen, wenn er sie jetzt sehen könnte?

»Ich weiß, du bist schwanger. Wilcoxson hat mir alles erzählt. Und ich war dabei, als er es deinem Typen gesagt hat. Mann, der war vielleicht überrascht.«

Katie schaute ihn zwar nicht an, doch in ihrem Kopf arbeitete es. Wenn dieser kleine Idiot die Wahrheit sagte, war das eine herbe Enttäuschung. Sie hatte ihm die Neuigkeit bei einer warmen Brise mit einem kühlen Glas Champagner in der Hand mitteilen wollen. Nicht hier in Philadelphia. Nicht bei Henry.

Warum hatte Henry Patrick von dem Baby erzählt? Mein Gott, wollte er, dass die Russen Mitleid mit ihnen hatten? Indem er die Ungeborenes-Baby-Karte ausspielte?

Sie hatte nur eine ungefähre Ahnung davon, wie Patrick jetzt zumute sein mochte.

»Soll ich dir einen Gefallen tun?«, fragte der weiße Bursche, kniete sich dicht neben sie und hielt ihr die Spitze des Messers an die Nase. »Wie wär's, wenn ich dir eine Abtreibung verpasse und alle deine Probleme löse?«

Katie warf einen Blick auf den Griff des Messers. Es war ein Tenmijuraku, eines dieser teuren japanischen Küchenmesser aus einem einzigen rostfreien Stück chirurgischem Stahl. Henry war ein leidenschaftlicher Koch und legte Wert auf die besten Küchengeräte. Das Arschloch vor ihr, das jetzt mit dem Messer hantierte, wusste diesen Unterschied wahrscheinlich nicht zu schätzen. Aber ob Tenmijuraku oder Billigmesser, war egal. Solange es eine Blechdose zerteilte. Oder eine Frau, die mit Handschellen an den Pfeiler eines Luxusapartments gefesselt war.

Wenn dieser Typ mit dem Ding auch nur in die Nähe meiner Beine kommt, werde ich ihm mit den Knien eine verpassen. Oder es zumindest versuchen.

Dummerweise schien er genau das vorzuhaben.

Lennon versuchte es am Griff; wie er vermutet hatte, war die Tür offen. Henry. Holden. Der missglückte Raub. Zu viele Zufälle; er würde das später auf die Reihe kriegen. Er nahm eine der Pistolen aus seiner Jackentasche – die andere hatte er unten im Park deponiert – und schob sich langsam in Wilcoxsons Apartment. Im Wohnzimmer war niemand zu entdecken. Aus dem Schlafzimmer, das am Ende eines kurzen Flurs lag, hörte er eine Stimme. Vorsichtig stahl er sich um die Ecken. Doch die einzigen Personen im Apartment schienen im Schlafzimmer zu sein.

Da, ein Toter, das Gesicht nach unten auf dem Boden. Dann etwas, das aussah wie Richards' Hinterkopf. Und Katie, mit dem Rücken an einen Pfeiler gefesselt.

In der einen Hand hielt Holden ein Fleischmesser, mit der anderen versuchte er Katies Hose zu öffnen. Ihre Jeans war bereits aufgeknöpft, der goldene Reißverschluss halb geöffnet.

Lennon spürte Erleichterung. Katie war am Leben. Noch besser, sie lebte *und* sie wurde nicht von einer Phalanx bulliger russischer Gangster bewacht. Nur von Holden, dem kleinen Wichser.

Zukünftiger Ex-Wichser.

Katie bemerkte ihn und grinste. Sie war noch ganz da.

»My brother's back – and there's gonna be trouble«,

sang sie leise. Holdens Kopf fuhr herum, in der einen Hand das Messer, in der anderen den Hosenstoff; wie auf dem Cover eines Beratungsvideos für Vergewaltigungsopfer. Seine Kinnlade klappte nach unten.

»Lennon? Wer hat dir gesagt, dass du herkommen sollst?«

Lennon antwortete, indem er mit der Pistole auf sein Gesicht zielte.

»Er schießt nur aus einem einzigen Grund nicht«, sagte Katie. »Weil er nicht will, dass ich mit Blut bespritzt werde. Also leg das Messer auf den Boden, Arschloch, und rück mir von der Pelle.«

Holden schien sich die Sache zu überlegen; das Messer in seiner Hand zuckte ein wenig. Doch als ihm klarwurde, dass seine einzige Alternative – die Frau niederzustechen und sich einen Kopfschuss zu fangen – unbrauchbar war, gab er auf. Mit einem scheppernden Geräusch fiel das Messer zu Boden.

»Und jetzt das Gesicht aufs Parkett. Das war's. Rutsch zurück … schön langsam. Zum Bett. Mhm. Übrigens, weißt du, worin du da liegst? Pisse. Man sollte eine schwangere Frau eben nicht den ganzen Tag an einen Pfosten fesseln.«

Lennon beobachtete, wie es Holden schüttelte.

»Die Schlüssel für die Handschellen sind in der Tasche von dem toten Typen da«, sagte Katie. »Hoffentlich.«

Lennon sah in beiden Vordertaschen nach; der Schlüssel befand sich in der linken. Er befreite Katie von den Handschellen und half ihr behutsam, zu einer trockenen Stelle am Boden zu krabbeln, wo sie sich hinlegte. Katie berührte seine Wange und fuhr mit dem Daumen über sein Kinn. Sie grinste erneut. Lennon zwinkerte. Dann beugte er sich dicht an ihr Ohr. Und flüsterte: *»Cén chaoi a bhfuil tú?«*

»Ta tuirse orm«, antwortete sie. Lennon tat zwar, als wäre er stumm. Doch es gab zu viele Leute, die Gebärdensprache verstanden. Darum hatte Lennon Katie – die in Massachusetts und nicht in Irland geboren war – ein wenig Gälisch beigebracht, das sie heimlich oder mittels Zeichensprache benutzten. Sie hatte ihm soeben mitgeteilt, dass sie müde sei.

Lennon ging zu Holden hinüber. Sein Ziel war ziemlich klar: Holden hatte sie an jemanden verraten. Lennon musste klären, an wen und wo sich das Geld jetzt befand. Es fiel ihm nicht leicht, Gewalt anzuwenden – selbst bei einem Überfall –, doch so wie sich die Dinge entwickelten, sollte es für ihn kein Problem sein, sich an Ort und Stelle etwas zu überlegen.

Plötzlich erregte etwas seine Aufmerksamkeit. In einem der Fenster von Wilcoxsons Schlafzimmer spiegelte sich ein blau schimmernder Lichtblitz.

»Patrick«, sagte Katie.

Sie hatte es ebenfalls gesehen.

Blaue, dann rote Lichter zuckten draußen vor dem Fenster auf.

Lennon hatte mal eine Enzyklopädie gelesen, in der sämtliche Personen, die auf der FBI-Liste der meistgesuchten Verbrecher standen, aufgeführt waren. Eine Menge Leute auf dieser Liste waren Bankräuber, und Lennon hatte zu den Personen weitergeblättert, die ganz oben standen. Es war schon interessant. Jedes Mal, wenn ein Bankräuber es auf die Liste schaffte, lief das nach einem bestimmten Schema ab: Drei oder vier Männer überfielen mehrere Banken, dann, bei ihrem letzten Überfall, wurde ein Zivilist oder Polizist getötet. Die drei Männer teilten sich auf, und zwei von ihnen wurden unweigerlich innerhalb von sechsunddreißig Stunden gefasst. Der Dritte konnte entwischen.

Die Lehre daraus: Wenn man länger als sechsunddreißig Stunden durchhielt, standen die Chancen gut, dauerhaft zu entkommen. Sicher, es war möglich, dass man von den Komplizen im Knast verpfiffen wurde, darum mied man am besten die üblichen Treffpunkte, erst recht jene, wo man den Überfall geplant hatte.

Bald waren die sechsunddreißig Stunden um, und zwei der Bankräuber waren immer noch auf freiem Fuß. Lennon und Holden. Und draußen versammelten sich die Cops.

Lennon hatte beschlossen, dass er nicht derjenige wäre, den sie schnappten. Er würde sich verdrücken.

Sie hatten keine Ahnung, wie viele Leute dort draußen auf sie warteten und ob Bundesbeamte darunter waren. Keiner von ihnen hatte einen Fluchtweg im Kopf; sie kannten sich im Gebäude nicht besonders gut aus.

»Und was machen wir mit ihm?«, fragte Katie und deutete Richtung Schlafzimmertür. Lennon hatte Holden geknebelt und mit den Handschellen, das Gesicht voran, an den Pfosten gefesselt. Dann hatte er ihn zusammen mit seinem toten Cousin dort eingeschlossen.

Holden zu töten war unnötig. Lennon war bereits für den Tod von mindestens sechs Leuten verantwortlich, und das waren sechs über seinem persönlichen Limit. Er war stolz darauf, als Verbrecher auf Gewalt zu verzichten.

»Überlassen wir ihn dem FBI«, flüsterte Lennon.

»Weiß er was über den Überfall?«

»Nichts Wichtiges.«

»Also gut.«

Ihnen blieb nicht viel Zeit. Wenn der Mann am Empfang nicht völlig bescheuert war, wusste er genau, durch welche Tür er die Polizei schicken musste.

»Ich muss nur noch mein Gepäck holen, dann können wir abhauen«, sagte Katie. »Übrigens, hübscher Anzug. So achtet man kaum noch auf dein Gesicht.«

»Erzähl ich dir alles später«, sagte Lennon, weiter darauf bedacht, mit gedämpfter Stimme zu reden. Er wusste nicht, ob Holden sie hören konnte oder nicht, und er wollte die Tatsache, dass er sprechen konnte, nach wie vor geheim halten.

Rauf oder runter? Katie entschied sich für rauf. Das FBI rechnete damit, dass die Flüchtigen beim Anblick der Signallichter zu den Ausgängen stürzten. Darum ließen sie sie überhaupt blinken. Über Wilcoxsons Wohnung befanden sich elf weitere Stockwerke. Also jede Menge Platz, sich zu verstecken. Falls sie auf einen hilfsbereiten Nachbarn stießen.

»Haben wir einen Plan?«, fragte Lennon.

»Ja«, sagte Katie. »Wir klopfen an. Und wenn keiner antwortet, gehen wir rein. Sollte doch jemand antworten, zeigen wir ihm deine Pistole – übrigens, hübsche Pistole.«

»Das erzähl ich dir alles später.«

»Gehört die zum Anzug?«

Lennon grinste sie an.

Im achtzehnten Stock fanden sie, was sie suchten. Das hier war nicht gerade ein Luxus-Penthouse, aber der Aussicht nach zu schließen, war es groß genug. An einem geräumigen Ort konnte man eine Person besser gefangen halten. In eines der Zimmer konnte man den Besitzer sperren, während man sich in den anderen frei bewegte. Ein wenig verschnaufte, den nächsten Schritt plante.

»Welches?«

»Das da. 1809. An dem Tag werde ich heiraten.«

Lennon hob eine Augenbraue. »Du wirst was?«

»Erzähl ich dir alles später. Bereit?«

Katie klopfte, während Lennon sich gegen die Außenwand drückte, die Sig Sauer fest in beiden Händen. Nichts. Katie warf Lennon einen Blick zu und zog eine Augenbraue hoch. Lennon hob den Zeigefinger. Moment.

Immer noch nichts.

Lennon nickte. Er reichte Katie die Pistole, und sie richtete sie in Brusthöhe auf die Tür. Dann trat sie zurück, und Lennon machte sich bereit, die Scheißtür einzutreten.

Im selben Moment schnappte das Schloss mit einem Klicken auf. Langsam öffnete sich die Tür.

Auf geht's.

Katie spannte die Muskeln an. Wartete darauf, dass ein Gesicht erschien. Lennon hielt mitten im Tritt inne.

Ein Mann im Smoking öffnete die Tür, ohne sich darum zu kümmern, ob jemand vor der Tür stand. Er drehte sich einfach wieder um und schlenderte einen langen Flur zurück. Tief aus dem Innern des Penthouse drangen leiser Gesprächslärm und ein schmachtendes Saxophon. Eine Party.

Katie zuckte mit den Achseln, schnappte sich ihr Gepäck und trat ein. Direkt vom Hauptflur ging ein Badezimmer ab. Die beiden betraten das Zimmer; und Lennon schloss die Tür hinter ihnen ab.

»Du hast doch nichts dagegen, wenn ich dusche, oder?«, fragte Katie. »Ich hatte heute Nachmittag und heute Abend mehrere Unfälle.«

Lennon drehte Katie den Rücken zu und machte sich an ihrem Gepäck zu schaffen.

»Soll ich dir irgendwas bügeln, Schätzchen?«

»Häng das schwarze Kleid einfach an die Rückseite der Tür. Der Dampf erledigt den Rest.«

»Alles klar.«

Katie duschte kurz. Kurz bedeutete bei Katie superkurz; sie duschte sowieso nie länger als fünf Minuten. Normalerweise war es Lennon, der sich unter dem heißen Wasserstrahl Zeit ließ. Unter der Dusche seiner Wohnung hatte er, neben einigen anderen Stellen in seinem Bad, immer die besten Einfälle.

Sie trocknete sich ab und warf Lennon einen Blick zu. »Wo ist das Geld?«

Insgeheim war Lennon erleichtert. Er wollte die Frage, die im Raum stand, noch nicht ansprechen. Das 250 Gramm schwere Ding, das in Katies Uterus steckte. Er hatte Angst, dass sie anfangen könnten, darüber zu diskutieren, von wem es war, anstatt darüber, wie sie an das Geld kamen und von hier verschwanden.

»Wenn ich das, verdammt nochmal, wüsste«, sagte er.

»Die Russen haben's jedenfalls nicht. Sonst hätten sie sich nicht mit mir abgegeben und diese Tonbandaufnahme gemacht. Und es ist ziemlich offensichtlich, dass ihr Mitverschwörer, dein früherer Partner, es auch nicht hat.«

Lennon war im Verlauf der Nacht zum selben Ergebnis gelangt. Aber wer hatte dann die Beute?

»Wilcoxson«, sagte er.

»Schon möglich, aber ich glaub's nicht. Er ist in die Sache verwickelt, weil ich die Russen hierhergeführt habe. Aus Versehen.« Sie musterte ihn. »Vielleicht war ich heute Morgen etwas unvorsichtig.«

Lennon dachte drüber nach, starrte auf Katies Bauch. Bis jetzt war noch nichts zu erkennen. »Ich war auch etwas unvorsichtig. Ich will dir erst gar nicht erzählen, was für einen Scheiß ich durchgemacht habe.«

»Dein Gesicht erzählt jedenfalls eine interessante Geschichte. Und der Anzug auch.«

»Fängst du schon wieder mit dem Anzug an?«

»Das Ding ist echt beeindruckend«, sagte sie, während sie sich das Haar trocknete. »Und ich hab die ganze Zeit gedacht, du lägst tot im Graben.«

»Es war ein Rohr, aber die heftigen Sachen erzähl ich dir später. Es gibt drei Dinge, die jetzt Priorität haben: Wir müssen schleunigst aus diesem Gebäude raus, unser Geld holen und aus der Stadt abhauen.«

»Willst du dir nicht die Freiheitsglocke ansehen?«

»Stimmt. Das hätte ich fast vergessen.«

Spurensicherung

Als Lisa wieder zu sich kam, starrte sie immer noch auf ihr blutverschmiertes Sweatshirt.

Es lag zusammen mit einer zerknitterten Anzughose, einem Paar Socken und einer Unterhose zusammengeknüllt in einer Ecke. Die Unterhose stammte definitiv nicht von Andrew. Als sie ein Paar wurden, hatte er weiße Feinripphosen getragen – Fruit of the Loom. Schrecklich! Die waren was für alte Männer. Egal wie kräftig man war, die Beine sahen darin immer aus wie kleine Froschschenkel, die aus einer Windel ragten.

Andrew hasste Boxershorts; sie seien zu weit, um sie unter einer Jeans zu tragen, behauptete er. Also schnappte Lisa sich Andrew und ihre goldene American-Express-Karte und marschierte mit ihm zu Boscov's in der Franklin Mills Mall, wo sie sich auf das Nächstbeste einigten: Retropants von Fruit of the Loom. Alles, was Richtung weiß ging, hatte sie abgelehnt; mit einem halben Dutzend Dreierpacks marineblauer, schwarzer und dunkelgrauer Pants spazierte Andrew schließlich nach Hause. Die weißen Feinripphosen wanderten in den Müll.

Die Unterhose, die zusammengeknüllt in der Ecke lag, war eine blau-grün karierte Boxershorts. So etwas trug Andrew garantiert nicht.

Wem gehörte sie also?

Das Sweatshirt war ein graues Teil, auf dessen Vorderseite in marineblauen Buchstaben stand: FATHER JUDGE HIGHSCHOOL. Es stammte ebenfalls nicht von Andrew – er war auf die St. Joes Prep gegangen. Noch beunruhigender allerdings waren die Blutflecken, die eher schwarz als rot wirkten und an der linken Schulter immer noch feucht waren – widerlich! Das Sweatshirt verströmte einen abscheulichen Gestank.

Lisa warf erneut einen Blick auf die Anzughosen und studierte das Etikett. Slates, Größe 34L, 30W. Genau

Andrews Größe. Und seine Lieblingsmarke. Er hatte zwei Paar davon, die er Freitag und Samstag abwechselnd auf seinen Konzerten trug. Waren das Andrews Hosen?

Gardai

Die interessantesten Gäste auf der Party waren ein betrunkener Krimiautor und ein besoffener Dienststellenleiter der Polizei. Es handelte sich um eine Autorenparty. Der Gastgeber war gerade in die Rittenhouse Towers übergesiedelt und erst kürzlich zu Geld gekommen. Offensichtlich hatte er mit einem Bildband unter dem Titel *Friseure* überraschend einen Bestseller gelandet. Mit Schwarzweißfotos alter Friseure aus South Philly, die mit ihren Kunden posierten, unter jedem Bild ein kurzer Text, in dem mit 175 Wörtern die Lebensgeschichte des jeweiligen Friseurs erzählt wurde.

Aus irgendeinem Grund, der nur der amerikanischen Öffentlichkeit bekannt war, war das Buch ein Riesenerfolg, das einen Kalender, einen Terminplaner, mehrere Poster, eine Sondersendung im Fernsehen und sogar eine Haarpflege-Serie nach sich gezogen hatte. (Was im Widerspruch zum Beruf eines traditionellen Friseurs stand, aber egal.) Der Autor, ein Mann in den Vierzigern, sah gemütlich dabei zu, wie der Geldtransporter vorfuhr und das Geld bündelweise in sein Wohnzimmer schaufelte. Er tauschte seine enge Zweizimmerwohnung in Bella Vista gegen ein Apartment mit fünf Schlafzimmern in einem der angesagtesten Wohnblocks der Stadt. Momentan stellte er eine Art Fortsetzung zusammen – *Barkeeper* – und hatte beschlossen, sie seinen alten Autorenkollegen zu präsentieren, von denen viele – wenn sie Glück hatten – mit einem Jahreseinkommen von 25 000 bei einem der beiden konkurrierenden Wochenmagazine gerade so über die Runden kamen.

All das hatte Lennon in Erfahrung gebracht, als er zwanzig Minuten die Partygespräche belauscht hatte. Das Einzige, was in noch größeren Mengen strömte als der Alkohol, war der Neid. Die Eigentumswohnung war voll davon.

»Kannst du dir das vorstellen? Einen sechsstelligen Betrag nur für die Kalenderrechte«, sagte ein Typ mit einer abgewetzten Jacke und nagelneuen Jeans.

»Ist eben ein verdammt lukratives Geschäft«, erwiderte Lennon mit dem breitesten irischen Akzent, den er draufhatte. Dann nippte er an seinem Drink, einer Sprite.

»Ich hab deinen Namen nicht mitgekriegt.«

»Oh, ich?«, fragte Lennon. »Donal. Donal Stark.«

Donald Westlake war einer von Lennons Lieblingskrimiautoren, doch Westlakes Pseudonym, Richard Stark, gefiel ihm noch besser.

»Was ist passiert … wenn ich fragen darf.«

»Ein Autounfall. Mein Gesicht hat es am schlimmsten erwischt.«

»Sieht ziemlich schmerzhaft aus.«

»Na ja, nach ein paar von diesen kleinen Scheißdingern ist es okay.«

»Dein Akzent … kommst du aus Galway?« Sein Gegenüber versuchte ganz weltmännisch zu klingen.

»Nein, aus Listowel.« Scheiß-Galway.

»Ja, dachte ich mir. Du musst neu beim *Welcomat* sein.«

Lennon nickte. »Oh, ja.«

»Ich bin zwei Jahre bei der *City Press* gewesen. Trotzdem muss ich immer noch die Angaben für die Restauranttipps überprüfen. Wenn ich fünf Jahre früher meinen Abschluss gemacht hätte, hätten die Internetfirmen Schlange gestanden, um mir den Schwanz zu lutschen.«

»Schlimme Zeiten sind das.«

Abgesehen von seinem Akzent bemühte sich Lennon, langweilig genug zu klingen, damit sein neuer Freund sich einen andern Gesprächspartner suchte. Am besten jemanden mit Eierstöcken. Frauen waren auf diesem Treffen offensichtlich Mangelware und hochbegehrt.

Apropos Frauen.

Lennon schlenderte zu Katie hinüber, um abzuchecken, wie es bei ihr lief.

Der betrunkene Bursche in der Küche war Katie sofort aufgefallen, und ein Plan hatte Gestalt angenommen. Sie war zu ihm rübergegangen, hatte sich nett mit ihm unterhalten und ihm dabei geholfen, sein Glas mit Eiswürfeln zu füllen – diese glitschigen kleinen Teile rutschten überall herum. Dann entdeckte sie ganz hinten in einem Schränkchen versteckt eine Flasche Johnnie Walker; offensichtlich nahmen die Gastgeber der Party an, dass sich keiner der Gäste bis dorthin vorwagen würde. Der Bursche, ein ausgesprochen jungenhafter Typ mit lockigem schwarzen Haar und sanften Gesichtszügen, trug einen zerknitterten Leinenanzug und starrte Katie auf die Brüste, auf die Hüften und dann in die Augen, anscheinend überzeugt, dass sie nicht bemerkt hatte, wie er auf ihren Körper geglotzt hatte. Er hieß Will.

»Und mit was beschäftigst du dich so?«, fragte Will.

»Mit dir, später«, flüsterte Katie und goss noch mehr Johnnie Walker in sein Glas.

»Nein, ich meine, womit verdienst –«, fing er an, dann hielt er inne. »Wie bitte?«

Mein Gott. Das würde die ganze Nacht dauern.

Der Plan: Einen betrunkenen Taugenichts weiter abfüllen und mit ihm im Schlepptau das Gebäude verlassen. Die Cops hielten nach zwei oder drei männlichen Gangstern Ausschau, nicht nach einem flotten Dreier.

Der Plan gestaltete sich noch etwas komplizierter, als Lennon zufällig jemanden sagen hörte: »Hey, Chief. Was haben die Lichter da draußen zu bedeuten?«

Verdammte Scheiße.

»Offensichtlich halten sich mehrere flüchtige Bankräuber im Gebäude auf«, sagte der Chief.

Es war wirklich unfassbar. Fast so unfassbar wie der Rest von Lennons Wochenende. So ein Scheiß passierte einem Profi nicht – das war Stoff für Bücher wie *Amerikas dümmste Verbrecher.*

»Im Ernst?«

»Hey – holt Will her. Das hier ist was für seine nächste Verbrechensrubrik.«

»Ja«, fuhr der Chief fort. »Ich habe vor zwanzig Minuten einen Anruf bekommen – einer unserer ehemaligen Beamten arbeitet unten für den Sicherheitsdienst. Er glaubt, zwei der Männer wiedererkannt zu haben, die gestern in der Wachovia-Filiale den 211 abgezogen haben.«

»Den Zwei-Was?«, fragte jemand.

Es war wirklich nicht zu fassen.

»Das ist der Polizeicode für einen Banküberfall.«

»Hey, Will. Mach schon, Mann, komm her!«

Will.

Will war der betrunkene Typ, den Katie abzufüllen versuchte.

Ihr Fluchtplan. Der Herausgeber einer »Verbrechensrubrik«.

»Wie viel haben die Bankräuber gestern überhaupt erbeutet?«

»650 000 Dollar. Das hat mir der Vorstandsvorsitzende der Bank persönlich mitgeteilt. So ein hoher Betrag ist hier in der Gegend wahrscheinlich schon lange nicht mehr erbeutet worden. Aber das habt ihr nicht von mir.«

»Scheiße, Mann. Das ist fast so viel, wie Feldman für die Wohnung hier bezahlt hat.«

Nervöses Gekicher.

»Blödsinn – weißt du, wie viel die Eigentumswohnungen hier im Rittenhouse kosten? Liest du das *Metropolitan*-Magazin nicht mehr? Um eine Bude wie die hier abzubezahlen, musst du schon zwei solche Dinger drehen.«

Lennon trat dicht genug an Katie heran, um ihr ein einziges irisches Wort zuzuflüstern.

Gardai.

Polizei.

Flüchtling oder Häftling

Unbemerkt verließen sie das Apartment – die Partygäste waren über die ganze Wohnung verteilt, erst recht nachdem die Nachricht, dass die Dillinger-Bande im Gebäude war, die Runde gemacht hatte. Die Fahrt mit dem Fahrstuhl nach unten verlief ebenfalls ohne Zwischenfall. Alles war voller Uniformierter, doch niemand schien sich mit einem Mann in einem offensichtlich teuren Anzug und einer Frau in einem Kleid von Vera Wang aufhalten zu wollen.

Allerdings wollten zwei der Cops die Personalien

des Mannes überprüfen, der zusammengesackt zwischen ihnen hing. Ja, ihn. Den Bewusstlosen.

»Dieser … *Junge* lag im Aufzug«, erklärte Katie mit zusammengekniffenen Augen. »Ich hatte keine Ahnung, dass hier im Gebäude manchmal Burschenschaftspartys stattfinden.«

»Wie ist sein Name?«

»Sein Name?«, fragte Katie. »Officer, ich kenne nicht mal seine Augenfarbe – er ist bewusstlos.«

Will war ohnmächtig, weil Lennon ihm zwei Schläge auf den Kopf verpasst hatte, nachdem Katie ihn in den Flur gelockt hatte.

»Okay, Ma'am, beruhigen Sie sich.«

»Mein Gott – was ist mit Ihrem Gesicht passiert?«, fragte der andere Cop, der Lennon anstarrte.

Dieser ignorierte ihn einfach.

»Sarkissian – überprüf mal die Personalien von dem Burschen.«

Einer der beiden Uniformierten griff herüber und fischte eine Brieftasche aus Wills Potasche. Er klappte sie auf, dann verdrehte er die Augen. »Scheiße«, flüsterte er. »Du wirst es nicht glauben.«

»Was, sag schon.«

»Dieser Burschenschaftstyp ist Will Issenberg.«

»Der Typ mit der Verbrechensrubrik? Das Arschloch, das über Murphy geschrie –«

Der erste Uniformierte – Sarkissian – drehte sich wieder zu Lennon und Katie um. »Ma'am, tut mir leid für die Unannehmlichkeiten. Wir kümmern uns jetzt um Mr. Issenberg. Melden Sie sich nur unten bei Mr. Kotkiewicz im Empfang, bevor Sie gehen, okay?«

Mr. Kotkiewicz vom Empfang war ein freundlich aussehender Mann in den Fünfzigern. »Das alles tut mir schrecklich leid«, sagte er und schob ihnen ein Blatt Papier und einen Stift herüber. »Sie müssen nur Ihre Namen und die Nummer Ihres Apartments in diese Liste eintragen.«

»So langsam wird das hier zu einem richtigen Terrorstaat, was?«, fragte Katie.

»Außerdem muss ich Sie beide bitten, die Hände flach auf den Tresen zu legen und die Beine auseinanderzunehmen.«

Mr. Kotkiewicz richtete eine Pistole auf sie.

»Was soll das werden?«, fragte Katie. Gleichzeitig langte sie nach oben, unter Lennons Jacke, um nach seiner Sig Sauer zu greifen.

»Los!«, schrie Kotkiewicz und trat zurück. »Hände auf den Tresen!«

Sämtliche Personen im Eingangsbereich – etwa ein halbes Dutzend Cops und ebenso viele Zivilisten – schraken gleichzeitig zusammen. Pistolen wurden gezogen und entsichert. Einer der Uniformierten näherte sich mit der Hand am Holster Katie von hinten.

Doch er war zu langsam.

Katie wirbelte herum und stieß die Sig Sauer nach oben unter sein Kinn. Er wirkte weniger überrascht als gefasst.

»Wir werden jetzt verschwinden«, sagte Katie.

»Wenn ihr uns gehen lasst, passiert ihm nichts.« Bei dem Wort »ihm« versetzte Katie ihrer Geisel einen Schubser mit der Pistole.

»Nein«, sagte Kotkiewicz, »ihr geht nirgendwohin.«

»Ich glaube, der Mann hier ist anderer Meinung.«

Lennon versuchte die ganze Situation auf einmal zu erfassen. Samt Unwägbarkeiten und möglichen Konsequenzen. Katie hatte das Richtige getan. Hätte Lennon nach der Pistole gegriffen, hätte Kotkiewicz sofort das Feuer eröffnet. Doch mit dem Cop, den sie als Geisel genommen hatte, sah die Situation etwas besser aus. Ja, das war ein vernünftiger Schachzug gewesen. Zu planen war Katies Stärke, allerdings nur in der Theorie. Nicht aus dem Moment heraus. Sie war nie an einem Überfall beteiligt gewesen. Man hatte sie nie wegen irgendwas drangekriegt. Nie. Sie hatten beide eine sehr unterschiedliche Kindheit gehabt.

Fünf Sekunden, und schon sah sie sich mit zwei Alternativen konfrontiert: Flüchtling oder Häftling.

Seine Schwester. Mutter seines ungeborenen Neffen, seiner ungeborenen Nichte.

Vergiss den Scheiß, dachte Lennon. Es gab eine Menge Probleme auf der Welt, aber man konnte sie nur eins nach dem anderen lösen. Lös *jetzt* dieses hier.

Durch die Tür zu kommen war nicht das Problem. Die Polizisten wussten, dass sie bei einer Geiselnahme Platz machen oder zumindest warten mussten, bis sie freie Schussbahn hatten. Tja, wenn Lennon das zuließ, war er am Arsch. Er lief hinter Katie her und griff um sie herum nach der Pistole der Geisel. Die beiden nahmen Katie in die Mitte, einer vorn, einer hinten. Langsam bewegten sie sich auf die Eingangstür zu.

Drehtüren.

Scheiße.

Los, zur Seite. Zum Ausgang für Behinderte.

»Keine Bewegung, Patrick«, sagte Kotkiewicz.

Der Mistkerl kannte seinen Namen.

Wahrscheinlich hatte er ihn beim Betreten des Gebäudes anhand des Steckbriefs identifiziert.

Denk nach. Finde eine *Lösung*.

Ich brauche einfach einen Wagen, dachte er. Ich bin nicht der Richtige, wenn es um bewaffnete Überfälle, die Flucht aus der Bank, um Rohre, Geiselnahmen und den ganzen Scheiß geht. Ich kann gut Auto fahren. Wenn ich es mit Katie in den Wagen und hinters Steuer schaffe, haben wir eine Chance.

Der Wagen wartete um die Ecke.

Der Typ mit der Verbrechensrubrik

Will Issenberg war zu keinem Zeitpunkt völlig bewusstlos gewesen. Der Schock hatte ihn in einen leichten Dämmerzustand versetzt. Nach dem ersten Schlag auf den Kopf hatte alles eine entrückte, traumartige Qualität angenommen, was ihn daran erinnerte, wie er das erste Mal Pot geraucht hatte. Sein IQ ließ augenblicklich um mindestens fünfundzwanzig Punkte nach. Und mit dem zweiten Schlag um weitere fünfundzwanzig.

Doch er hatte zu keinem Zeitpunkt das Bewusstsein verloren.

So hatte er alles gehört, alles gespürt und sich immer wieder eingeschärft: Merk es dir. Das ist großartiger Stoff für die Verbrechensrubrik. Merk dir, was wie gesagt wurde. Wer wann was getan hat.

Wer, was, wann, wo, warum. Die Grundlagen.

Es würde großartig werden. Bleib einfach wach und merk dir alles.

Das einzige Problem war, dass Will, als er unmittelbar nach der Schießerei dort auf dem Boden lag, sich an ein wichtiges Detail nicht mehr erinnern konnte:

Wer hatte als Erstes geschossen?

Als die Schießerei losging, hatte Will die Augen aufgerissen. Es schien, als würde er alles mitkriegen. Doch irgendwie konnte er das Geschehen nicht richtig aufnehmen – ab dem Moment, als der Lärm von Kugeln und Querschlägern, von Detonationen und splitterndem Glas die Empfangshalle erfüllte, unmittelbar gefolgt von Schreien und dem tiefen Stöhnen eines einzelnen Menschen. Wer hatte auf wen gefeuert? Und in welcher Reihenfolge? Wer wurde zuerst getroffen? Wann zersplitterten die Fenster?

Detonationen.

Kugeln.

Rauch.

Schreie.

Pistolen.

Versuch verdammt nochmal rauszufinden, was passiert ist.

Die einzige verlässliche Tatsache, auf die er bauen konnte, war das Endergebnis; das war alles, was er hatte, wenn er für die *City Press* seine Verbrechensrubrik schrieb. Demnach nutzte es einen Scheißdreck, als Reporter vor Ort zu sein. Will kam zu dem Schluss, dass er sich all die Jahre vielleicht geirrt hatte. Dass er die Verbrechensberichterstattung vielleicht doch nicht besonders mochte. Dass womöglich die Endergebnisse das waren, was ihn wirklich interessierte, ordentlich aufgeführt in Polizeiberichten oder Gerichtsmitteilungen. Sie waren zuverlässig, verständlich, ungefährlich und sachlich. Als Autor konnte man dabei seine Fantasie spielen lassen.

Live-Berichterstattung vor Ort? Das war Schwachsinn. Schrödinger und seine tote Katze hatten Recht gehabt. Man kann die Dinge nicht beobachten, ohne sie zu verändern.

Oder ohne dass sie einen selbst verändern.

Darüber dachte Will Issenberg nach, als seine Lunge kollabierte und er tatsächlich das Bewusstsein verlor.

»Ganz ruhig, Schätzchen«, sagte er. »Atme einfach weiter.«

An einer roten Ampel im Südwesten Philadelphias hatten sie kurz gestoppt. Lennons linke Hand lag auf dem Lenkrad des gestohlenen Wagens, während er mit seiner rechten einen Fetzen seiner Jacke gegen Katies Magen drückte.

Sonntagmorgen

Ich gebe dein Geld dafür aus, dich und deine Familie töten zu lassen. Nett, was?

– GEORGE »MACHINE GUN« KELLY

Entspannte Zeitungslektüre

Am frühen Sonntagmorgen las Saugherty in der Zeitung einen Artikel über sich, kurz nachdem seine Ex-Kollegen vom Philadelphia Police Department zum dritten Mal bei ihm aufgekreuzt waren, um sich seine Geschichte anzuhören.

Ihr wisst schon. Die Geschichte, wie sein Haus von ein paar Niggern und seinem Ex-Chef Lieutenant Earl Mothers gestürmt und abgefackelt wurde, die alle zufällig im Feuer umgekommen waren; nur Saugherty hatte überlebt und war einem anderen schwarzen Gangster in den Süden von Philadelphia gefolgt, wo er von einem Gefolgsmann der dezimierten italienischen Mafia brutal überfallen und danach verletzt und blutend in einer Gasse hinter einem Restaurant liegen gelassen wurde. Könnt ihr noch folgen?

Drei gebrochene Rippen, ein gebrochenes Handgelenk, geplatzte Äderchen im ganzen Gesicht, zwei angeknackste Finger, innere Quetschungen und mit Benzin übergossen. Letztes hielt er für überflüssig. Als hätte man ihm zusätzlich Angst einjagen wollen. Als ob die Knochenbrüche nicht schon gereicht hätten.

Beim dritten Besuch dämmerte es Saugherty, dass er der Hauptverdächtige in den Ermittlungen um den rätselhaften Tod von Lieutenant Earl Mothers war. Auf der Akte stand in fetten Buchstaben *interne Ermittlungen.* Sie witterten irgendwo ein dubioses Geschäft, das geplatzt war. Mothers hatte alles andere als eine weiße Weste. Saugherty leider auch.

Erstaunlicherweise war dies nicht der erste Artikel, der an diesem Sonntagmorgen Saughertys Aufmerksamkeit erregt hatte.

Sondern ein anderer: »Excop und Reporter bei Schießerei mit Räubern getötet.«

Saugherty hätte das zunächst fast überblättert, doch das Wort *Räuber* hatte ihn irritiert. Als er den ersten Absatz überflog, sprang ihm der Name förmlich ins Gesicht.

Patrick Selway Lennon.

Und eine »unbekannte Komplizin«.

Saugherty konnte nicht glauben, was er da las. Irgendwie hatten die Cops es geschafft, zwei der Bankräuber – Lennon und diesen Trottel Holden Richards – in den Rittenhouse Towers in die Enge zu treiben, einem der prunkvollsten Wohnblocks Philadelphias.

Richards fanden die Polizisten oben mit Handschellen an einen Pfeiler gefesselt.

Doch Lennon und seine geheimnisvolle Komplizin hatten sich auf eine Party geschlichen und versucht, sich mit einem der Gäste, einem zweitklassigen Schreiberling namens Will Issenberg, aus dem Staub zu machen. Als der Excop Johnny Kotkiewicz ihre Personalien überprüfen und Lennon festnehmen wollte, hatte seine Komplizin einen anderen Polizisten als Geisel genommen, und sie hatten sich Richtung Ausgang bewegt. Worauf es zu der Schießerei gekommen war.

Lennon habe das Feuer eröffnet, stand im Artikel.

Am Ende musste Issenberg dran glauben; eine Kugel hatte ihn im Rücken getroffen und seine Lunge zerfetzt. Kotkiewicz wurde am Hals erwischt und starb noch am Tatort. Weitere Polizeibeamte oder Zivilisten wurden nicht verletzt.

Die Polizei vermutete, dass Lennon, seine Komplizin oder beide verletzt waren. Sie waren mit einem gestohlenen Wagen vom Tatort geflohen. Die Beamten, die den beiden vom Rittenhouse Square bis tief nach West Philly gefolgt waren, verloren das Paar schließlich aus den Augen.

Der dritte Verdächtige in diesem Fall, Harrison Crosby, war ebenfalls noch auf freiem Fuß.

Saugherty ließ die Zeitung sinken, und zum ersten Mal seit gestern Abend war er von einem Gefühl heiterer Zuversicht erfüllt. Ein Gefühl, das die dünnflüssigen Eier und gummiartigen Würstchen auf seinem Krankenhaustablett genießbar machte.

Das Geld war immer noch dort draußen.

Sonst würde Lennon diesen ganzen Mist nicht mitmachen. Richards wusste offensichtlich nicht, wo es war, denn der blöde weiße Arsch hockte jetzt im Knast. Vielleicht hatte dieser Crosby die Tasche mit der Beute, aber selbst dann musste er noch in der Stadt sein. Denn Lennon war noch hier.

Und das Geld ebenfalls.

Saugherty gelangte zu der Überzeugung, dass es sich vielleicht doch lohnte, das Bett zu verlassen.

Ein Schrank und eine Matratze

Eine Tür wurde zugeschlagen. Und drinnen im Wandschrank wachte Lisa wieder auf. Es war noch jemand anders hier. Wahrscheinlich der Arzt, mit dem sie vor ein paar Stunden telefoniert hatten.

Endlich, Mann.

Lisa hatte alles mit angehört.

Als sie gestern Nacht auf der Matratze geschlafen hatte, waren der Unbekannte und seine Freundin in den frühen Morgenstunden zurückgekehrt. Lisa hatte daran gedacht, den Typen zur Rede zu stellen und zu fragen, was zum Teufel er hier zu suchen habe, doch es kam alles ganz anders. Es klang, als wären die beiden verletzt; sie hörte es daran, wie sie leise keuchten und stöhnten.

Als Lisa mitgekriegt hatte, wie jemand das mit Teppich ausgelegte Treppenhaus hochstieg und der Holzboden knarzte, krabbelte sie über den Boden in den Schlafzimmerschrank.

Gerade als sie sachte die Schranktür zuzog, betraten die beiden das Zimmer.

»Ganz ruhig«, sagte jemand. Der Unbekannte.

»Das wird schon wieder.« Seine Komplizin. »Wo hat's dich erwischt?«

»Das spielt keine Rolle. Halt … da auf dem Boden liegt eine Matratze. Leg dich dorthin. Und lass die Hand auf dem Bauch.«

»Ist nur ein Streifschuss«, sagte sie.

»Seit wann hast du einen Doktor in Medizin? Leg dich hin.«

»Keine Angst. Dem Baby geht es gut. Das kann ich spüren.«

»Um das Baby mach ich mir keine Sorgen.«

Lisa öffnete die Schranktür einen winzigen Spaltbreit. Im Zimmer war es dunkel, doch sie konnte den Umriss eines Mannes erkennen, der eine Frau auf die Matratze am Boden bettete.

Dass die beiden ein Paar waren – abgesehen von der Tatsache, dass die Frau offensichtlich schwanger war –, schloss sie aus der Art, wie sie sich stritten. Keiner von beiden wollte zugeben, dass er Schmerzen hatte, und jeder wollte sich um die Verletzungen des anderen kümmern. Der Mann schien allerdings im Vorteil, denn er hatte eine Serviette, auf die die Telefonnummer eines Arztes gekritzelt war. Das Blatt wendete sich jedoch kurz darauf, da die Frau ein Handy hatte und darauf bestand anzurufen.

»Er kennt dich nicht«, sagte der Mann.

»Wer ist der Typ überhaupt?«, fragte sie.

»Seine Nummer hab ich zusammen mit dem Haus hier gekriegt.«

»Und von wem hast du das Haus?«

Als Lisa zuhörte, wie der Unbekannte eine Kurzfassung seiner Geschichte erzählte, hätte sie fast die Gipskartonwand im Schrank eingetreten.

Er nannte zwar keine Namen, erwähnte aber, dass ein italienischer Gentleman ihm im Tausch für die Hälfte der »Einnahmen« vorübergehend das Haus überlassen hatte. Zusammen mit zwei Pistolen, Kleidung und der Nummer eines Arztes ohne Lizenz, der sich um die Verletzung kümmern sollte.

»Moment – du hast vor heute Nacht schon mal einen Arzt gebraucht?«, fragte die Frau.

»Nicht wirklich.«

»Was soll das heißen?«

»Man hat unseren Fluchtwagen gerammt, uns ausgezogen und in Leichensäcke gestopft. Ich bin erst wieder zu mir gekommen, als zwei Arschlöcher versucht haben, mich unten am Fluss in ein Rohr zu stopfen. Später dann wurde ich angeschossen. Doch jetzt geht's mir schon sehr viel besser.«

»Du wurdest angeschossen? Von den Russen?«

»Nein. Aber die Jungs davor … einer von ihnen war Russe. Der andere ein Collegestudent, Amerikaner.«

»Sind die beiden immer noch dort draußen unterwegs?«, fragte die Frau. »Werden sie nach uns suchen?«

»Nein«, sagte der Mann ruhig.

Lisa dachte darüber nach. Ein Russe. Und ein Collegestudent.

Mikal. Und Andrew.

Das war der Punkt, als sie fast die Wand eintrat.

»Also lass mich jetzt den Arzt anrufen. Damit er einen Blick auf unsere Verletzungen wirft. Und dann hauen wir ab. Wir müssen uns wieder auf die Reihe kriegen.«

»Und wir müssen reden«, sagte die Frau. »Ich hab dir einiges zu erklären.«

Die Stunden, die Lisa voller Wut eingesperrt im Wandschrank verbrachte, waren eine beispiellose Tortur. Direkt auf der anderen Seite der Schranktür war der Mann, der ihren Freund umgebracht hatte. Und was zusätzlich Salz in die Wunde streuten war die Tatsache, dass ihr eigener Vater mit diesem Typen gemeinsame Sache machte. Ihr Dad hatte ihnen das Haus überlassen! Ihr Haus! Das Haus von ihr und Andrew! Dazu Pistolen. Kleidung. Und einen Arzt.

Lisa kochte innerlich, als sie das Telefonat belauschte. Sie kannte sogar den Arzt, den sie anriefen. Es war Dr. Bartholomew Dovaz, ihr Kinderarzt. Als kleines Mädchen hatte sie immer Angst vor Dr. Dovaz gehabt – er konnte überhaupt nicht mit Kranken umgehen, er gab einem immer dann eine Spritze, wenn man nicht damit rechnete –, bis seine Frau krank wurde und er drogensüchtig wurde. Lisa hatte angenommen, dass ihre Familie den Kontakt zu Dr. Dovaz nach einer chaotischen Festnahme 1993 in Lower Merion abgebrochen hatte, doch offensichtlich war ihr Vater mit dem Mann in Verbindung geblieben.

Und hatte ihn die ganze Zeit für besondere Anlässe auf Abruf gehalten. Wie zum Beispiel für die Behandlung von Mördern, denen er Unterschlupf gewährte.

Hätte Lisa irgendeine Waffe gehabt, wäre sie aus dem Wandschrank gestürzt und hätte gründlich Gebrauch davon gemacht. Eine Pistole. Einen Baseballschläger. Ein Messer. Eine Kettensäge. Ein Bolzenschussgerät. Und später dann hätte sie ihren Vater zur Rede gestellt.

Doch sie hatte nichts dergleichen, und sie wusste nicht, was dieses Paar bei sich hatte. Das waren professionelle Verbrecher, und wahrscheinlich trugen sie Pistolen. Das war naheliegend – sie unterhielten sich über Schusswunden. Es brachte nichts, aus dem Wandschrank zu stürzen und sich einen Kopfschuss zu fangen.

Lisa beschloss, bis zu Dr. Dovaz' Ankunft zu warten, und dann zu überlegen, was zu tun war. Es ergab sich bestimmt eine Gelegenheit, abzuhauen, zu ihrem Haus zurückzulaufen und mit ihrem Vater zu sprechen.

Sie ging alles noch einmal im Kopf durch, damit sie sich später daran erinnern konnte. Das war wichtig.

Fluchtwagen.
Ausgezogen und in Leichensäcke gesteckt.
Ein Rohr unten am Fluss.
Kurz darauf schlief Lisa ein.

Johnnie Walker Blue

Saugherty fand, dass er viel zu schlecht gekleidet war, um an einem Sonntagmorgen in den Rittenhouse Towers vorbeizuschauen.

Aber er musste mit dem zurechtkommen, was er sich geschnappt hatte. Die Kleidung, die er seit gestern trug, war zerfetzt und blutverschmiert; sein Haus – und mit ihm sein armer Kleiderschrank – war wahrscheinlich komplett niedergebrannt. Also blieb ihm nur eine Wahl. Das Ärztezimmer. Aus seiner Zeit bei der Polizei kannte Saugherty sich in den Krankenhäusern hier ganz gut aus, und besonders in diesem: dem Pennsylvania Hospital. Er war mit der Notaufnahme sowie dem Aufenthaltsraum in der Notaufnahme vertraut und wusste, dass niemand so genau darauf achtete, wer dort ein und aus ging.

In einem der Spinde fand er ein Paar Khakihosen und einen hübschen schwarzen Rollkragenpullover von Eddie Bauer. Seine Schuhe behielt er an, griff sich jedoch einen billig aussehenden Blazer aus einem der anderen Spinde. Wurden diese Ärzte so schlecht bezahlt?

Die Rittenhouse Towers waren nur ungefähr zwölf Blocks entfernt, doch mit seinem lädierten Arm, unzähligen gebrochenen Rippen und verschiedenen anderen Wehwehchen nahm er lieber ein Taxi.

Ins Gebäude zu kommen war kein Problem; er kannte den stellvertretenden Sicherheitschef, Al Buchan, aus seiner Zeit auf dem Fünfzehnten Revier. Saugherty erzählte ihm irgendeinen Schwachsinn, von wegen er würde Lieutenant Earl Mothers auf freiberuflicher Basis wegen eines Banküberfalls beraten, was Al anstandslos schluckte. Er ließ ihn zu Apartment 910 vor, von wo ihn ein paar Uniformierte zu Nummer 1809 weiterschickten; dort hätten sie sich eine Weile versteckt gehalten.

»Sie« – das waren Patrick Selway Lennon plus die unbekannte Komplizin.

Saugherty brachte von den Männern am Tatort so viel wie möglich in Erfahrung; die Augenzeugen waren bei der Ermittlung der Namen allerdings nicht sehr hilfreich gewesen. Ihre Personenbeschreibungen blieben ebenfalls vage. »Rattenscharf«, hatte ein Mann die unbekannte Komplizin beschrieben. »Aber eine Eisprinzessin.« Ja, das war wirklich nützlich. Saugherty sah sich im Gebäude um und staunte über die vielen Apparate und Haushaltsgeräte. Der Wohnungseigentümer, ein Typ namens Feldman, hatte sogar ein Set Tenmijuraku-Messer auf der Arbeitsplatte stehen. Angeber.

Nach einer Weile ließ die Wirkung der Schmerzmittel

nach, die man ihm im Krankenhaus gegeben hatte; also suchte Saugherty nach dem entsprechenden Schränkchen, steckte die entsprechende Flasche ein und zog sich in die Gästetoilette neben dem Eingang zurück. Nichts Ausgefallenes – nur eine Flasche Johnnie Walker. Erst als er die Tür hinter sich geschlossen hatte, wurde Saugherty klar, dass er den verdammten Jackpot geknackt hatte. Es war eine Flasche Johnnie Walker *Blue.* Er hatte nie davon gekostet; nur darüber gelesen, in Märchenbüchern und vermoderten Wälzern mit antiken Sagen. Saugherty betrachtete diese Überraschung als gutes Omen. Mit 650 000 Dollar könnte er sich jeden Tag einen Johnnie Walker *Blue* leisten.

Er schraubte den Deckel ab und atmete das rauchige Aroma durch seine Nase. Er wurde fast schon vom Geruch high.

Auf dem Waschbecken stand ein Spender mit kleinen Dixie-Plastikbechern. Saugherty nahm einen vom Stapel und schenkte sich großzügig ein, bis knapp unter den Rand. So etwas trank man nicht aus der Flasche oder mit einem Schuss Leitungswasser. Die Darreichungsform spielte eine entscheidende Rolle.

Den Rest besorgte der Geschmack.

Saugherty hockte in einem ausgefransten Blazer, der ihm nicht gehörte, auf einem Klodeckel und trank einen unfassbar guten Scotch, der ihm ebenfalls nicht gehörte. Dafür dass er in einem Krankenhausbett zu sich gekommen war und sich von den humorlosen Idioten aus der Abteilung für interne Ermittlungen hatte in die Mangel nehmen lassen müssen, ging es ihm eigentlich ganz gut.

Genüsslich ließ er die brennende Flüssigkeit in seinen Magen rinnen, bis er spürte, wie in seinem Gehirn der Optimismus-Mechanismus in Gang gesetzt wurde. Er hob sein Gesicht gen Himmel und dankte Gott.

Als er den Kopf wieder senkte, fiel es Saugherty auf.

Die Tür des Toilettenschranks gegenüber stand einen Spaltbreit offen.

Saugherty erhob sich nicht sofort. Er wollte erst den Scotch in seinem Dixie-Becher leeren, denn er wusste, was er im Schrank finden würde. Den Hinweis, den er benötigte. Und sobald er ihn gefunden hatte, würde er die Toilette verlassen und weitere Hinweise aufspüren und schließlich sein Geld. An so einem bezaubernden Morgen, wie sollte es da anders sein?

Zehn Minuten später stieß er im Toilettenschrank auf einen kleinen schwarzen Koffer. Darin verbarg sich eine Garnitur Damenwäsche und Toilettenartikel. Und darunter ein Ausweis und ein Reisepass.

Hallo, Katie Elizabeth Selway.

Paterfamilias

»Also, wer ist der Vater?«

»Ach du meine Güte«, seufzte sie.

»Willst du's mir nicht sagen?«

»Doch, schon. Aber so hab ich mir das nicht vorgestellt.«

»Ach ja. Puerto Rico. Er sollte uns dort treffen, richtig?«

»Er ist schon da.«

»Und warum bist du nicht bei ihm?«

»Ich hatte mir Sorgen gemacht.«

Lennon lehnte seinen Kopf nach hinten gegen die Wand und schloss die Augen. Katie lag etwa einen Meter von ihm entfernt auf der Matratze.

Er wollte es nicht sagen, denn er hatte es ihr bereits eine Million Mal gesagt: Egal was passiert, selbst wenn ich verhaftet werde, such nicht nach mir. Ich kann auf mich selbst aufpassen. So lautete Regel Nummer eins.

Das war immer so gewesen, seit Lennon mit seiner Schwester wiedervereint war und ihr gebeichtet hatte, womit er seinen Lebensunterhalt verdiente. Leider hielt Katie nicht viel von Regeln.

»Kenne ich ihn?«

»Nein … nicht wirklich.«

»Verdammt, ich kenn ihn also doch. Wie heißt er?«

»Bitte, Patrick.«

»Wenigstens seinen Vornamen.«

»Weißt du, so hatte ich mir das *wirklich* nicht vorgestellt. Ich habe einen Veuve Clicquot gekauft, habe was für uns reservieren lassen. Ich hatte alles ganz genau geplant.«

»Ja, ich auch.«

Sie saßen beide schweigend da. Dachten über alles nach. Und warteten auf die Ankunft des Arztes. Langsam schob sich das Sonnenlicht an den billigen Stoffrollos vorbei.

»Ich muss das Geld finden«, sagte Lennon schließlich.

»Warum?«

»Du wirst ein Kinderbettchen brauchen.«

»Michael hat … Mist.«

»Michael? Welcher Scheiß-Michael?«

In Gedanken ging Lennon seine Liste der professionellen Bankräuber durch, ohne dass ihm ein Michael einfiel. Es war zwar ein ziemlich gängiger Name, doch er kannte tatsächlich niemanden, der so hieß. Zumindest hatte er in den letzten paar Jahren mit keinem Michael zusammengearbeitet. Oder doch? Es war ja wohl nicht dieser … nein. Ausgeschlossen.

»Okay. Seinen Nachnamen.«

»Vergiss es. Kümmer dich um dein Geld. Du hasst es, wenn man dich von einem Job ablenkt, vergessen?«

»Dafür ist es verdammt nochmal zu spät.«

»Komm schon, Patrick. Sei kein Arschloch. Wir können einfach von hier verschwinden. Als ich das letzte Mal unsere Finanzen überprüft habe, war alles in Ordnung. Das Geld war für die Zukunft gedacht.«

»Es gibt Dinge, die jetzt wichtiger sind.«

»Wie zum Beispiel?«

»Wie die 325 000 Dollar, die ich für dieses Haus und den zerfetzten Anzug, den ich trage, zahlen muss.«

»Schöner Anzug, aber für das Haus, finde ich, hast du zu viel bezahlt.«

Lennon lachte unwillkürlich auf. Damit war das Eis gebrochen. Jetzt konnte er gegenüber seiner Schwester wieder ganz er selbst sein. Sie war die einzige Person, in deren Gegenwart er sich wohlfühlte.

Und dann erzählte er ihr alles, was seit Freitagmorgen passiert war – vom Verrat und dem Versuch, ihn in der Röhre unten am Fluss zu beerdigen, vom Studentenwohnheim, dem geklauten Wagen und dem kriminellen Bullen, von der Schusswunde, den Drohungen und den schwarzen Typen mit den Pistolen, von dem brennenden Haus, dem Überfall auf den Supermarkt, vom Parkplatz und der Begegnung mit dem Untermafioso, von seinem Deal und dem Ausflug in Wilcoxsons Eigentumswohnung …

Hin und wieder verfiel Lennon ins Gälische, doch Katie verstand genug, um ihm zu folgen. Sie war in den USA aufgewachsen und hatte einen leichten englischen Akzent. Lennon hatte die meiste Zeit in Listowel gelebt, und dann in Dublin, bevor er in die USA ausgewandert war, hauptsächlich um seine Schwester aufzuspüren. Einige Jahre zuvor waren ihre Eltern gestorben.

»Wenn du das Geld haben willst, solltest du vor allem eines tun.«

»Was denn?«, fragte Lennon.

»Geh noch mal zum Rohr und schau nach, wer dort begraben ist.«

»Du denkst an Bling.«

»Ganz genau.«

Lennon seufzte. »Ich weiß nicht, was mir lieber ist – wenn ich seine Leiche finde oder wenn nicht.«

»Ich glaube, du willst sie finden.«

Da klingelte es an der Tür. Innerhalb von zwölf Stunden machte Dr. Bartholomew Dovaz ihnen den zweiten Besuch.

»Ich geh schon«, sagte Lennon. »Aber sobald er wieder weg ist, sagst du mir, welcher Michael dich geschändet hat.«

Zurück zum Rohr

Als Dr. Dovaz die Frau ins Badezimmer brachte und der Mann, Patrick, nach unten verschwand, um die Gästetoilette aufzusuchen, nutzte Lisa die Gelegenheit und machte sich aus dem Staub.

Danach ging alles ganz schnell.

Lisas Dad schrie sie immer wieder an und überschüttete sie mit Vorhaltungen – *Was zum Teufel hattest du in dem Haus zu suchen? Ist das etwa dein Haus?* –, doch Lisa hörte gar nicht zu. Sie bedrängte ihn immer wieder mit dem, was sie gehört hatte. Der Typ ist ein Mörder. Er hat Andrew getötet. Und Mikal. Er hat ihre Leichen in ein Rohr unten am Fluss gestopft. Der Typ ist ein Mörder! Er hat Andrew getötet!

Und Mikal! Verdammt, er hat ihre Leichen in ein Rohr unten am Fluss gestopft!

Schließlich besann sich Lisas Dad einen Augenblick, dann stellte er ein Team zusammen. Es war kein Problem, das Rohr zu finden, von dem Lisa erzählt hatte. Es gab lediglich ein großes Bauprojekt unten am Delaware River. Das neue Kindermuseum. Das Team von Lisas Dad rüstete sich mit Schrotflinten, Baseballschlägern und Metallhaken aus. Verwendung fanden sie allerdings nur für Letztere. Alle Personen in der Röhre waren tot. Insgesamt zogen sie sechs Leichen heraus, bevor sie am Grund des Rohres auf Schlamm und Lehm stießen. Zwei der Gesichter stimmten mit denen auf einem Foto überein, das man ihnen mitgegeben hatte, das schwarzweiße Werbefoto einer Band namens Space Monkey Mafia. Es waren der Bassist und der Keyboarder.

Das Team kannte den Keyboarder. Es war Lisas Freund, Andrew.

Er sah nicht besonders gut aus. In seinem Hals steckte ein schwarzer Bic-Stift. Und um den Stift klebte verkrustetes Blut.

Nachdem die Männer Lisas Dad angerufen und ihm davon erzählt hatten, wies er sie an, die Leichen ins Rohr zurückzuwerfen. Keine Fragen; tut es einfach.

»Aber vorher«, sagte Lisas Dad, »zieht dem Jungen den Stift aus dem Hals. Und bringt ihn mir.«

Sonntagnachmittag

Nur damit ihr's wisst, ich befolge keine Anweisungen.

– »BABY FACE« NELSON

Tinte und Blut

Als Lennon wieder zu sich kam, war er an einen Stuhl gefesselt, und sein Hals brannte.

Außer ihm waren noch weitere Leute im Zimmer. Und es war nicht das Zimmer, in dem er eingeschlafen war. Das Letzte, woran er sich erinnerte: dass man ihm ein Schmerzmittel injiziert hatte. Er hatte nicht gewollt, dass der Arzt ihm etwas verabreichte, wodurch er das Bewusstsein verlor. »Keine Angst«, hatte der Arzt gesagt, »danach geht es Ihnen besser.«

Inzwischen konnte Lennon etwas mehr erkennen. In einer Ecke des Zimmers entdeckte er Katie. Sie hatte die Hände auf dem Rücken. Sie trug einen sehr weißen Lippenstift, und ihre Augen schienen ganz zugequollen. Jemand hielt ihr eine Pistole an den Kopf.

In diesem Moment schlug jemand Lennon ins Gesicht.

»Hi, Dillinger«, sagte eine männliche Stimme. Sie

sprach den Namen richtig aus – mit einem G in der Mitte. Die meisten Leute glaubten, es müsse Dill-in-jer heißen, wie die Pistole. »Schön, dass du uns Gesellschaft leistest.«

Lennon versuchte die Personen im Zimmer zu zählen. Abgesehen von seiner Schwester kam er bis fünf, bevor ihm erneut jemand einen Hieb verpasste.

»Hör gut zu«, sagte dieselbe Stimme. »Es ist wichtig. Das betrifft dich und deine schwangere Freundin hier.«

Schwangere Freundin, von wegen. Am liebsten hätte Lennon es ihnen aus voller Kehle entgegengeschrien. Er hatte dieses Theater so satt. Allerdings hatte es sich als nützlich erwiesen, wenn die Leute sie für ein Paar hielten. Das machte es noch schwieriger, sie aufzuspüren. Aber das spielte jetzt eigentlich keine Rolle mehr, oder? Man hatte sie bereits gefunden.

»Was, zum Teufel, hast du ihm gegeben, Dovaz? Ein Betäubungsmittel für Pferde?«

»Ich hab ihm gegeben, was er brauchte.«

»Mein Gott. Der Typ sieht aus wie ein verdammter Zombie.«

»Ich bin mir nicht sicher, ob das nur an meinen Medikamenten liegt.«

Ein erneuter Schlag – stärker diesmal. Lennon spürte seine Zähne im Zahnfleisch erzittern.

»Siehst du das hier, Dillinger?«

Lennon konzentrierte sich. Und erblickte eine muskulöse Hand mit einem Stift.

»Diesen Stift hast du vor ein paar Tagen einem Jungen in den Hals gerammt. Erinnerst du dich?«

Die Hand umklammerte den Stift jetzt noch fester. Lennon konnte die purpurrote Kruste erkennen, die immer noch daran klebte. Mein Gott. Dieser Typ war also unten in der Röhre gewesen.

»Der Junge war der Freund meiner Tochter.«

Immer langsam, dachte Lennon. Vielleicht war er auch der Bruder deiner Tochter. Man sollte keine voreiligen Schlüsse ziehen.

»Sagst du auch mal was, du stummer Scheißkerl?«

Lennon öffnete den Mund, brachte jedoch keinen Ton hervor.

Er wollte sagen: »Leck mich, du Arsch.«

Doch er konnte nicht.

»Du versuchst zu sprechen, was? Tja, das kannst du nicht. Und diesmal ist es ernst. Ich weiß, dass du mir was vorgemacht hast – meine Tochter hat mir erzählt, dass sie dich hat reden hören. Damit ist jetzt Schluss, Arschloch.«

Lennon versuchte es erneut, doch das fühlte sich an, als würden mehrere Rasierklingen durch seine Kehle wirbeln. Was hatte dieser Mistkerl mit ihm angestellt? Seine Augen huschten zu dem Arzt – Dovaz – hinüber, und er bemerkte unter seinem Bart ein leichtes Grinsen.

»Ja, ich habe dich wieder zusammenflicken lassen, Dillinger. Der gute Doktor war so freundlich, mir dabei behilflich zu sein. Er hat dir etwas Säure in den Rachen geträufelt. Du wirst also einfach hier sitzen und mir zuhören.«

Jemand anders rollte einen Serviertisch in Lennons Sichtfeld. Ein großer, bleicher Mann mit einer hässlichen Hornbrille, unter seiner Nase prangte ein buschiger, schmieriger Schnauzbart. Auf dem Servierwagen verteilt lagen alle möglichen Werkzeuge, chirurgische und andere: Skalpelle, Hammer, Schraubschlüssel, Klammern und Nadeln. An einigen der Werkzeuge klebte getrocknetes Blut. Und an einer Ecke hing ein zusammengefaltetes Paar Steigbügel aus Leder.

»Du willst nicht antworten? Gut. Dann hör zu. Ich hab deine Freundin hier drüben. Wir werden sie sehr bald an einen geheimen Ort bringen – so wie Dick Cheney. Und etwas später werden wir dich freilassen. Ich weiß, du hältst das für ausgeschlossen, doch genau das werden wir tun. Und du, Dillinger, wirst ein paar Banken für mich ausrauben. Mindestens eine täglich, würde ich sagen, denn Kost und Logis für deine Freundin betragen 5000 Dollar pro Tag. Ich habe mal in einem Buch gelesen, dass ein normaler Bankräuber mit durchschnittlich zwei bis drei Riesen bei einem Überfall rechnen kann. Darum sage ich, dass du *mindestens* eine pro Tag ausrauben musst.«

Lennon starrte ihn an.

»Und ich werde mitkriegen, ob du eine Bank überfällst oder nicht. Denn ich lese täglich die *Daily Mail* – sie wird mir direkt bis vor die Haustür gebracht. Da steht alles drin. Wenn irgendjemand gegen ein Gebäude pinkelt, steht das am nächsten Tag in der Zeitung. Ich werd also sehen, ob du deine Arbeit machst.«

Wovon, zum Teufel, redete dieses Arschloch?

»Du solltest dir besser auch einen Spitznamen zulegen. Alle großen Bankräuber hatten einen. Der Bad-Breath-Gangster. Der Zit-Face-Gangster. Der Bobby-DeNiro-Gangster. Du könntest dich der Scheiße-man-hat-mir-die-Stimmbänder-weggeätzt-Gangster nennen. Wie wär's? Aber im Ernst, du solltest dir was überlegen. Schließlich willst du ja nicht verwechselt werden. Wie auch immer, nach dem Überfall lieferst du das Geld bei dieser Adresse hier ab. Ein paar Dollar kannst du für dich behalten, damit du über die Runden kommst. Ein paar meiner Jungs werden allerdings auf deine Lieferung warten. Wenn du irgendwas versuchst, bist du der Schaut-sich-die-Radieschen-von-unten-an-Gangster. Worauf du einen lassen kannst. Und deine Freundin hier? Sie ist dann die Freundin-die-eine-Abtreibung-mit-einem-rostigen-Kleiderbügel-hatte.«

Genau in diesem Moment beschloss Lennon, dass er diesem Mann einen qualvollen Tod bereiten würde. Über die Einzelheiten war er sich noch nicht im Klaren, doch das spielte keine Rolle. Hatte er sich erst mal was in den Kopf gesetzt, war der Rest reine Formsache.

»Ja. Siehst du diese Werkzeuge hier? Wahrscheinlich machen sie dich ziemlich nervös. Nun, entspann dich. Sie sind nicht für dich bestimmt. Sondern für sie.

Wenn du Scheiße baust oder verhaftet wirst, wenn du uns verarschst oder gegen das falsche Gebäude pinkelst, kriegt sie das zu spüren. Und das Kind, das sie in sich trägt. Wir haben jede Menge Möglichkeiten, deinen kleinen Balg aus ihr rauszuholen. Keine Angst. Er wird nicht lange am Leben bleiben. Sie sieht nicht besonders schwanger aus.«

Dieser Scheißkerl, beschloss Lennon, würde den qualvollsten aller qualvollen Tode sterben. Die Sorte, wo man mit einer Käsereibe und einer Lötlampe beginnt und sich dann steigert.

»Okay. Das wär's. Du arbeitest so lange für uns, bis du deine Schulden beglichen hast, und dann lassen wir sie gehen. Wenn du's verbockst, stirbt sie. Und ich beauftrage jemanden, der dich ebenfalls zur Strecke bringt. Was hältst du davon, Dillinger?«

Allein nur für die Idee, dachte Lennon, wirst du bezahlen.

»Ich betrachte dein Schweigen als Zustimmung.«

Und dann verpasste jemand Lennon von hinten einen Schlag. Allerdings wurde er davon nicht bewusstlos, wie ein anderer rasch bemerkte, also schlug die erste Person erneut zu, diesmal mit Erfolg.

Montagmorgen

Diese Bank hätte meine Schwester ausrauben können.
– PATRICK MICHAEL MITCHELL

Frühstück im Bett

Die traurige Wahrheit sah so aus: Lennon war kein richtiger Bankräuber. Sicher, er war an unzähligen Überfällen beteiligt gewesen. Und hätte man Lennon ein Bewerbungsformular gegeben und ihn irgendwie davon überzeugt, es auszufüllen, hätte er in das Kästchen für Berufserfahrung »Bankräuber« geschrieben. Doch genau genommen hatte er keine einzige Bank ausgeraubt. Er hatte lediglich Bankräuber von einem Punkt (direkt vor der Bank) zu einem anderen gebracht (einem weiteren Fahrzeug oder sicheren Haus, einem Flughafen oder einer Höhle in den Wäldern) und hatte dafür einen Anteil des Geldes kassiert. Lennon war ein erstklassiger Fluchtfahrer. Und er hatte jede Menge über Banküberfälle gelesen. Dennoch: Er war kein Bankräuber.

Darum suchte er sich für seinen ersten Überfall auf eigene Faust das leichteste Ziel aus, das ihm einfiel:

eine Bank in einem Supermarkt. Er hatte gelesen, dass das am einfachsten war. Niemand hat Lust, Donuts und Aufschnitt an einem Ort einzukaufen, der Ähnlichkeit mit Fort Knox hat.

Sein Ziel: ein SuperFresh auf der South Street, ein gutes Stück vom sicheren Haus des Mafioso in South Philly entfernt. Ein paar Blocks weiter hatte Lennon einen Wagen gestohlen und war einfach die Neunte Straße hochgefahren, bis der Supermarkt vor ihm auftauchte. Das war immerhin ein Anfang.

Doch Lennon hatte nicht vor, für diesen verblödeten, fetten italienischen Scheißkerl Banken auszurauben. Er musste nur ausreichend Geld zusammenkriegen, um die Idioten in dem sicheren Haus zu beschwichtigen, zwei Dollar davon für einen Schraubenzieher ausgeben und mit dessen Hilfe ein paar Antworten bekommen. Dann Katie abholen und Philadelphia endlich für immer verlassen.

Sonst konnte Lennon sich an nichts Nützliches von letzter Nacht erinnern; nach dem zweiten Schlag hatte er das Bewusstsein verloren. Am nächsten Morgen war er im selben Haus, im selben Schlafzimmer, auf derselben Matratze alleine zu sich gekommen. Er hatte versucht zu sprechen; doch es ging immer noch nicht. Er fragte sich, ob die Wirkung der Tropfen, die Dovaz ihm eingeflößt hatte, dauerhaft war. Das wäre wirklich zum Totlachen.

Auf dem Boden neben der Matratze fand er eine getippte Nachricht: »Frühstück was und leg los.« Darauf lagen drei Nutri-Grain-Riegel und eine Literflasche Mineralwasser. Die Nachricht ging allerdings noch weiter: »Wirf deine täglichen Zahlungen in den Briefkasten von 1810 Washington Avenue.«

Also hatte es der Scheißkerl tatsächlich ernst gemeint. Lennon sollte Banken ausrauben und das Geld bei ihm abliefern.

Als Nächstes bemerkte Lennon, dass unter der Nachricht noch etwas war – ein Stück Stoff.

Nein, kein Stoff – Unterwäsche.

Katies.

Lennon trank etwas Wasser – es brannte schrecklich im Hals –, dann steckte er die Riegel in die Jackentasche und verließ das Haus. Kurz nachdem er den Wagen geklaut hatte, entdeckte er den SuperFresh. Bringen wir's schnell hinter uns.

Auf Verbrecherjagd mit dem FBI

Für die Durchführung ihrer Überfälle war stets Bling verantwortlich gewesen, und er redete nicht viel über seine Arbeit. Nur über die konkreten Einzelheiten, zum Beispiel wenn ein Laden eine ACU hatte, die auf Schießpulver reagierte. Lennon nickte dann immer und merkte es sich. Eigentlich musste er nur eines wissen: dass Bling gut genug vorbereitet war, um es problemlos nach draußen zu schaffen. Das meiste, was Lennon über Banküberfälle wusste, hatte er aus Büchern, die er als Kind in Irland gelesen hatte – sein Dad hatte sie in einem Seesack aus Amerika mitgebracht. Vermoderte Taschenbücher mit Titeln wie *Schwere Jungs, Auf Verbrecherjagd mit dem FBI* und *Wir sind die Staatsfeinde, Ich, der Mafiosi* und *New York: Confidential.* Sie entfachten seine jugendliche Fantasie und brachten ihn dazu, Kriminal-Enzyklopädien, reißerische Biografien und vergilbte Herrenmagazine zu verschlingen, die er aus den Bücherläden in Listowel mitgehen ließ.

Lennon war immer klar gewesen, dass sein Vater ein schwerer Junge war, doch seine Mutter hatte ihm nie irgendwelche Einzelheiten erzählt. Sie hatte lediglich während eines Urlaubs in New York 1971 ein paar gemeinsame Wochen mit ihm verbracht. Später kam Freddy Selway seinen Jungen ein paar Mal besuchen, allerdings nur wenn er ein Versteck im Ausland benötigte. Während eines dieser Besuche, 1979, hatte er die Taschenbücher im Gepäck. Und als er wieder abhauen musste, ließ er den Sack einfach da. Vielleicht auch mit Absicht. Lennon war nie dahintergekommen. Ende Dezember 1980 wurde Freddy Selway bei einem Mordversuch dann selbst getötet. Lennons Vater war ein Profikiller gewesen.

Lennon bewahrte die Taschenbücher im Schließfach einer kleinen Bundesbank in Champaign, Illinois, auf, zusammen mit 54 000 Dollar für den Notfall. Die Bücher waren mit das Wertvollste, was er besaß; er würde es nie riskieren, dass jemand anders sie in die Hände bekam.

Im Moment musste er immer wieder an *Auf Verbrecherjagd mit dem FBI* denken. Es war eines der zahlreichen Bücher, die das FBI unter den wachsamen Augen von J. Edgar Hoover herausgebracht hatte, um die Behörde in einem besseren Licht erscheinen zu lassen. Die bösen Jungs wurden immer bestraft; und die Männer vom FBI waren stets schlauer, gewitzter und schneller mit der Waffe als sie. Doch Lennon – selbst in seinen jungen Jahren – identifizierte sich mit den Bankräubern und Mördern, die coole Namen und ein interessantes Leben hatten. Ein Leben, wie es sein Vater in seiner Vorstellung führte.

Auf Verbrecherjagd mit dem FBI hatte ihm alles über Banküberfälle beigebracht.

Es gab Einzelgänger, die einen Zettel mit ihren Forderungen benutzten, oder Teams, die zu mehreren eine Bank stürmten. Da Lennon weder über ein Team noch über eine Stimme verfügte, kam Letzteres nicht infrage. Also musste er einen Zettel benutzen. Schnell und sauber. Außerdem wusste er, dass, egal was passierte, die Kassierer angewiesen waren, mit den Bankräubern zu kooperieren, damit diese nicht ausflippten und die Kundschaft voller Blei pumpten. Es kam also ganz auf die Nachricht an. Sie musste wirklich *furchteinflößend* sein. So furchteinflößend, dass der Kassierer es sich zweimal überlegte, ob er den Alarm benutzte oder einen Farbstoffbeutel oder irgendeinen anderen Scheiß.

Darum glaubte Lennon, dass er bei einer Bank in einem Supermarkt die besten Chancen hatte. Dort gab es Mütter mit Kindern, alte Leute und jede Menge Unbeteiligter, die Milch und Brot, Saft und Müsli kauften. Kein Kassierer würde sich mit einem furchteinflößenden Mann, der eine Pistole hatte, anlegen.

Scheiße. Eine Pistole.

Er musste so tun, als ob er ...

Nein. Halt.

Das hier war Amerika nach dem 11. September. Er würde so tun, als hätte er eine *Bombe*.

Hier mein Vorschlag

Lennon betrat einen McDonald's und kaufte mit dem Kleingeld, das er in dem gestohlenen Wagen gefunden hatte, einen Neunerpack Chicken McNuggets – schnell verwertbares Protein. Dann setzte er sich hin und schrieb mit einem Stift, den er aus dem Kasten für Vorschläge und Anregungen mitgenommen hatte, auf die Rückseite eines Bewerbungsformulars seine Nachricht. Als er sein Huhn aufgegessen hatte, holte er sich den goldenen Chip für die Toilettentür. Mit etwas Wasser strich er sein Haar glatt und richtete Krawatte und Kragen – um möglichst seriös zu wirken. Was nicht ganz leicht war, denn sein Gesicht war voller Blutergüsse und Schrammen.

Scheiß drauf. Vielleicht wirkte er so ja noch furchteinflößender.

Bevor er am McDonald's gehalten hatte, hatte Lennon einen Trödelladen aufgesucht und einen Plastikpieper für Kleinkinder eingesteckt. Der Himmel allein wusste, warum Kleinkinder mit Piepern spielen mussten, aber das konnte Katie später irgendwann herausfinden. Mit Michael. Wer immer dieser Michael auch war.

Nächster Stopp: Ein Versandservice, wo er aus einem Metallbehälter ein Paket mitgehen ließ, das für Herman Wolf in Warminster, Pennsylvania, bestimmt war. Tut mir leid, Herman. Es hatte die richtige Größe.

Und weiter zum SuperFresh.

Plötzlich fiel Lennon sein Lieblingskapitel aus *Auf Verbrecherjagd mit dem FBI* ein – Kapitel sieben, das aus einem historischen Abriss über Al Nussbaum, den genialen Bankräuber, bestand. Nussbaum hatte eine Farm im Hinterland von New York betrieben, vollgestopft mit schweren Waffen und Materialien für den Bombenbau. Er hatte Mitte der 1960er als Erster die Idee, dass eine Horde verrückter Bombenleger die Polizei von einem Banküberfall ablenken könnte.

Nussbaum hatte sich wahrscheinlich nie damit herumschlagen müssen, Spielzeugpieper oder Pakete von Versandservices zu klauen.

SuperFresh war wie jeder andere amerikanische Supermarkt, den Lennon kannte – hell, frisch, blitzblank, saukalt und randvoll mit Lebensmitteln, ordentlich in sämtliche Regale, Ecken und Gänge gestapelt.

Lennon deponierte die Bombe auf einem Packen Reisflocken – diese Woche für 3,99 – und marschierte zum Bankkassierer. Er wartete, bis er an der Reihe war, dann schob er seine Nachricht über den Resopal-Tresen.

Erdnussbutter

Während Saugherty den Funkverkehr abhörte, horchte er plötzlich auf – es ging um eine tote Frau. Eine Gruppe Kinder hatte sie auf einem verlassenen Grundstück im Süden Philadelphias gefunden, wo die Bewohner des Viertels alte Möbel und Müll abluden.

Saugherty hatte sich im Comfort Inn oben in Bensalem verkrochen, direkt an der Route 1, kurz hinter der Stadtgrenze. Er hatte sich dort ein Eckzimmer genommen, von dem aus er den Highway überblicken konnte. Er wollte sich von den rot-blauen Blinklichtern nicht kalt erwischen lassen. Soweit er wusste, war er immer noch Gegenstand der Ermittlungen. Er hatte sich nicht zur Verfügung gehalten.

Im Zimmer hatte er alles, was er benötigte: natürlich den Empfänger für den Polizeifunk, um zu erfahren, ob sein irischer Bankräuber-Freund aufgetaucht war. Zwei Sechserpacks Yuengling Lager in einer Kühlbox aus Hartplastik. Drei Flaschen Early Times. Eine Flasche Jack Daniels. Zwei Flaschen Ketel One – ein Kumpel von ihm hatte ihn auf den Geschmack gebracht. Sechs Flaschen Wasser. Zwei Stangen Salami; ein Stück herzhaften Schafskäse. Eine Packung Cracker. Roggenbrot, Leberwurst, Senf und dicke rote Zwiebeln. Die Leberwurst und den scharfen Käse stopfte er zusammen mit dem Bier in die Kühlbox. Der Rest konnte draußen bleiben.

Außerdem hatte er sein privates Waffenlager drüben in Tacony aufgesucht, auf der anderen Seite des Flusses. Jetzt hatte er in einer schwarzen Leinentasche unter seinem Bett jede Menge Zeug liegen.

Saugherty hatte beim Abhören des Polizeifunks auf Schlüsselwörter wie »Bankräuber«, »Überfall«, »Wachovia« oder »Lennon« geachtet, doch dann hatte er den Polizeicode für »Leichenfund« aufgeschnappt. Er rief einen Freund in der Dienststelle an und bat ihn um ein paar Informationen; sie lauteten: Frau Ende zwanzig an der Neunundvierzigsten Ecke Gray Ferry nackt aufgefunden, Hand- und Fußgelenke mit braunem Verlängerungskabel verschnürt, den Körper mit Erdnussbutter beschmiert. Im dritten Monat schwanger.

Moment mal, erklär's mir, hatte Saugherty gesagt. Erdnussbutter?

Ja, bestätigte sein Informant. Die Leute am Tatort glauben, dass der Mörder – oder die Person, die sie dort abgeladen hat – sie damit eingeschmiert hat, damit die Ratten aus der Gegend das Beweisstück auffressen.

Hast du ein Foto?, hatte Saugherty gefragt. Irgendwas an der Sache beunruhigte ihn.

Nach einigem Hin und Her erklärte sich sein Informant schließlich bereit, ein Foto mit dem Gesicht der Frau ins Businesszentrum des Comfort Inn rüberzufaxen. Saugherty nahm drei weitere Schlucke vom Early Times und ging dann nach unten.

Wo er das Foto aus dem Faxgerät holte.

Ach du Scheiße.

Total am Arsch

Ich habe ein Paket mit einer Bombe in einem der Gänge deponiert. Geben Sie mir alles Geld, das da ist – keine Farbbeutel, kein Alarm –, oder es gibt Tote.

Es hatte keinen Zweck, die Sache kompliziert zu machen, dachte Lennon. Dies hier war kein Aufsatz für ein Preisausschreiben, sondern die Zahlungsaufforderung für einen Banküberfall. Er hatte so was noch nie geschrieben, aber er vermutete, dass man am meisten Erfolg hatte, wenn man direkt zur Sache kam.

Die Frau hinter dem Schalter starrte auf den Zettel hinunter. Sie war, wenn auch auf merkwürdige Weise, hübsch. Ihr braunes Haar war unvorteilhaft geschnitten, und sie trug eine klobige Brille, die ihre Goth-Freunde wahrscheinlich für cool hielten. Doch Lennon gefiel, wie sie aussah. Er bedauerte, dass er ihr heute Morgen eine Menge Ärger bereiten würde. Darum arbeitete er ja so gerne als Fluchtfahrer: keine persönliche Interaktion, keine Gegenmaßnahmen, nichts davon.

Jetzt warf sie ihm einen fragenden Blick zu. Ist das Ihr Ernst?

Lennon verzog keine Miene, das Gesicht völlig ausdruckslos. Ja, ich meine es verdammt ernst. Er zeigte ihr den Spielzeugpieper in der Hand.

Die Frau nickte und fing an, sich unter dem Tresen zu schaffen zu machen.

Lennon wartete.

»Eigentlich müssen wir ein Sicherheitspaket mit reintun«, sagte sie leise. »Aber ich werde darauf verzichten. Nur damit Sie Bescheid wissen, okay?«

Lennon nickte.

»Es ist allerdings nicht viel. Knapp über tausend. Das ist wirklich alles.«

Lennon zwinkerte ihr zu. Komm schon, Schätzchen.

»Aber tun Sie niemandem weh, okay?«

Schluss jetzt. Er hob den Spielzeugpieper.

Die Frau schob ihm eine weiße Plastiktüte voller Geld rüber. Sie hatte gar nicht erst gefragt, ob er eine aus Papier wollte.

Lennon griff sich die Tüte und marschierte Richtung Ausgang. Im Gang stand ein kleiner Junge, der versuchte aus einem kleinen roten Apparat einen Gewinn herauszuschütteln, außerdem ein junges Paar, das einen Einkaufswagen voller Tüten mit Gemüse vor sich herschob. Er lief um sie herum durch die automatischen Türen, die sich beim Näherkommen zischend öffneten. Dann weiter durch den Vorraum zum zweiten Paar Türen.

Die verschlossen blieben.

So wie die Türen hinter ihm, als er zurücktrat. Das junge Paar musterte ihn durch das Glas hindurch. Was hast du bloß angestellt?

Verdammt, dachte er.

Eingesperrt.

Wie eine Ratte in einem Labyrinth.

Zum ersten Mal an diesem Wochenende war Lennon froh, dass Bling umgebracht worden war. Er hätte nicht gewusst, wie er ihm das erklären sollte.

Kurz darauf – die Polizei war inzwischen eingetroffen und hatte Lennon Handschellen angelegt, um ihn zum nächsten Streifenwagen zu bringen – trat die Frau vom Schalter auf ihn zu. Sie starrte ihn durch ihre klobige Brille an wie ein neugieriges Schulmädchen ein wissenschaftliches Exponat.

»Das nächste Mal«, sagte sie, »sollten Sie einen Spielzeugpieper ohne die Aufschrift ›Fisher-Price‹ verwenden.«

In Wirklichkeit sagte sie das natürlich nicht. Lennon stellte sich das nur vor. Denn so würde diese Geschichte enden, wenn sie ein paar Stunden später für die Zeitung niedergeschrieben wurde. Die Sache mit der Bombe, das Spielzeug. Darüber wurde auf jeden Fall berichtet. Die Morgenausgabe war kurz nach Mitternacht fertig, und früher oder später würde ein Exemplar auch in den Händen dieses italienischen Scheißkerls landen, und dann würden sie Katie töten.

Das zweite Fax

»Lass mich gefälligst in Ruhe«, maulte Saughertys Informant.

»Komm schon, ein läppisches Foto.«

»Holst du dir da drüben einen auf Fahndungsfotos runter? Das ist nur ein dummes Arschloch, das versucht hat, mit einem falschen Pieper und einer Serviette von McDonald's eine Bank zu überfallen. So was passiert jeden Tag. Morgen kannst du alles darüber in der *Daily News* lesen.«

»Komm schon. Ein läppisches Foto, Jonsey.«

»Willst du mich verarschen?«

»Komm schon.«

»Du bist echt ein Kotzbrocken, Saugherty.«

»Ich weiß, ich weiß. Soll ich dir noch mal die Faxnummer durchgeben?«

Ein paar Minuten später war Saugherty klar, dass das Philadelphia Police Department Patrick Selway Lennon festgenommen hatte, nur dass *sie* es noch nicht wussten – außer einer der Beamten, die in die Schießerei am Samstagabend verwickelt waren, schaute zufällig in der Arrestzelle vorbei. Was unwahrscheinlich war. Immerhin lauteten die meistgehörten Worte beim Philly P.D.: unterbesetzt, überarbeitet. Der Bürgermeister hatte erst letzten Winter 1400 Jobs – darunter bei der Polizei und der Feuerwehr – von der Gehaltsliste der Stadt gestrichen. Sie machten das Beste aus dem, was ihnen zur Verfügung stand. Die Fahndungsposter von Samstagnacht waren nicht mal in Umlauf gekommen, und der Abgleich der Fingerabdrücke dauerte ungefähr eine Stunde. Falls sie überhaupt die Zeit dazu fanden.

Das hieß, er hatte ungefähr eine Stunde Zeit.

Verdammt. Er hatte sich kaum vom Schock nach dem ersten Fax erholt und ein paar Schlucke Early Times getrunken, als der Polizeifunk einen 211 unten an der South Street meldete. Das ergab überhaupt keinen Sinn. Aber das letzte Mal, dass Saugherty Lennon gesehen hatte, war lediglich ein paar Blocks südlich der South Street gewesen, in diesem italienischen Laden. Also ergab es auf eine absurde Weise doch einen Sinn. Außerdem hatte er wieder dieses Kribbeln im Magen. Das hatte etwas mit seinem Fall zu tun.

Er musste sein Glas Early Times stehen lassen. Das Frühstück musste warten.

Saugherty hüpfte in seinen gestohlenen Wagen und fuhr die Cottman Avenue hinunter, bog dann nach links auf die Princeton Avenue und nahm den Interstate-95, in der Hoffnung, dass sich das morgendliche Verkehrschaos aufgelöst hatte. Das Polizeipräsidium lag am anderen Ende der Innenstadt, und er durfte nicht zu spät kommen. Doch erst musste er einen kurzen Zwischenstopp einlegen. Und eine Tasche abholen.

Montagnachmittag

Es bringt niemandem Schmerz,
es bricht keinem das Herz,
bloß die Herzen von Bonnie und Clyde.

– BONNIE PARKER

Ein erhellendes Gespräch

»Erst mal, hör auf den Stummen zu spielen. Ich weiß, dass das nicht stimmt, okay?«

Saugherty hatte sich ein Bein ausgerissen, um ins Verhörzimmer zu kommen. Und dieser irische Scheißkerl zog immer noch diese bescheuerte Pantomimen-Nummer ab.

»Sag einfach Hallo, Arschloch. Wir haben keine Zeit für so was.«

Der Bankräuber starrte Saugherty mit weit aufgerissenen Augen an, als wollte er auf telepathischem Wege mit ihm kommunizieren. Seine Hände waren auf dem Rücken mit Handschellen an einen Stuhl gefesselt. Tja, droh in den USA damit, eine Bombe zu zünden, und wart ab, was passiert. Saugherty konnte immer noch nicht glauben, dass er es hier reingeschafft hatte.

Jetzt versuchte der Mann, seine Lippen zu bewegen.

»Ich kann nicht von den Lippen lesen, also lass es. Weißt-du-wo-das-Geld-ist?«

Der Mann seufzte.

Saugherty war auf hundertachtzig. Doch dann hielt er inne. Hatte er einen Fehler gemacht? War es möglich, dass der Typ gar nicht gesprochen hatte, bevor er die Pistole abgefeuert und Saughertys Garage in die Luft gejagt hatte? Hatte er sich das Ganze nur eingebildet? Nein. Er hatte es gehört. Den irischen Akzent, das Wort »Arschloch«. Was also war hier los?

»Nur damit das klar ist. Ich-weiß-wo-deine-Schwester-steckt.«

Plötzlich waren die Augen des Bankräubers hellwach.

»Ja, ich weiß, dass sie deine Schwester ist. Katie Selway. Ich weiß, dass sie in die ganze Sache verwickelt wurde und in Schwierigkeiten steckt. Und ich kann dich zu ihr bringen.«

Natürlich hatte er sich das komplett zusammengereimt. Und er hatte ein, zwei wichtige Details weggelassen, doch das ließ sich später klären.

»Da horchst du auf, was?«

Der Typ nickte zaghaft. Als wollte er ihn auffordern, weiterzuerzählen.

»Ich muss mich also darauf verlassen können, dass du mir bei der ganzen Sache auch wirklich hilfst. Wir müssen das Geld holen, und dann helfe ich dir, deine Schwester zurückzubekommen. Abgemacht?«

Lennon schien sich die Sache tatsächlich zu überlegen. Er wusste also, wo das Geld war.

Er nickte erneut. Nur einmal.

»Weißt du, unsere Gespräche sind wirklich erhellend«, sagte Saugherty. »Das mag ich an uns. Es ist wirklich schwer, in diesem Geschäft jemanden zu finden, dem man sich verbunden fühlt. Kennst du das nicht auch? Okay. Mach dich bereit.«

Die zwei Männer saßen in einem zartrosa gestrichenen Zimmer mit Drahtgeflecht vor den Milchglasfenstern und machten sich bereit.

»Sie geht gleich hoch.«

Schweigen.

»Was gleich hochgeht, hast du gefragt? Der Koffer mit dem Atomsprengkopf, den ich in einem Schließfach drüben im Busbahnhof an der Zehnten Ecke Filbert deponiert habe. Also, Abmarsch.«

Interstate-95

Der Excop war ein geistesgestörter Versager. Andererseits hatte Lennon in einer Zelle gesessen, sich einen Fluchtplan überlegt, einen Weg nach draußen, einen Weg zu Katie, und ihm war nichts Besseres eingefallen.

Er musste Katie finden, wenn er auch sonst nichts tat, bevor er diese Welt verließ. Sollte ihnen also die

Gier dieses Excops den Weg weisen. Lennon wusste genauso wenig, wo das Geld war, wie er das Versteck des verdammten Heiligen Grals kannte. Doch der Excop, dieser Saugherty, brauchte das noch nicht zu wissen. Er hatte es lieber mit einem Excop als mit einer Dienststelle voller hauptberuflicher Polizeibeamter zu tun.

Abgesehen davon konnte er einen zusätzlichen Mann gebrauchen, wenn er zu seinem Treffpunkt fuhr und diese italienischen Arschlöcher wegen Katie zur Rede stellte. Er konnte Saugherty jederzeit sagen – beziehungsweise schreiben –, dass dieser Mafia-Capo, Perelli, das Geld hatte. Und dass sie Perelli aufsuchen müssten, um es sich zurückzuholen. Damit wäre die Sache erledigt. Um Saugherty konnte er sich dann später kümmern.

Erstaunlicherweise interessierte es niemanden, als sie das Revier einfach durch die Vordertür verließen. Saugherty erzählte ihnen irgendeinen Schwachsinn, von wegen er würde »den Gefangenen überführen«, und das war's. Kein Aufstand, kein Geschrei. Niemand hatte in ihm den Mann wiedererkannt, der vor zwei Nächten drüben am Rittenhouse Square auf mehrere Polizisten geschossen hatte. Niemand schöpfte Verdacht. War diese Stadt überhaupt echt? Dieser Saugherty hatte einfach irgendeinen alten Plastikausweis gezückt, und schon waren sie draußen. In einem Wagen. Einem blauen Chevrolet Cavalier. Wortlos stiegen sie ein. Saugherty fuhr die Straße hinauf, bog dann nach rechts ab, raste an ein paar Backsteingebäuden mit Geschichtsplaketten vorbei, und schon waren sie auf dem Interstate-95 Richtung Norden. Amerika.

»Okay, du bist jetzt offiziell frei. Du kannst also mit dem Scheiß aufhören und wieder sprechen.«

Mein Gott. Nicht schon wieder.

»Hör zu, du irischer Mistkerl. Ich weiß, dass du sprechen kannst. Ich habe dich gehört. Kurz bevor du mein verdammtes Haus in die Luft gejagt hast. Du hast irgendwas von Arschlöchern gesagt.«

Lennon erwiderte natürlich nichts. Er konnte nicht. Nicht dass dieser Cop das verstehen würde. Sollte er sich ruhig den Mund fusslig reden. So hatte Lennon mehr Zeit, sich seinen nächsten Schritt zu überlegen.

»Immer noch der harte Bursche, was? Komm, hör auf mit dem Scheiß. Wir sind aufeinander angewiesen, sonst wärst du gar nicht hier. Hier ist mein Angebot. Ich bring dich auf mein Hotelzimmer. Jetzt schau mich nicht so an. Ich bin keine Schwuchtel. Außerdem bist du überhaupt nicht mein Typ. Ich steh auf Männer, die stöhnen können, wenn ich sie in den Arsch ficke. Du kannst höchstens an der Matratze kratzen. Um ehrlich zu sein, das reicht mir nicht. Ich muss dabei was hören.«

Die weißen Mittelstreifen wischten mit siebzig Meilen pro Stunde vorbei.

»Mein Gott, bist du ein humorloses Arschloch.«

Als Lennon sah, wie die Stadt hinter ihm verschwand, wurde ihm klar, dass sie Richtung Norden fuhren. Oder Nordosten. Nordosten. Wo dieser Excop mal gewohnt hatte. Wenn überhaupt, musste Katie sich jedoch südlich der Stadt befinden, wo diese Italiener ihre Geschäfte betrieben.

Er öffnete das Handschuhfach, und ein stupsnasiger 38er Revolver fiel heraus. Lennon bemerkte, wie Saugherty für einen Moment die Augen aufriss, und hob beschwichtigend die Hände, um zu signalisieren, immer mit der Ruhe, ich habe es nicht auf die Kanone abgesehen. Mit zwei Fingern nahm er die Waffe am Abzugbügel und legte sie auf seinen Schoß. Dann durchwühlte er das Handschuhfach, bis er gefunden hatte, was er suchte: einen Stift und einen Stapel Servietten aus einem Imbiss. Na ja, die Servietten entsprachen nicht ganz seinen Vorstellungen, aber sie erfüllten ihren Zweck.

Finde meine Schwester, schrieb er und zeigte es Saugherty.

»Nein, tut mir leid«, sagte der Excop. »Wir müssen zurück und uns vorbereiten. Wir benötigen eine Ausrüstung, und du brauchst ein paar neue Klamotten. Außerdem muss ich meinen Early Times austrinken, auch wenn das Eis wahrscheinlich inzwischen geschmolzen ist. Dann reden wir übers Geld.«

Lennon drückte Saugherty den 38er an den Kopf.

»Er ist nicht geladen«, sagte Saugherty.

Lennon drückte ab. Nichts.

»Siehst du?«

Als sie wieder im Hotel waren, musste Saugherty seine weiße Feinripphose wechseln. Denn er hatte nicht gewusst, ob der Revolver geladen war oder nicht; er hatte sich den Cavalier von seinem Buchmacher geliehen, nachdem sein eigener Wagen abgefackelt worden war. Hatte dieser irische Scheißkerl am Gewicht gemerkt, dass sie ungeladen war? Wer wusste das schon.

Lennon setzte sich auf einen Stuhl neben dem Fenster, während Saugherty in der schwarzen Tasche unter seinem Bett herumkramte. Er wusste, das er hier irgendwo Kleidung zum Wechseln hatte. Ja, da war sie. Er hatte sie bei einem Drogendealer in Kensington mitgehen lassen. Er warf Lennon das weiße Bündel in den Schoß.

Es war ein weißer Trainingsanzug mit goldfarbenen Bändern. Auf der Vorderseite stand: »Komm zu Daddy.«

Das soll wohl ein blöder Scherz sein, sagte Lennons Gesichtsausdruck.

»Hey, zumindest riecht er nicht komisch. Mach schon. Und dusch dich, wenn du schon mal dabei bist – du kannst es brauchen. Ich mach uns inzwischen was zu essen. Willst du auch was trinken?«

Lennon nickte und stand auf.

»Ich habe einen Early Times, einen erstklassigen Wodka, eine Flasche Jack –«

Bei »Jack« nickte Lennon.

»Jack? Kommt gleich. Pur oder on the rocks? Du trinkst ihn wahrscheinlich pur. Ich habe auch etwas Leberwurst hier. Hast du Lust auf ein Sandwich? Wahrscheinlich. Im Knast kriegt man erst spät abends was zu essen. Ich mache dir eins, aber ohne Zwiebel. Du brauchst keine Zwiebel.«

Da war Lennon bereits unter der Dusche.

Saugherty dachte angestrengt nach. Man konnte die ganze Sache geschickt angehen; er konnte versuchen, diesen Typen so lange in Sicherheit zu wiegen, bis er das Geld aus dem Überfall hervorholte. Aber wieso sollte er? Saugherty hatte es satt, sich den Kopf zu zerbrechen. Wenn er zu schlau sein wollte, endete meist alles in heillosem Chaos. Er ließ seinen Blick über die Kommode wandern und zog das Fax mit dem Foto der toten Frau aus dem Stapel.

Die tote Frau namens Katie Elizabeth Selway.

Nein, das war nicht der richtige Zeitpunkt, den Schlaumeier zu spielen. Probieren wir's einfach mit der Wahrheit und warten ab, wohin uns das führt.

Wirklich?

Hm.

Nein.

Auf keinen Fall.

Wir sollten weiter lügen.

Saugherty schob das Fax mit dem Foto zurück in den Stapel. Dann nahm er eine Handvoll Eis aus der Kühlbox, um seinen Early Times aufzupeppen, schwenkte ihn hin und her und leerte das Glas. Dann noch mehr Eis und noch mehr Early Times. Zum Ausgleich konnte er einen Kaffee vertragen. Und etwas zu essen, obwohl er plötzlich keine Lust mehr auf Leberwurst-Sandwich hatte. Sondern auf einen Big Mac und eine große Portion Pommes frites – Bullenessen, früher sein Lieblingsessen im Drive-in. Ihm war klar, dass er sich irgendwo im Zwielicht zwischen einem Kater und dem nächsten anständigen Besäufnis bewegte, und nüchtern würde es ihm leichter fallen, zu warten, bis alles geregelt war.

Er musste nachdenken.

»Ich geh mal für fünf Minuten raus«, rief er durch die Badtür. »Ich würde dich ja fragen, ob du irgendwas brauchst, aber das wäre wohl witzlos, stimmt's?«

Ein Stapel Faxe

Lennon setzte sich an den Schreibtisch und ignorierte das Leberwurst-Sandwich einfach. Stattdessen nippte er an seinem Jack Daniels – er trank gerne einen Single Malt, wenn er sich nach einem Job entspannte. Manchmal beschloss er den Abend sogar mit einem kleinen Jameson. Aber das Zeug hier war schon okay. Jack Daniels stammte aus der gleichen Alkoholfamilie. Und ob er gerade im Dienst war oder nicht, wer wusste das schon? An einem bestimmten Punkt hatte er eine Grenze überschritten. Und der Job hatte offiziell geendet. Jetzt war Erholung angesagt.

Auf dem Tisch lag ein Stapel Aktenmappen. Lennon nahm die oberste und schlug sie auf. Ein Polizeibericht. Die Befragung eines Verdächtigen, ein Fax mit Fingerabdrücken, dann Seiten maschinengeschriebener Protokolle. Was waren das für Unterlagen?

Saugherty war ein Cop – oder Excop. So viel wusste er. Arbeitete er als Freiberufler? Um die Zeit totzuschlagen, fing Lennon an, die Seiten durchzublättern. Jede Menge Material zu Drogendealern. Protokolle, Beweisfotos. Nicht nur zu einem, sondern zu jeder Menge Fälle, und alles durcheinander.

Auf einem der Fotos war ein Typ mit Dreadlocks und Narben auf Stirn und Wangen abgebildet. Er sah wie Seals hässlicherer Cousin aus.

Auf einem anderen Foto: eine junge Frau mit mausgrauen Haaren und einem schwach ausgeprägten Kinn. Obwohl es sich um eine Schwarzweißaufnahme handelte, schienen ihre Augen zu leuchten.

Auf einem weiteren: ein älterer Mann. Knochig und grauhaarig. Er erinnerte stark an Terence Stamp. An Terence Stamp, wenn er eine Rasur und eine Umarmung nötig hätte.

Ein weiteres Foto …

Den Mund voller Pommes frites schloss Saugherty die Hotelzimmertür auf und pisste sich zum zweiten Mal an diesem Nachmittag fast in die Hose.

Die Szene vor ihm drang erst nach und nach bis in sein Gehirn vor. Er erblickt Lennon. Sieht, wie er die gefaxten Fahndungsfotos betrachtet. Dann das Foto der toten Katie Elizabeth Selway.

Und Lennon bricht ihm das Genick.

Der Stumme hob den Kopf in Saughertys Richtung. Und auch wenn er nicht lächelte, verriet die Art, wie er die Lippen schürzte, Saugherty, dass alles in Ordnung war. Lennon wusste es noch nicht. Das erkannte er an seinem Blick. Außerdem hätte Lennon ihm wahrscheinlich dort, wo er stand, einen Bauchschuss verpasst. Und Saugherty wäre mit dem Mund voller Fritten verblutet.

»Hallo«, sagte er.

Lennon nickte, dann wandte er sich wieder dem Stapel Unterlagen zu.

»Hab dir einen gegrillten McChicken besorgt. Schätze, so wie du aussiehst, dass du auf diesen Atkins-Scheiß stehst.«

Stille. Vielleicht machte Lennon doch nicht die Atkins-Diät. Vielleicht hätte Saugherty ihm einen Big Mac mitbringen sollen. Oder ein Happy Meal.

Mach weiter, Saugherty, lass dir was einfallen.

»Das da vor dir sind die traurigen Überreste einer

Polizistenkarriere. Tja. Ich habe das Zeug direkt aus dem Aktenschrank unten im Präsidium geholt. Keiner hat sich darum geschert. Es passte alles in eine Einkaufstüte. Ich bin einfach damit rausmarschiert.«

Lennon blätterte abwesend weiter.

»Es ist so, mein Ex-Partner ist auf die schiefe Bahn geraten. Diese Akten sind die Überreste Hunderter zerstörter Existenzen.« Hah. Das klang gut, dachte Saugherty. »Falsche Beweise. Manipulierte Prozesse. Was du willst. Und an dem Tag, als er sein Hirn über das Innere seines Ford Explorers verteilt hat, hab ich mir geschworen, das wieder geradezubiegen.« Mensch, Alter! Du stehst lichterloh in Flammen. Jetzt hab ich dich. Ich muss mir das alles merken, bis ich mich mit den 650 Riesen zur Ruhe setze. Um mich in Cancún hinzuhocken und einen Polizeiroman zu schreiben. Die Beute aus dem Banküberfall war eine Sache. Aber einen Polizeiroman schreiben? Als Cop im Ruhestand, der einen kleinen Skandal entfacht hatte? Das war wie eine Lizenz zum Gelddrucken.

Saugherty blickte nach unten.

Lennon hielt das Foto seiner toten Schwester in der Hand, nackt und mit Erdnussbutter beschmiert.

Doch er schaute es nicht an. Stattdessen musterte er Saugherty. Wahrscheinlich um rauszufinden, wie viel von dem, was er gesagt hatte, Blödsinn war.

Ungefähr neunundneunzig Prozent, Kumpel, dachte Saugherty.

Tief in seinem Innern wusste Lennon, dass er Saugherty nicht trauen konnte. Und jetzt erzählte der ihm irgendeine Geschichte von korrupten Bullen und davon, den Leuten zu helfen. Also bitte. Was glaubte der Typ eigentlich, mit wem er redete?

Doch da Saugherty gerade in der Stimmung war, ihm sein Herz auszuschütten, sollte er vielleicht einfach mitspielen. Zumindest war das eine Möglichkeit, aus dem Hotelzimmer zu kommen. Zurück ins Stadtgebiet. Um Katie zu finden, auf alles, was sich bewegte, zu schießen und für immer aus Philadelphia abzuhauen.

Lennon schob die Polizeiberichte zurück auf den Tisch und …

(Kurzes Zwischenspiel)

Danke lieber Gott heilige Scheiße nochmal.

Geständnisse (Fortsetzung)

… und machte die inzwischen vertraute Geste. Stift. Papier. Her damit.

Saugherty lernte schnell. Und er schien wahnsinnig erleichtert, dass Lennon nicht länger seine kostbaren Polizeiakten durchblätterte. Sie enthielten so viel über korrupte Bullen, dass einem Enthüllungsjournalisten bei ihrem Anblick wahrscheinlich einer abgegangen wäre. Doch wen sonst interessierte das? Lennon jedenfalls nicht.

Vorne am Empfang gaben sie ein seltsames Paar ab: Lennon mit seinem kaputten Gesicht und dem weißen Hiphop-Trainingsanzug; und Saugherty mit seinem hoffnungslos zerknitterten Button-Down-Hemd und einem Sportsakko, wie es nur Mathelehrer trugen. Er wirkte wie ein Vater aus einem Vorort, der ein schmutziges Geheimnis mit sich rumschleppt. Der Altersunterschied kam ungefähr hin. Lennon mit seinem zerschlagenen Gesicht sah aus, als hätte er Freude daran, hart rangenommen zu werden. Und wenn schon.

Als sie den Mann am Empfang um den Schlüssel für den Computerraum baten, schien dieser überrascht. Wahrscheinlich dachte er, dass sie im Internet nach einem Porno suchen wollten, in dem es Männer mit Knaben trieben.

Noch mal: und wenn schon.

Sobald sie in dem Zimmer waren und der ramponierte Computer hochgefahren war, begann Lennon, wie ein Irrer in die Tasten zu hauen. Er hatte das bei seinen E-Mails an Katie gelernt. Es war das perfekte Kommunikationsmittel, wenn sie durch die Arbeit getrennt waren, was oft vorkam. Zugegeben, einen Tipp-Wettbewerb würde Lennon nicht damit gewinnen. Er schrieb in einem abgewandelten Zweifinger-Suchsystem, bei dem er gelegentlich Daumen und Mittelfinger zur Hilfe nahm.

Saugherty blickte über seine Schulter und las. »Ah. Ja. Kenn ich. Wachovia.«

Lennon warf ihm einen kurzen Blick zu.

»Tschuldigung. Mach weiter. Lass dich nicht stören.«

Und so fuhr Lennon mit seiner Zusammenfassung des Wochenendes fort, angefangen beim Überfall bis hin zur Festnahme heute Morgen. Ohne Emotionen. Rein geschäftlich. Denn das wollte Saugherty doch hören, oder? Wo das Geld war. Lennon war klar, dass er ihn nur zum Geld bringen sollte, dann würde er ihn sofort verhaften oder umbringen. Seit Freitagabend hatte sich nichts geändert. Ja, mitten in diesem Wochenende voller Umschwünge und Täuschungsmanöver hatte Saughertys Beharrlichkeit etwas Erfrischendes.

»Im Ernst? Scheiße, dein eigener Partner? Dieser Scheißkerl.«

Lennon tippte weiter.

»Ja, die Russen. Kein Wunder. Aber wie wurden die Itaker da reingezogen –«

Lennon tippte weiter.

»Ah. Kapiert. Darum hat man mir die Seele aus dem Leib geprügelt, als ich dir zu dem Restaurant gefolgt bin. Irgendwie mildert das den Schmerz, wenn man weiß, warum, findest du nicht auch? Da kommt aus dem Nichts ein Typ auf dich zu und poliert dir die Fresse, und du denkst bloß, was soll das, verdammt? Die Frage tut mindestens genauso weh wie der Schlag selbst. Aber wenn du zum Beispiel weißt, dass du seine kleine Schwester von hinten vernascht hast, dann ist plötzlich alles klar. Hab ich Recht?«

Lennon ignorierte ihn einfach und tippte weiter. Er wünschte, der Kerl würde die Klappe halten und einfach verfolgen, was er schrieb.

Aber so billig kam er nicht davon:

»Das ist ja nicht zu fassen.«

Und:

»Ein Cop – auf der Party?«

Und so weiter.

Der andere Grund, warum Lennon sein Herz ausschüttete: Saugherty musste ihm helfen, Licht in die ganze Sache zu bringen. Wo *war* das Geld? Vielleicht gab es im alkoholvernebelten Hirn dieses Excops irgendwo noch einen Funken scharfen analytischen Verstand. Vielleicht entdeckte er etwas, das Lennon übersehen hatte.

Als er fertig war, stieß Saugherty einen langgezogenen Pfiff aus.

»Mann. Ich hab fast ein schlechtes Gewissen, dass ich dir in die Schulter geschossen und dich an den Tisch gefesselt habe. Du hattest ein verdammt hartes Wochenende, was, Chef?«

Lennon tippte:

Hilf mir meine Schwester zu retten. Dann suchen wir das Geld und teilen es ... abgemacht?

»Nein. Wir suchen erst das Geld.«

KEINE ZEIT

Lennon erhob sich vom Stuhl. Es gab auch noch andere Möglichkeiten. Vielleicht trug Saugherty eine Pistole, auch wenn es nicht leicht war, aus so kurzer Entfernung abzudrücken. Lennon konnte ihn durch das Spiegelglas-Fenster schleudern, das den Computerraum von der Eingangshalle trennte.

»Okay, okay. Ich bin kein Arschloch. Du möchtest deine Schwester in Sicherheit bringen. Das würde ich auch wollen. Und ich weiß, wo sie ist; ihr wird nichts passieren. Das sind Möchtegern-Mafiosi. Ich kenne die Typen. Die sind faul und gierig. Sie werden ihre Einnahmequelle nicht aufs Spiel setzen. Es ist nur so: Wir haben ebenfalls eine Frist, um das Geld zu besorgen. Also lass dir meinen Gegenvorschlag durch den Kopf gehen.«

Lennon nickte. *Erzähl weiter.*

»Was das Geld betrifft, gibt's für mich nur eine Möglichkeit. Dein dritter Partner – dieser Crosby. Seit dem Morgen des Überfalls hast du ihn nicht mehr gesehen. Du nimmst an, dass er unten in dem Rohr liegt, aber du weißt es nicht.

Du weißt allerdings, dass dein anderer Partner –

der, der dich reingelegt hat – das Geld nicht hat. Denn sonst würde er jetzt schätzungsweise in Cancún entspannt die Beine hochlegen, einen Mai Tai schlürfen und sich eine asiatische Massage mit allem Drum und Dran gönnen. Hab ich Recht? Also ist Crosby das fehlende Glied.«

Genau, was Katie gesagt hatte.

»Darum fahren wir als Erstes zu dem Rohr in Camden und holen die Leichen raus. Finden wir Crosby, fein. Dann müssen wir woanders suchen. Finden wir ihn allerdings nicht, ist er unser Mann. Dann befreien wir deine Schwester und überlegen uns unseren nächsten Schritt. Einverstanden?«

Im Sack

Der irische Mistkerl nickte. Einverstanden. Saugherty lächelte.

Natürlich werden wir deinen Kumpel Crosby wahrscheinlich nicht finden, darum werde ich dich an seiner Stelle in die Röhre verfrachten. Und dann werde ich mich alleine auf die Suche machen. Nach dem Bankräuber mit dem Geld. Tut mir leid, Katie – für dich kommt jede Rettung zu spät.

Er beobachtete, wie Lennon Word beendete und auf »Nicht speichern« klickte. Worauf seine Wochenenderinnerungen verschwanden.

Dann blickte er zu Saugherty und machte mit seiner rechten Hand die Geste für eine Pistole.

»Ja. Pistolen. Wir brauchen Pistolen, um Katie zu befreien, was? Tja, Kumpel, zufälligerweise bist du da an den richtigen Excop geraten. Komm mit aufs Zimmer. Ich hab eine Überraschung für dich.«

Nicht das Fax mit der toten Katie – Saugherty hatte es sich bereits gekrallt, gefaltet und in seine Jackentasche gesteckt. Ihm sollte kein weiterer Fehler unterlaufen.

Die Überraschung befand sich in einem grünen Seesack der Army, ein Dankeschön für einen Gefallen, den er einem Mitglied des Sondereinsatzkommandos in Philadelphia vor ein paar Jahren getan hatte – er hatte eine Anzeige seiner Frau wegen Körperverletzung unter den Tisch fallen lassen. Als Gegenleistung hatte sich Saugherty einen Sack voller Spielzeug gewünscht: schwere Artillerie, die er nicht anmelden musste. Ja, der Sack erwies sich von Zeit zu Zeit als recht nützlich. So wie jetzt gerade.

Saugherty ging davon aus, dass er das Zeug in einer Pattsituation gegen seine ehemaligen Kollegen einsetzen musste, falls es dazu kam. Das war Teil seiner Fluchtstrategie. Aber jetzt ergab sich für ihn wohl noch eine weitere Möglichkeit.

»Nett, was?«

Lennon schien nicht sonderlich beeindruckt. Er entschied sich für zwei 38er, und es war offensichtlich, dass er nicht viel über Schusswaffen und ihren Einkauf wusste. Er wirkte wie ein unbedarfter Hausbesitzer, der sich das erstbeste Werkzeug schnappt, um den tropfenden Wasserhahn in der Küche zu reparieren. Egal ob es sich dabei um einen Hammer, eine Zange, einen Schraubenzieher oder eine Kettensäge handelt.

Saugherty hingegen wählte seine Waffen sorgfältig aus. Pistolen und Gewehre ließ er liegen. Er würde sie nicht brauchen. Stattdessen schnappte er sich etwas, für das man eine Sondergenehmigung benötigte: ein Ding, das an eine überdimensionale Signalpistole erinnerte. Sie war mit zwei Granaten bestückt, die das Sondereinsatzkommando dazu benutzte, ihre Zielpersonen zu desorientieren und zu verwirren. Die Schallwelle reichte aus, um zehn Männern aus kurzer Entfernung das Bewusstsein zu rauben. Das Trommelfell platzte. Die Äderchen in der Nase wurden zerfetzt. Und die Augen fingen an zu bluten.

Der Bankräuber warf ihm einen fragenden Blick zu.

»Was? Das hier? Eine Leuchtpistole. Zur Ablenkung. Wenn wir deine Schwester holen. Das wird die Itaker total durcheinanderbringen.«

Das schien Lennon, der gerade überprüfte, ob seine Pistolen auch geladen waren, als Antwort zu genügen. Natürlich waren sie geladen. Das war alles Teil der Fluchtstrategie.

So wie das hier: Sobald sie festgestellt hatten, dass Crosby nicht zu seiner eigenen Beerdigung aufkreuzte, würde Saugherty Lennon eine Granate zwischen die Beine jagen. Unter Umständen reichte das, um ihn zu töten, aber wahrscheinlich nicht. So oder so würde er ihn zusammen mit der Pistole in die Röhre werfen und von dort abhauen.

Crosby aufspüren. Ihn ausquetschen. Und sich zur Ruhe setzen.

»Können wir, Kumpel?«

Montagabend (später)

Sag den Jungs, dass ich nach Hause komme.

– WILBUR UNDERHILL

Kawumm

Was Lennon im Rückblick besonders auffiel, war, wie schemenhaft alles nach dem Verlassen des Hotels wirkte – traumartig und trotzdem wie im Zeitraffer. Die Fahrt vorhin in den Nordosten hatte ewig gedauert. Jetzt war der Interstate-95 fast leer, und innerhalb weniger Minuten rasten sie am Delaware River hinunter und bretterten über die Benjamin-Franklin-Brücke (ja, schon wieder) nach Camden. Es kam ihm mehr wie ein fiebriger Flashback auf dem Sterbebett als wie das reale Leben vor.

Dann fuhren sie zu einem betonierten Stellplatz in Sichtweite der Rohre hinauf. Und dort wurde es sogar noch schlimmer.

Lennon konnte nicht glauben, was er sah.

Da unten waren drei Leute und schleppten zwei Leichensäcke Richtung Rohr. Zunächst dachte Lennon, er sähe so was wie eine Wiederholung seiner Beinahebeerdigung von Freitagabend. Aber nein, es waren drei andere Personen, die – vermutlich – zwei andere Leichen zur Öffnung des Rohres trugen. Jenes Rohres, das in naher Zukunft in einer dicken Schicht Beton versinken sollte.

Saugherty beobachtete sie ebenfalls. »Was ist das? Räumungsverkauf bei der Mafia? Begrabt alle eure Toten zum Tiefstpreis? Wer, zum Henker, sind diese Typen?«

Lennon blinzelte. Einen von ihnen hatte er erkannt.

Ein großer Mann. Bleich. Hornbrille. Hässlicher Schnauzbart.

Das war der Typ aus dem Keller in South Philly. Zusammen mit seinen Kumpels. Die Männer, die Katie eine Pistole an den Kopf gehalten hatten.

Der Leichensack.

Aus Plastik.

Genau die richtige Größe.

Katie.

Plötzlich lichtete sich der Schleier. Und er konnte alles wieder deutlich sehen.

Lennon drehte sich um, presste eine 38er in Saughertys Achselhöhle – wo die Schutzweste nicht hinreichte – und drückte ab.

Der Excop war durch die Fremden abgelenkt gewesen. »Was …?« Dann, während er hinabblickte: »Ich … Scheiße, ich glaub's nicht.« Ein dunkler, feuchter Fleck breitete sich an seinem Hemdsärmel aus.

Lennon stieg aus dem Wagen und machte sich auf

den Weg zu den Rohren hinunter. Hinter sich hörte er, wie sich die Fahrertür quietschend öffnete. Saugherty versuchte herauszukriechen. Sollte er. Er würde ihn später erledigen.

Der Schuss hatte die drei Typen dort unten nicht aufgeschreckt. Schließlich war das hier Camden. Aber die quietschende Tür war was anderes.

Sie blickten alle zu Lennon hinauf.

Er rannte jetzt auf sie zu, in jeder Hand einen Revolver. Dabei gingen ihm nur zwei Sachen durch den Kopf. Erstens: Katie mit eigenen Augen sehen. Zweitens: vernichten. Der Rest würde sich ergeben.

»Was zum Teufel?«, sagte einer von ihnen.

»Hey, das ist er«, rief der große Mann mit der Hornbrille. »Der Bankräuber.«

Lennon schoss ihm direkt zwischen die Gläser.

Seine zwei Kumpel ließen die Leichensäcke fallen und griffen nach ihren Waffen, doch Lennon blieb stehen, richtete auf jeden der beiden eine Waffe und schüttelte den Kopf. *Nein.*

Doch anders als Lennon gehofft hatte, ließen sie sich davon nicht abschrecken. Sie zogen trotzdem ihre Pistolen. Und richteten sie auf Lennon.

»Er will, dass ihr diese Säcke öffnet«, sagte eine Stimme.

Es war Saugherty, dieser verrückte Mistkerl. Mit der überdimensionalen Leuchtpistole in der Hand kam er auf sie zugewankt.

»Ehrlich gesagt, bin ich genauso neugierig wie er.

Warum tut ihr uns allen also nicht den Gefallen und öffnet die Säcke.«

Die zwei Handlanger, die einander wie Zwillinge ähnelten, was Lennon erst jetzt auffiel, schienen verwirrt. Aber nicht lange.

Plötzlich ertönten überall Schüsse.

»O Mann, leck mich am Arsch!«

Kugeln prallten von Betonplatten ab, zerfetzten Stoff und Muskeln.

»Scheiße! Scheiße!«

Und dann ertönte ein ffff-WOOM.

In der Mikrosekunde, die es dauerte, bis Lennon das Bewusstsein verlor, wurde ihm klar: Ja, das war's.

Das hier war der Todes-Flashback.

Das alles.

Reines Weiß

Die Jungs vom Sondereinsatzkommando fackeln nicht lange, dachte Saugherty, während die rauchende Granatpistole einmal herumwirbelte und aus seiner Hand glitt. Sie hatte es nicht weit. Saugherty lag bereits mit dem Rücken flach auf dem Betonboden.

Er roch Blut und hatte für einen kurzen Moment das Gefühl, dass seine Augen wie glühende Holzkohlebriketts in ihren Höhlen brannten, dann verlor er das Bewusstsein.

Zuvor hatte er allerdings einen weiteren Gedanken: Scheiße, ich habe echt keine Lust, den anderen Typen wiederzusehen.

Da kommt der Bräutigam

Etwas später kam Saugherty wieder zu sich. Er wusste gleich, dass man ihn so lange geschlagen hatte, bis er das Bewusstsein erlangte.

Er konnte hören, wie sich die Person bewegte.

Das Beste, was ihm momentan einfiel: sich tot stellen. Was nicht schwer war, angesichts der Tatsache, dass irgendwo in seiner Achselhöhle eine Kugel herumwanderte und er stellenweise betäubt war. Dann eine günstige Gelegenheit abwarten. Und sie ergreifen. So wie er das immer tat. Saugherty konnte sich durchaus vorstellen, dass dieses Motto einmal auf seinem Grabstein verewigt wurde.

Er war es gewohnt, sich tot zu stellen und sich verstohlen umzublicken. Das hatte er schon als Achtjähriger immer getan, wenn er im Haus seiner Cousinen übernachtete. Sie waren im Teenageralter. Und schliefen nur in Höschen. Mitten in der Nacht kriegten sie oft Durst und hüpften aus dem Bett, um sich ein kaltes Glas Fruchtsaft zu holen. Mein Gott, wie Saugherty diese Nächte vermisste.

Doch irgendwas beunruhigte ihn hier. Er hatte diese Blendgranate mitten in die drei Männer gefeuert: Lennon und seine zwei italienischen Kumpel. Wenn er sich nicht täuschte, hatte die Granate einen der Itaker voll in die Eier getroffen. Ausgeschlossen, dass *er* wieder auf den Beinen war – sich um die Leichen kümmerte, Zigarette rauchte, Pizza bestellte. Und sein Zwillingsbruder wahrscheinlich auch nicht. Lennon vielleicht schon, doch das war unlogisch. Saugherty hatte gut drei Meter hinter ihm gestanden. Wenn Saugherty das Bewusstsein verloren hatte, musste es Lennon die Rübe weggeblasen haben.

Er ließ es drauf ankommen.

Er riskierte einen kurzen Blick.

Nein. Lennon lag ausgestreckt auf dem Beton in einer Position, die äußerst unbequem aussah. Selbst für Tantra-Sex.

Was bedeutete …?

Eine raue Hand schlug ihm ins Gesicht. Saugherty riss die Augen auf.

»Hallo.«

Der Typ, der auf ihn herabblickte … tja, das war eine völlig neue Person. Saugherty blätterte im Geiste sein Adressbuch durch, doch nichts.

»Wer bist du?«

»Michael Kowalski«, sagte der Mann. Er war schlank und zugleich muskulös, hatte leicht glänzende Augen, tiefschwarzes Haar und einen Bürstenschnitt. Er war ganz in Schwarz gekleidet – selbst der Holstergurt, der an seiner Brust befestigt war, war schwarz. »Und du?«

»Saugherty. Exbulle.«

Dann, aus einem Impuls heraus: »Schaut so aus, als hättest du ebenfalls was mit der Sache zu tun.«

»In gewisser Weise schon.«

»FBI?«

»Früher mal. Spezialeinheit für Banküberfälle.«

»Und jetzt?«

»Mach ich was anderes.«

»CIA?«

»Was in der Richtung. Eine Behörde, die nur selten in den Abendnachrichten auftaucht.« Michael suchte die Gegend neben dem Rohr ab. »Hier liegen 'ne Menge Leichen. Ein paar sind bereits in Säcken. Was ist hier passiert, Saugherty?«

Alle tot? Lennon ebenfalls? Saugherty spürte, wie in seinem Magen ein Fünkchen Hoffnung aufglomm. Sie linderte sogar die Schmerzen von der Kugel.

»Der Typ im weißen Trainingsanzug ist ein Bankräuber. Er hat am Freitag die Wachovia-Filiale überfallen. Ich habe seine Verfolgung aufgenommen, auf freier Basis. Im Auftrag des Bürgermeisters höchstpersönlich.«

Ja, das klang gut. Und war, was den Ausgangspunkt betraf, sogar die Wahrheit. In gewisser Weise.

»Der Bürgermeister? Wirklich?«

»Ja. Frag … tja, Lieutenant Mothers ist tot. Aber frag seinen Nachfolger. Die werden dir alles erzählen.«

Michael dachte darüber nach.

»Bist du sicher, dass der Typ im weißen Anzug tot

ist?«, fragte Saugherty. »Er ist ein ganz schön zähes Arschloch.«

»Ich hab seinen Puls überprüft. Da war nicht mehr viel. Wenn er noch nicht tot ist, dann ist er es in ein paar Minuten. Aber warte mal, eine Sekunde. Ich kann dich nicht weiter Saugherty nennen. Das klingt wie in einem schlechten Actionfilm aus dem Fernsehen. Wie ist dein Vorname?«

Schweigen. »Harold.«

»Also Harry?«

»Nein. Harold. Darum ›Saugherty‹.« Er hustete. Es klang ziemlich feucht. »Scheiße, Mann, bring mich nicht zum Lachen.«

»Harold, wer sind diese anderen Männer? Die sehen für mich nicht wie Bankräuber aus.«

»Schätze, irgendwelche Mafiosi. Dieser Bankräuber, Patrick Selway Lennon, hatte einen Geldwäsche-Deal mit ihnen laufen.« Wow. Das war gut. Mach weiter, lass dir was einfallen. »Angeblich haben sie sogar die Bank für den Raub ausgespäht. Eine reine Geldbeschaffungsmaßnahme. Denn eigentlich sind sie nichts weiter als ein Haufen abgewirtschafteter Versager, die versuchen wieder ins Geschäft zu kommen.«

»Interessant«, sagte Michael, dann trat er rüber zu den toten Zwillingen. Oder zumindest zu ihren Überresten.

In der Ferne heulten Sirenen.

»Sind das deine Männer?«, fragte Saugherty.

»Nein. Mein Mann liegt da drüben.«

»Wer?« O nein. Was war hier los? Gehörte er etwa zu Perellis Männern?

»Der Bankräuber in dem weißen Trainingsanzug. Er ist mein Schwager. Oder wäre es jedenfalls geworden.«

Obwohl Saugherty nichts spürte, fühlte er, wie in seinem Magen eine Wasserstoffbombe aus Eis explodierte.

»Was mich zu meiner nächsten Frage bringt, Harold.«

»Ja?«

»Warum hast du ein Foto meiner toten Verlobten in der Jackentasche?«

Saugherty hatte keine Antwort darauf.

Also hob Michael ihn hoch und warf ihn in das Rohr.

Familie

Kowalski räumte so schnell auf, wie er konnte – die Sirenen näherten sich ziemlich rasch. Und er hatte keine überzeugende Ausrede parat, um seine Anwesenheit bei diesem Blutbad in Camden, New Jersey, zu erklären. Nicht mal seine Tätigkeit für die Regierung. Also musste seine Abschiedsrede etwas kurz ausfallen.

Er rollte seinen toten Schwager auf den Rücken.

»Schön, dich endlich kennenzulernen, Pat«, sagte Michael.

Lennon starrte ausdruckslos nach oben. Aus seinen Tränenkanälen, Nasenlöchern und Ohren war dunkles Blut getreten – als hätte jemand sein Hirn wie eine Tomate zerquetscht.

»So habe ich mir unser erstes Treffen nicht vorgestellt. Ich hatte mich auf unsere Zeit in Puerto Rico gefreut. Ein bisschen Bakkarat, ein paar Steaks, etwas Rum. Nicht so was hier.

Na ja, irgendwann vielleicht doch. Ein Schwager auf der Liste der meistgesuchten Verbrecher kann für jemanden in meinem Beruf eine Belastung sein, weißt du? Aber um ehrlich zu sein, ich hatte mir noch keine Meinung über dich gebildet. Katie war dermaßen in dich vernarrt – sie hat dich vergöttert. Ich hatte keine Ahnung, wie du deinem Ruf gerecht werden solltest.

Und jetzt, wo ich dich betrachte, wo ich meine tote Verlobte und unser ungeborenes Kind auf einer Metallplatte in der Leichenhalle der Polizei gesehen habe … tja, ich muss schon sagen. Ich bin enttäuscht. Kanntest du sie überhaupt? Wusstest du, dass sie alles für dich getan hätte?

Aber vielleicht bin ich zu streng. Ich kenn dich wirklich nicht. Vielleicht hast du dein Bestes gegeben.

Vielleicht auch nicht.

Auf jeden Fall muss ich beenden, was du heute Nacht hier angefangen hast.«

Michael starrte auf Lennon hinab und dann, nach einem kurzen Moment der Besinnung, bekreuzigte er sich. Die Sirenen waren jetzt fast da.

»Okay, gutes Gespräch, Alter.«

Michael hob Lennon in die Höhe und trug ihn rüber zum Rohr.

Lennons lebloser Körper glitt über die blutbespritzte Betonplatte Richtung Rohr.

Wäre er Raucher gewesen, hätte er noch ein paarmal gezogen und dann die Kippe in die Öffnung des Metallrohrs geschnippt. Nur eine einzige Zigarette – damit die Erbsenzähler in den Khakihosen und marineblauen Windjacken etwas hatten, das sie mit der Pinzette aufklauben, in einen Plastikbeutel stopfen, etikettieren, dokumentieren und in ihrem Koffer für Beweisstücke verstauen konnten.

Vielleicht fand jemand sogar die Zeit, die Marke zu analysieren und etwas DNS aus dem Stummel zu gewinnen.

Ein Teil von Lennon würde dann für immer weiterleben.

Eine wundervolle Freundschaft

Ja, es stand wirklich schlimm. Saugherty machte sich keine Illusionen. Aus der Wunde unter seinem rechten Arm spritzte das Blut wie aus einer Wasserpistole. Beim Hinunterrutschen hatten die Stöße seine

Wirbelsäule durchtrennt, er konnte seine Finger nicht mehr spüren. Er lag zu einem V zusammengefaltet in diesem nassen, stinkenden, glitschigen, runden Metallsarg. Unter sich etwas Weiches, Matschiges. Leichen. Er war an genug Tatorten gewesen, um die verschiedenen Stadien der Verwesung unterscheiden zu können.

Aber wenigstens hing er hier nicht mit dem Kopf nach unten. Saugherty konnte nach oben schauen und durch die Rohröffnung den Nachthimmel erkennen.

Das sah doch schon besser aus. Er kicherte. Es tat weh.

Im nächsten Moment erschien eine Hand in der Öffnung, dann ein Arm. Er baumelte über den Rand.

Schließlich die Silhouette eines Kopfes.

Was zum Henker …?

Dann wurde die Öffnung des Rohrs plötzlich schwarz. Und Saugherty hörte ein scharrendes Gräusch, dass immer lauter wurde, bis –

Der Aufschlag. Ein Schädel donnerte gegen seine Brust. Der eine Ellbogen knallte gegen seine Nase, der andere krachte gegen sein linkes Schienbein.

Michael, dieses Arschloch, hatte seinen eigenen Schwager – oder vielmehr Beinahe-Schwager – im Rohr versenkt.

Was überhaupt keinen Sinn ergab.

»Du Scheißkerl«, murmelte Saugherty schließlich, als der Schock und die Schmerzen nachließen. Seinen Frust reagierte er an Lennons Körper ab. »Solltest du nicht unterwegs sein, um dein Geld einzukassieren? Darum ging es doch bei der ganzen Sache.«

Nichts.

»Ich weiß, dass du noch am Leben bist. Ich spüre, wie du atmest.«

Nichts.

»Du zitterst. Du hast Angst, was?«

Immer noch nichts.

»Herrgott nochmal, ich wünschte, du hättest deine Stimme etwas länger behalten. Denn weißt du, ich hätte zu gerne gewusst, was dir in den letzten paar Tagen so durch den Kopf gegangen ist.«

Saugherty spürte, wie das Zittern stärker wurde. Zunächst dachte er, dass der Bankräuber vom Todeskrampf geschüttelt wurde. Dass sein Körper in den letzten Zügen lag. Doch nach einer Weile begriff er, dass er sich geirrt hatte.

Lennon *lachte*.

Kurzmeldungen

In Kürze … LOKALES

Betonfundament für Kindermuseum in New Jersey gegossen

Von Politikern immer wieder verschoben und begleitet von Streitigkeiten um Zuständigkeiten, ist das neue Kindermuseum mit der Errichtung des Betonfundaments seiner Realisierung nun einen Schritt näher gekommen. »Die ersten Kinder werden wir in sieben Monaten begrüßen können«, versprach Bauunternehmer Jeffrey Greenblatt. »Das wird dem toten Stadtzentrum von Camden neues Leben einhauchen.«

In Kürze … LOKALES

Dreizehntes Todesopfer aus dem Perelli-Clan – Verbindung zum geheimnisvollen Killer?

Der Mafia-Krieg in Philadelphia hat sich diesen Sommer weiter zugespitzt, auch wenn Mitglieder des Perelli-Clans wie der Barone-Familie bestreiten, im Clinch miteinander zu liegen. Das letzte Opfer, der 45-jährige Manny Namako, ein mutmaßlicher Brandstifter und Buchmacher, wurde tot im Badezimmer seines Reihenhauses in Süd-Philadelphia aufgefunden.

»Die Polizei muss bei ihren Ermittlungen endlich den Tatsachen ins Auge blicken«, erklärte gestern Mafiaanwalt Dan Behuniak der Presse. »Ein Verrückter macht mit einem Gewehr Jagd auf unschuldige Geschäftsleute.«

Die Polizei weigert sich, Gerüchte zu bestätigen, nach denen ein Mitglied der Bürgerwehr, genannt »Mr. K«, in den letzten neun Wochen systematisch mutmaßliche Mafiamitglieder getötet hat.

Eine ungenannte Quelle aus den Reihen der Polizei bekräftigte jedoch: »Ja, es gibt jemanden dort draußen. Er ist stinksauer. Und zudem ein guter Schütze.«

LOKALES

Seltsamer Geruch belästigt Besucher im Kindermuseum

»Wie alter Fisch und Käse … igitt!«, sagt Allison Eaton, 10, nach ihrem Besuch im Kindermuseum.

Kinder entdecken bekanntlich ständig etwas Neues. Zum Beispiel, wie leicht es ihnen fällt, faulige Gerüche aufzuspüren.

Aus unerfindlichen Gründen wird das neue Museum von einem Gestank heimgesucht, der sich laut einem Wachmann, einem Vietnam-Veteranen, nur mit »dem Gestank aufgedunsener Leichen, die das Mekong-Delta hinuntertreiben«, vergleichen lässt.

»Wir haben die besten Umweltanalytiker darauf angesetzt«, erklärt Jeffrey Greenblatt, der krisengeschüttelte Jungunternehmer, der bereits erleben musste, wie zahlreiche seiner Projekte im letzten Moment scheiterten. Dies könnte für Greenblatt allerdings den Tiefpunkt bedeuten, sagen Immobilien-Experten, sowie das Ende weiterer Bauvorhaben in Philadelphia und Camden in den nächsten Jahren.

In Kürze ... LOKALES

100 Dollar aus Überfall auf Wachovia-Filiale aufgetaucht

LAS VEGAS, NV. – Im Zusammenhang mit dem mehrere Monate zurückliegenden Überfall auf eine Wachovia-Filiale hat die Polizei heute einen Mann aus Philadelphia festgenommen, nachdem er in einem 24-Stunden-Supermarkt ein Bier und eine Porno-Zeitschrift mit einem Hundert-Dollar-Schein bezahlte.

Dylan McManus, 20, erregte den Verdacht des Verkäufers, als er darauf bestand, »ein Glücksspieler aus Philadelphia« zu sein und sich wegen des Bieres nicht ausweisen zu müssen. Daraufhin nahm der Verkäufer die Rechnung an sich und verständigte das FBI, das McManus zu einem Motel in Laughlin folgte.

McManus hat früher als Sicherheitsmann für Park-o-Matic, ein Parkplatzunternehmen in der Innenstadt von Philadelphia, gearbeitet.

Vielen Dank an …

Sunshine, für die Möglichkeit zur Erstveröffentlichung.
The Pope, für die Inspiration.
Tenacious DHS, fürs Polieren.
Marc, dafür, es zu kaufen, zu überarbeiten und wesentlich zu verbessern.
Marsha, dafür, dass sie daran geglaubt hat.
Father Luke, für seinen Segen.
Meredith, Parker und **Sarah,** ohne die es das hier nicht gäbe.

Und an meine Komplizen: Robert Berkel, John Cunningham, Becki Heller, Jessie Hutcheson und den anderen Mitarbeitern bei Minotaur. J. T., K-Buster, Kafka und die PointBlankers. Mark »the Man« Stanton. Simon Hynd und Micky MacPherson. Gary the Hat. Loren Feldman. Jason Schwartz. Rich Rys. Paul, Hickey, B. H., Lori und meinen Kollegen beim *CP*. Mike »Rego« Regan. Tony Fiorentino. Deacon Clark. Mr. Aleas. Mr. Keene. Mr. Starr. The Other Mr. Smith (Anthony Neil). The Gischler. Der La Salle University. Der Wachovia Bank. Und all meinen Freunden sowie meiner Familie.

Duane Louis

ROTSCHOPF

Novelle

Aus dem Amerikanischen
von Frank Dabrock

BONUSMATERIAL

HEYNE

Es folgt die Fortsetzung des Romanbestsellers Blondes Gift, *der 2008 im Heyne Verlag erschienen ist. Sie sollten möglichst zuerst diesen Roman lesen, bevor Sie sich an die Novelle machen.*

Im Roman kommt jede Menge seltsames Zeug vor (die Mary Kates, der CI-6, der Boss), das Sie kennen sollten, bevor Sie sich an diese Fortsetzung machen.

Diese Geschichte ist Terrill Lankford gewidmet. Er weiß schon, warum.

D. L.

»Das ist ganz schön tiefsinnig für eine rothaarige Frau.«

– U. S. Marshal Matt Dillon

»Ich bin eben eine ziemlich tiefsinnige rothaarige Frau.«

– Kitty Russel

Die Nachricht verbreitete sich wie ein Lauffeuer – man hatte Kowalski verhaftet, und die Blondine war tot.

Kowalski wurde mit einem AH-64 Apache 2 hergeflogen und sollte jeden Moment eintreffen.

Währenddessen wurde die kopflose Leiche der Blondine bereits obduziert, in einer kleinen medizinischen Einrichtung, südlich von San Diego, unweit der Grenze. Die Typen mit ihren Laborkitteln wollten sich nicht länger als nötig in der Nähe Mexikos aufhalten, mit all seinen Kartellen und was sonst noch dazugehörte. Es war wirklich übel. Enthauptungen waren dort an der Tagesordnung. Mit dem ganzen Mist wollten sie nichts zu tun haben.

Wegen der Blondine machte sich trotzdem niemand allzu große Gedanken.

Sie wollten Kowalski haben.

Er hatte die Informationen.

Sie richteten das Geheimgefängnis her wie Eltern das Haus für die Geburtstagsparty ihres fünfjährigen Kindes – die erste Party mit den Freunden aus dem Kindergarten. Die Landefläche für den Hubschrauber und das Verhörzimmer wurden mit einem Schlauch abgespritzt. Ein Mitarbeiter wunderte sich, dass in einer Ecke des Zimmers noch Blut und Knochenreste klebten. Er hätte schwören können, dass er die Räumlichkeiten vor einigen Tagen gründlich gesäubert hatte.

Die Lampen wurden überprüft und einige ausgetauscht. Es war wichtig, dass alles im richtigen Verhältnis flackerte und summte. Die Stühle wurden ohne bestimmte Ordnung aufgestellt. Und an einer starken Metallöse im hinteren Teil des Zimmers hing vielsagend ein neuer Fleischerhaken.

Die Regierung betreibt im ganzen Land, in irgendwelchen entlegenen Winkeln, Geheimgefängnisse.

Diese geheime Anlage befand sich genau zwischen Scranton und Wilkes-Barre, Pennsylvania. Den Anwohnern – der nächste wohnte eine Meile entfernt – war hinterbracht worden, dass dort Bücher eingestampft wurden. Das sollte die Schreie erklären. Man konnte einfach behaupten, dass die schrillen, lauten Geräusche von den Maschinen stammten. Falls jemand fragte – was allerdings nie passierte.

Der Apache landete gegen 4.46 Uhr morgens. Kowalski, der abgesehen von seiner Kapuze immer noch seine Straßenkleidung trug, wurde die Rampe hinuntergestoßen. Selbstverständlich hatten sie ihn nach Waffen durchsucht. Er schien sauber zu sein.

Sie fetzten ihm die Kapuze herunter, damit er noch ein paar Strahlen Sonne abkriegte, bevor sie seinen Kopf nach unten drückten und ihn durch den muffigen Gang aus Stahl schubsten, der zu den Räumen im Innern der Anlage führte.

Sie liefen eine Weile mit ihm herum, damit er die Orientierung verlor.

Dann zogen sie ihn bis auf die Knochen aus; sie entfernten sogar die Metallschiene an seinem gebrochenen Bein. Das Fläschchen mit dem Blut um seinen Hals kam als Letztes dran. Sie brauchten eine Weile, bis sie kapierten, worum es sich dabei handelte. Und was noch besser war: Es handelte sich um eine frühere Generation, einen Monat alt. Es würde sich lohnen, einen Blick darauf zu werfen.

Einer der Wachmänner streckte die Hand aus, umfasste mit seiner kräftigen Pranke das Fläschchen und riss es Kowalski vom Hals.

Jetzt war er auf sie angewiesen. Sonst war er erledigt. Wenn sie ihn umbringen wollten, mussten sie ihn nur in irgendein Zimmer sperren und zehn Sekunden warten. Ohne eine Person im Umkreis von drei Metern würden die Nanomaschinen in sein Gehirn wandern und explodieren. An Ort und Stelle. Nichts leichter als das.

Fürs Erste blieben allerdings zwei der Wachmänner bei ihm. Töten konnten sie ihn auch noch später. Erst brauchten sie die Informationen.

Dann war es Zeit für einen letzten Sicherheitscheck. Sie trichterten ihm irgendwas ein, damit er sich übergab.

Was er auch tat.

Nachdem sie die Prozedur wiederholt hatten, überprüften sie seinen Mund und seinen Arsch.

Dann spritzten sie ihn mit einem Schlauch ab und setzten ihn auf einen Metallstuhl.

Sie verzichteten darauf, ihn an den Haken zu hängen. Es war immer gut, sich das Beste für den Schluss aufzuheben.

»Hey«, fragte Kowalski, »ist mein Schwager hier irgendwo?« Das war das Erste, was er sagte, seit man ihn in Mexiko gefasst hatte.

Keine Antwort.

Während er dort saß, wurde er mittels mehrerer Glasfaserkameras von den anderen Mitarbeitern beobachtet.

Und Kowalski wartete.

Kurz darauf öffnete sich die Tür, und ein Typ trat ein. Um ihn zu verhören, wie Kowalski vermutete. Die Wachleute verschwanden nach draußen.

Der Vernehmungsbeamte wirkte eher unauffällig. Genau vor solchen Typen musste man sich besonders in Acht nehmen.

Er stellte sich nicht vor und wirkte ziemlich gelangweilt.

»Um ehrlich zu sein«, begann er, »will ich's möglichst schnell zu dem Punkt schaffen, an dem ich dich an den Haken dort hinten hängen und kleine Stücke aus dir rausschneiden kann. Aus deinem Arschloch zuerst.«

»Ihr Typen seid echt scharf auf meinen Arsch.«

»Sollen wir anfangen?«

»Ich erzähle euch alles.«

»Blödsinn«, sagte der Vernehmungsbeamte.

»Und dann«, sagte Kowalski, während er an die Zimmerdecke blickte, »werdet ihr sterben. Alle gleichzeitig.«

Der Vernehmungsbeamte kam langsam in Fahrt. »Ach ja?«

»Alle miteinander.«

Der Beamte grinste breit. »Klar, Süßer. Hör zu, kommen wir zur Sache. Du wirst mir die übliche Scheiße erzählen, und dann werden wir ein bisschen Spaß haben.«

»Ich wusste die ganze Zeit, was ihr Scheißkerle vorhabt.« Kowalski starrte in eine Ecke der Zimmerdecke.

Die Leute, die ihn beobachteten, waren beeindruckt. Er schien genau zu wissen, wo sich die Kameras befanden.

»Und trotzdem«, sagte der Vernehmungsbeamte, »bist du hier.«

Er stand auf und griff in eine seiner Hosentaschen.

Er zog eine kleine, schmale Klinge mit einem schwarzen Griff hervor. Die Klinge steckte in einer Hülle aus Pappe, die der Beamte jetzt entfernte. Offensichtlich war sie zu Kowalskis Schutz desinfiziert worden.

»Hier mit mir.«

»Erst sind wir nach L. A. geflogen«, sagte Kowalski.

Der Vernehmungsbeamte seufzte und setzte sich, um sich die Geschichte anzuhören.

»Lass uns nach L. A. fliegen«, meinte er zu der Blondine, deren richtiger Name Vanessa war. Die vergangenen Wochen hatte sie einiges durchgemacht. Inzwischen kam sie mit weniger Schlaf aus und konnte sich an das meiste wieder erinnern. Doch ihre Stimmung war unverändert: Sie war immer noch traurig. Am Rande einer schweren Depression. Kein Wunder, wenn man bedachte, dass sie beinahe gestorben wäre und sich davor ein paar Wochen lang wie ein Serienmörder aufgeführt hatte. Die meisten Leute, die so was tun, landen auf dem Friedhof oder in der Gummizelle.

»Ich dachte, du hättest San Diego gesagt«, murrte sie. »Wo ich den Memory Stick deponiert habe.«

»Komm schon, L. A. ist witzig. Ich lade dich bei Musso & Frank auf ein Steak ein. Und dann fahren wir nach San Diego.«

»Ich esse kein rotes Fleisch.«

Sie beschlossen also, nach L. A. zu fahren. Kowalski hatte seine Geschäfte in Philadelphia so gut wie erledigt. Von der ursprünglichen Mafiafamilie, die seine Verlobte abgeschlachtet hatte, war kaum noch jemand übrig, abgesehen von ein paar unbedeutenden Männern, für die sich der Aufwand nicht lohnte. Inzwischen machten sich dort die Russen und Polen bereit und füllten die Lücke. Sollen sie nur, dachte Kowalski. Ihm war es völlig egal, ob er Philadelphia je wiedersehen würde. Sollten Terroristen dort eine Atombombe zünden, würde er vielleicht zurückkehren, um auf die glimmende Asche zu pissen.

Schluss mit dem regionalen Pipifax. Es war Zeit, global zu denken. Mehr in Richtung globale Apokalypse.

Vanessa erzählte ihm so viel sie konnte über Proximity. Sie musste sich dabei auf ihr Gedächtnis verlassen, denn die genauen Daten befanden sich auf einem Memory Stick in San Diego. Aber was sie wusste, war erschreckend genug. Die kleinen Scheißdinger, die Mary Kates, vermehrten sich wie die Leute aus den armen Gegenden: rasend schnell und ziemlich gedankenlos. Und falls man dem Boss – diesem toten, kopflosen Scheißkerl – glauben konnte, waren die Mary Kates gerade dabei, sich im Blutkreislauf von einem Großteil der nordamerikanischen Bevölkerung auszubreiten. Seit ihren Abenteuern in der Innenstadt von Philadelphia waren ein paar Monate vergangen. Inzwischen hatten die Mary Kates reichlich Zeit gehabt, sich auszubreiten und zu wachsen.

Währenddessen fügte Kowalskis Arbeitgeber, der CI-6, nach und nach die verschiedenen Puzzleteile zusammen, wie ein Kleinkind sein Steckspielzeug. Nicht dass sie vollkommen dämlich waren. Der CI-6 war einfach nur groß und schwerfällig, wie jede andere Regierungsbehörde auch.

Kowalski war überzeugt, dass ihm nicht mehr viel Zeit mit Vanessa blieb. Sie würden nach ihnen suchen, und zwar gründlich. Vielleicht schon diese Woche. Das merkte er daran, wie man ihn behandelte, als er anrief, um neue Anweisungen entgegenzunehmen. Plötzlich herrschte eine unterkühlte Atmosphäre. Irgendwas war im Gange.

Nach L.A. zu fliegen war das Klügste, was ihm einfiel.

Und sie war damit einverstanden.

Sie mieteten einen Wagen und fuhren zu einem Einkaufszentrum in Nashaminy, einem Vorort nördlich von Philadelphia. Dort kauften sie, was sie brauchten – kleine Koffer, Kleidung, ein paar Kriminalromane für Kowalski, Kosmetikartikel für Vanessa.

Kowalski schnippte mit dem Finger gegen die Einkaufstüte aus Papier. »Was ist das?«

»Meine Haut verträgt die kalifornische Sonne nicht«, sagte Vanessa. Sie sprach jetzt wieder mit ihrem breiten irischen Akzent. Auf ihrer Reise quer durch die Staaten, von einem Flughafen zum nächsten, hatte sie den ausdruckslosen Tonfall des mittleren Westens nachgeahmt. Dafür gab es jetzt keinen Grund mehr.

»Deine Haut ist wunderbar«, sagte Kowalski.

Vanessa schnippte gegen die Seite seiner Plastiktüte. »Was ist das?«

»Ich hatte Lust auf Ross Macdonald.«

»Du bekommst wohl nicht genug von uns Iren, was?«

Das sollte ein Witz sein. Doch keiner von ihnen lachte.

Sie nahmen die Pennsylvania Turnpike Richtung Osten, wechselten auf die New Jersey Turnpike und flogen dann in Newark ab.

»Ja, ich weiß.«

»Sie wissen was?«, fragte Kowalski.

»Ich war auch in Newark. Ich hab euch dort gesehen. Ich war der Typ, der das Team in L. A. alarmiert hat.«

»Blödsinn.« Kowalski rutschte auf seinem Stuhl hin und her. Der Metallstuhl drückte ihm kalt gegen Eier und Arsch. Er wusste, warum sie ihn bis auf die Knochen ausgezogen hatten. So fühlte man sich noch verletzlicher. Aber nicht Kowalski – er scherte sich einen Scheiß darum. Es war einfach unbequem, und das ging ihm auf den Keks.

»Nein, im Ernst«, erwiderte der Vernehmungsbeamte, »das war wahrscheinlich nicht ganz professionell von mir, aber ich war dort, drei Reihen weiter. Du hast versucht, eine Taschenbuchausgabe von *Tote ertrinken nicht* zu lesen, aber stattdessen hast du ständig deine blonde Freundin angestarrt. Sie wirkte verwirrt. Fast ein bisschen traurig.«

»Tatsächlich?«

»Nimm's nicht so schwer. Ich versteh was von meinem Job. Das wirst du schon noch merken.«

»Also, Ihr Team in L. A. war wirklich mies.«

Der Beamte grinste. »Ja, das waren sie, nicht wahr?«

Sie hatten gerade den Flugsteig im Internationalen Flughafen von L. A verlassen, als Kowalski sie bemerkte. Er sagte Vanessa nichts davon, denn er wollte sie nicht unnötig beunruhigen.

Wie sich herausstellte, war das auch nicht nötig.

Nachdem sie einen Wagen gemietet hatten, umfuhr Kowalski die Schnellstraßen und stieß schließlich auf den La Cienega Boulevard, dem er bis zu seinem Ende folgte, direkt durch die armen Wohnviertel. Bei Inglewood verlor er sie aus den Augen. Kowalski hoffte, dass es sich nicht um frischgebackene CI-6-Rekruten handelte. Sie holten sie gerne direkt vom College, stopften ihre Köpfe mit lauter Mist voll, puderten ihnen den Arsch und schickten sie dann in den Einsatz. Wer da nicht wenigstens ein bisschen Gespür für die Straße besaß, wurde bei lebendigem Leib geröstet. Nicht dass das Kowalskis Problem war.

»Das ist also L. A.?«, fragte Vanessa. »Jesus, noch so ein Slum. Nur mit Palmen.«

»Es werden immer weniger«, sagte er. »Irgendeine Pilzkrankheit. Bald ist das hier nur noch ein Slum.«

»Vielleicht haben die Mary Kates sie erwischt.«

Kowalski betrachtete sie, während er den Wagen steuerte. Sie berührte das Fläschchen an ihrer Halskette. Es passte zu seinem, das er ebenfalls um den

Hals trug. In ihrem war sein Blut, in seinem ihres. Dank der Fläschchen blieben sie am Leben.

Vierzig Minuten später erreichten sie das Versteck.

Einen hübscheren Unterschlupf konnte man sich nicht vorstellen – ein Ein-Personen-Apartment oben in den Hollywood Hills. Das Haus gehörte einem Schriftsteller, mit dem Kowalski befreundet war, einem Typen, mit dem er in den frühen 1990ern in Läden wie Boardner's rumgehangen hatte. Ein paar Wochen lang hatten Kowalski und sein Kumpel es richtig krachen lassen und versucht, nicht nur möglichst viele Hirnzellen zu vernichten, sondern auch möglichst viele angehende Schauspielerinnen flachzulegen. Momentan war Lee Michael oben in Vancouver und drehte seinen ersten großen Spielfilm – eine krasse Neufassung der ultrabrutalen Fernsehsendung *Eviscerator.* Über die Jahre hinweg war Kowalski mit Lee in Verbindung geblieben, und immer wenn er in L. A. war, brachte er ihm ein Steak und ein paar Bierchen mit. Dafür konnte er ab und zu bei Lee übernachten.

Lees Haus war dem CI-6 völlig unbekannt.

Außerdem war Lees Haus berühmt.

Zumindest, wenn man Robert Altmans *Der Tod kennt keine Wiederkehr* mochte. Lees Haus war die Wohnung von Elliot Gould, der darin Philip Marlowe spielte. Im oberen Stockwerk wurden gerade Teile von Kenneth Branaghs *Schatten der Vergangenheit* gedreht.

Vanessa hatte keinen der beiden Filme gesehen,

darum hatte sie auch kein Auge für den Glanz dieses Ortes.

Genauso wenig wie für das Apartment.

Sie schaute nicht mal aus dem Fenster.

Dabei musste selbst Kowalski zugeben, dass das Panorama ziemlich spektakulär war: In den geschwungenen, grünbraunen Hügeln lagen ein paar versprengte Häuser, jedes einige Millionen Dollar wert. Von hier aus wirkten sie wie kleine Modellhäuschen. Und in der Ferne konnte man die schimmernden Lichter der Innenstadt erkennen. Wenn man sich schon in L. A. aufhalten musste, dann hier.

Und da wollte Vanessa nicht wenigstens mal einen Blick riskieren?

»Ich geh duschen«, sagte sie.

Kowalski beschloss, sich ein Bier zu gönnen.

Die Dusche lag jenseits des Schlafzimmers. Vanessa ließ sich wie üblich viel Zeit. Bis Kowalski sich langsam fragte, was sie dort drinnen machte. Doch das konnte er sich schon denken. Er hatte sein drittes Bier gerade zur Hälfte ausgetrunken, als sie in die Küche trat, ein Handtuch um den Körper geschlungen.

»Was ist mit dem Wein?«, sagte sie und lächelte, als meinte sie es ernst.

Kowalski betrachtete ihre nackten Beine, dann das Handtuch, dann ihren Körper unter dem Handtuch, dann ihr Gesicht, dann ihr Haar.

Es war rot.

Himmel nochmal, sie hatte es gefärbt.

»Was denn?«, fragte sie abwehrend. »Ich hatte genug davon, wie ich selbst auszusehen.«

Katie hatte rotes Haar gehabt.

Katie, seine tote Verlobte, die schwanger gewesen war und jetzt darauf wartete, im Jenseits irgendwann ihr Kind zur Welt zu bringen – sobald Kowalski es dorthin schaffte.

»Hm«, sagte er, dann nahm er einen weiteren Schluck von seinem Bier.

Und das war der Moment, als die Leute auftauchten, um sie zu töten.

»Du musst zugeben, das zweite Team war ziemlich gut«, sagte der Vernehmungsbeamte.

»Ja«, sagte Kowalski. »Sie waren ziemlich gut.«

Im Einzelnen handelte es sich um:

Ms. Montgomery, alias »Ana Estehsia«.

Mr. Brown, alias »Der Chirurg«.

Mrs. McCue, alias »Bonesaw« – die Knochensäge.

Ihre Fähigkeiten ergänzten einander, was einer der Gründe für ihre bescheuerten Spitznamen war.

Außerdem bildeten sie ein chirurgisches Einsatzkommando, das auf ausgefallene Maßnahmen spezialisiert war, die wie Unfälle wirkten. Sollte kurzer Prozess mit jemand gemacht werden, beauftragte man diese Leute.

Ganz genau. Chirurgisches Einsatzkommando, chirurgische Spitznamen. Der CI-6 hatte eine Vorliebe fürs Eindeutige.

Bonesaw mochte ihren Namen. Aber sie stand ja auch auf Schmerzen.

Der Chirurg sprach äußerst selten, darum war es schwer zu sagen, wie er seinen Spitznamen bewertete oder ob er überhaupt glaubte, dass er dazu eine Meinung haben sollte. Er löste gerne Sudoku-Rätsel. Und die meisten Fragen beantwortete er mit »Yep«.

Ana Esthesia litt unter einer psychischen Störung; sie behauptete, sie sei in der Lage, jede Form von Schmerz loszuwerden, indem sie jemand anders die gleichen Schmerzen zufügte. Bekam sie zum Beispiel einen Beinschuss verpasst, erholte sie sich sofort wieder, wenn sie dem Schützen ebenfalls ins Bein schoss. Die Experten vom CI-6 konnten keine physiologische Grundlage für diese Behauptung finden; sie hielten sie einfach für verrückt. Sie dagegen behauptete, es handle sich um Superkräfte. Ihren Namen »Ana Esthesia« hatten ihr die anderen als ironischen Witz verpasst. Sie rächte sich mit entsprechenden Schimpfworten – und prompt ging es ihr besser. Die üblichen Streitereien eben, nichts Ernstes.

Sie marschierte als Erste hinein.

Es gab lediglich zwei Zugänge zu Lee Michaels Apartment: über einen vergitterten Aufzug in einem Turm, dem der High-Tower-Komplex seinen Namen verdankte, und über eine gewundene Betontreppe. Der Aufzug klapperte und brummte so laut, dass sie sich auch gleich hätten ankündigen können: *Hallo – wir kommen hoch, um euch zu töten!* Darum entschied Ana sich für die Betontreppe. Sie flankte über eine Trennwand, die der Terrasse des Apartments offenbar etwas Privatsphäre verleihen sollte. Dann ging sie in die Hocke und arbeitete sich langsam zu der verglasten Tür vor, die sich nach außen öffnete.

Sie trug keine Waffe. Sie nutzte gerne, was sich ihr vor Ort bot.

Schon auf der Terrasse wurde sie fündig: Hier stand ein kleiner Metalltisch mit einem Aschenbecher aus Glas, daneben waren ein paar Kronkorken über die Tischplatte verstreut.

Sie fegte den Müll beiseite und schleuderte den Tisch durchs Glas.

Unmittelbar danach stürmte sie hinein.

Kowalski war so sehr von Vanessas neuer Haarfarbe abgelenkt, dass er nicht ganz begriff, warum die Glastür zum Hinterhof plötzlich zersplitterte und eine finster dreinblickende Jugendliche hereinsprang.

Als Erstes stieß sie Vanessa zu Boden. Und Vanessas Handtuch löste sich. Dieser Anblick lenkte Kowalski erneut für einen Sekundenbruchteil ab. Seit sie zusammenlebten, hatte er sie kein einziges Mal nackt gesehen.

Dann wandte sich das Mädchen Kowalski zu und rammte ihm den Kopf gegen die Stirn. Seine Augen füllten sich mit Tränen, und er taumelte rückwärts in die Küche. Da sein Bein noch immer in einer leichten Schiene steckte, hatte er Probleme, das Gleichgewicht zu wahren. Die Bierflasche rutschte ihm aus der Hand und zerschellte am Boden. Das Mädchen grinste.

Auch wenn er immer noch nicht ganz scharf sah, konnte er ihr Gesicht jetzt etwas besser erkennen, und, okay, sie war nicht wirklich im Teenageralter. Auch wenn sie jugendliche Gesichtszüge hatte – kleiner Mund, Stupsnase. Und vorne in ihrem dunklen Haar glänzte eine eisblaue Strähne, was genau die Sorte Blödsinn war, auf den Teenager verfielen, um ihre Eltern zu ärgern.

Sie streckte die Hand aus und schlug Kowalski ins Gesicht, als wollte sie seine Aufmerksamkeit wecken.

Dann ließ sie einen kurzen, ziemlich wuchtigen Schlag auf seinen Mund folgen, wodurch sich zwei seiner Zähne lockerten.

Kowalski holte nach ihr aus, als wollte er eine Fliege zerklatschen. Plötzlich konnte er kaum noch was erkennen. Vor ihm standen jetzt drei junge Frauen mit blauen Strähnen. Und er verschluckte sich fast an seinem eigenen Blut. Blut und helles Bier: keine empfehlenswerte Kombination.

Verdammt, was war passiert?

Die Frauen holten zu einem weiteren Schlag aus. Doch mit einer schnellen, etwas ungelenken Bewegung erwischte Kowalski die mittlere der drei. Ihre Lippen platzten auf.

Ihre Augen flackerten, und ihre Lippen zuckten, als müsste sie gleich weinen. Himmel, er hatte gerade einem jungen Mädchen ins Gesicht geschlagen.

Doch dann verpasste sie ihm erneut einen Hieb auf den Mund. Diesmal mit Erfolg. Kowalski spürte, wie zwei Zähne auf seine Zunge kullerten. Er hatte große Zähne.

Und schlagartig veränderte sich der Gesichtsausdruck des Mädchens. Die Tränen in ihrem Gesicht verabschiedeten sich; und sie strahlte jetzt wie an Heiligabend.

»Hah!«, schrie sie.

Was, verdammt nochmal, war los mit ihr, überlegte Kowalski, während er hektisch versuchte, mit der Zunge seine Zähne aufzufangen, bevor er sie verschluckte.

Und woher wussten sie von diesem Apartment?

»Woher wusstet ihr von diesem Apartment?«

»Du hast uns hingeführt«, sagte der Vernehmungsbeamte.

»Also habe ich das erste Team doch nicht in Inglewood abgehängt?«

»Doch, hast du. Sie wurden sogar von ein paar Gangmitgliedern beschossen. Was sie zu einem recht amüsanten Fluchtmanöver zwang. Die Leute machen sie deswegen immer noch blöd an.«

»Wie habt ihr mich also gefunden?«

Der Beamte hielt inne, dann lächelte er. »Du hast

wirklich keine Ahnung, was? Ana muss dich schlimmer erwischt haben, als ich dachte.«

Kowalski senkte den Blick auf den Tisch. Er konnte immer noch nicht richtig sehen. Und daran war der Kopfstoß schuld, den ihm das Mädchen mit der blauen Strähne verpasst hatte. Dieses Miststück.

»Schlampe«, rief Vanessa, dann knallte sie der Angreiferin einen Teekessel aus Stahl an den Kopf. Das Mädchen landete auf Händen und Knien und stieß einen schmerzerfüllten Schrei aus. Kowalski verpasste ihr einen Fußtritt in den Rücken, so dass sie in die gezackten Scherben der Bierflasche flog.

Kowalski schielte zu Vanessa hoch, die drei Paar Brüste und sechs Brustwarzen hatte.

Himmel, sein Sehvermögen war wirklich im Arsch.

Darum kannst du dich später kümmern. Kowalski drehte sich um und spuckte Blut. Ein Zahn landete auf dem Porzellan. Ein weiterer verschwand im Abfluss.

»Scheiße«, sagte er. Er hatte bereits mehrere Vorderzähne verloren, allerdings nicht aus der unteren Reihe. Darauf war er immer stolz gewesen. Zwar nicht übermäßig, aber trotzdem. Miststück. Er schnappte sich den verbliebenen Zahn und umschloss ihn mit der rechten Faust.

Das Mädchen lag jetzt mit fest geschlossenen Augen am Boden, und ihre Finger zitterten, während sie heftig keuchte und schluchzte; ein dünner Faden Spucke verband ihre Unterlippe mit dem Boden.

»Hey«, sagte Vanessa und ging in die Hocke. »Komm schon. Hör auf.« Sie streckte die Hand aus, um das Bein des Mädchens zu berühren.

»Halt«, sagte Kowalski. »Sie ist ...«

Zu spät.

Der Teenager verpasste Vanessa einen Tritt gegen die Brüste, so dass sie rückwärts durch die Küche flog. Sie knallte gegen den Tisch, dessen Ende hochschnellte und sie am Hinterkopf erwischte.

Eine Vorstellung wie aus einem Cartoon, nur dass es leider ziemlich schmerzhaft aussah.

Das Mädchen sprang auf die Füße, und es schien ihr völlig egal zu sein, dass sich die Scherben beim Abdrücken noch tiefer in ihre Handflächen bohrten. Sie war immer noch voller Blut und Spucke und Tränen, doch jetzt wirkte sie überglücklich.

Vanessa stöhnte und rang nach Luft. Ihre Finger versuchten sich in den Linoleumboden zu krallen, als wären darunter irgendwelche Schmerzmittel verborgen.

»Du bist da echt empfindlich, das spür ich«, sagte das Mädchen, dann entdeckte sie auf der Arbeitsplatte in der Küche einen Korkenzieher. Kowalski hatte ihn zusammen mit dem Pinot Noir bei »Vons« gekauft. Die junge Frau fackelte nicht lange, das war genau das, was sie brauchte.

Sie griff danach.

Kowalski schlang seinen rechten Arm um ihren Hals und drückte zu.

Dieser Griff war Kowalskis Markenzeichen. Er verglich sich immer mit dem Monster im Müll aus *Krieg der Sterne:* Hatte er erst mal jemand in der Mangel, gab es außer der verdammten *Macht* kaum eine Chance, sich zu befreien.

Leider war das Mädchen schnell. Sie hielt den Korkenzieher bereits in der Hand. Das Müllmonster gegen einen $3.99-Korkenzieher von »Vons« drüben am Sunset Boulevard.

Sie schlitzte ihm die Wange auf. Kowalski ließ den Kopf zurückschnellen und drückte noch fester zu. Sie schwenkte den Arm nach hinten und erwischte ihn an der Hüfte. Die Spitze scharrte über seine Haut. Verdammt, sie war wirklich gelenkig.

Er drückte weiter zu.

Als sie endlich bewusstlos war, hatte Kowalski Stich- und Schnittwunden an Bein und Rücken, im Gesicht, am Unterarm und an der rechten Hüfte.

Er legte sie auf den Küchenboden und ließ sich schwerfällig nieder – um seine Gedanken zu ordnen und seine Verletzungen zu begutachten. Es waren eine ganze Menge, obwohl sie nur zwanzig Sekunden auf ihn eingestochen hatte. Er ließ seine Zunge durch den Mund wandern, um zu fühlen, ob sich noch mehr Zähne gelöst hatten.

In der anderen Ecke des Zimmers drückte sich Vanessa mit den Armen nach oben.

»Verdammt, hättest du bloß eine Waffe dabeigehabt«, ächzte sie.

»Hätte ich bloß eine Zahnversicherung«, murmelte

Kowalski. Er öffnete die rechte Faust und starrte auf seinen blutigen Zahn hinunter.

Vanessa streckte die Hand aus und bekam ein Handtuch zu fassen. Da wurde Kowalski klar, dass die Gratisvorstellung vorbei war und er nicht mal Zeit gehabt hatte, sie richtig zu genießen.

Aber wem wollte er was vormachen? Das hätte er sich sowieso nicht erlaubt.

»Bist du in Ordnung?«, fragte er.

»So bald lass ich die Mädchen jedenfalls nicht wieder zum Spielen raus.« Sie wickelte sich das Handtuch um.

»Wir müssen nach San Diego. Sofort.«

»Dachte ich mir.«

Sie schwiegen, während sie in aller Eile ihre Sachen zusammenpackten.

»Du weißt immer noch nicht, was passiert ist, stimmt's?« Der Beamte genoss diese Szene. Möglicherweise genauso wie die Vorstellung, das Messer zu benutzen. Das mit der Papierhülle über der Klinge. Was war das überhaupt für ein Teil? Hatte er es aus der Küche zu Hause mitgenommen? Oder hatte seine Frau es auf einer Verkaufsparty bestellt?

»Doch«, sagte Kowalski. »Ich weiß es. Das erste Team hat uns zu einer ganz bestimmten Autovermietung gelotst, wo jemand auf uns gewartet hat. Außerdem habt ihr dem Taurus einen Peilsender verpasst.«

Der Beamte schüttelte den Kopf und machte *ts-ts-ts*.

»Und sie hat mir gesagt, du wärst der intelligenteste Agent, mit dem sie je gearbeitet hat.«

Er musste nicht sagen, wer. »Sie« genügte, um Kowalskis Panzer zu durchdringen.

»Übrigens«, fuhr der Beamte fort, »sie weilt nicht mehr unter uns.«

Kowalski schwieg.

»Was deine Theorie betrifft: Nein, wir haben den Taurus nicht verwanzt. Wir hatten was anderes.«

Kowalski schwieg.

Und dann fiel es ihm ein. Verdammt, natürlich. Wie blöd konnte man sein? Vielleicht hatte er tatsächlich einen Schlag zu viel auf den Kopf bekommen.

Also war es passiert. Er hatte nur nicht geahnt, dass es so schnell passieren würde.

»Der Chirurg fand, das Ortungssystem käme wie gerufen.«

Der Chirurg beobachtete, wie die Zielpersonen die Treppe des Apartments hinuntereilten. Sie verschwanden mehrmals aus seinem Sichtfeld, bevor sie wieder auftauchten. Aber das beunruhigte ihn nicht. Auf dem Empfangsgerät in seiner Hand hatte er sie sowieso im Blick. Zwei blinkende rote Punkte, die langsam über ein Raster wanderten. So konnte er sie nicht verlieren.

Also entspannte er sich etwas und rauchte eine Pall Mall, was in ganz L. A. so gut wie unmöglich war. In dem leeren Apartment hier war das allerdings kein Problem. Ein Vertreter der Mietergesellschaft würde vielleicht einen leichten Anflug von Rauch bemerken, aber dann wäre er längst fort.

Ja, er ging davon aus, nur noch ein paar Minuten hier zu verbringen.

Vielleicht nicht mehr als 60 Sekunden.

Ein kurzes Telefonat – scheiß aufs Internet; der Chirurg war noch von der alten Garde – hatte ergeben, das Lee Michaels die dritte Garage auf der linken Seite gehörte. Die Garagen hatten etwas ausgesprochen Vorsintflutliches an sich: ein Kasten aus Beton mit geriffelten Stahltoren, den man in einen matschigen Hügel gezwängt hatte. Groß genug, damit die meisten mittelgroßen Fahrzeuge darin Platz hatten. Zum Beispiel ein Ford Taurus.

Aber selbst die primitivsten Garagen haben einen Griff am Tor.

Es war so leicht gewesen, die Falle anzubringen. Er hatte das Zeug in die rechte Tasche gesteckt, war mit einem Packen Werbeprospekten zum Tor des Apartments geschlendert, hatte einen Prospekt eingeworfen, sich auf dem Weg zurück ein Paar Handschuhe übergestreift und den Griff mit dem Zeug bestrichen.

Das Zeug war klasse. Mr. Brown liebte es, das Zeug zu benutzen, wann immer er konnte.

Bei der Berührung mit der Haut war es tödlich. Nicht sofort, es dauerte 15 bis 20 Minuten. Doch dann verlor man das Bewusstsein. Für immer.

Es war nicht im Geringsten nachzuweisen. Nicht mal der CIA wusste davon. Nicht von *diesem* Zeug.

Mr. Brown hatte also ein Apartment auf der gegenüberliegenden Seite ausgespäht, wo er jetzt wartete und rauchte. Außerdem öffnete er eine Packung Pfefferminz-Pastillen und stopfte sich zwischen den Zigaretten eine Handvoll davon in den Mund. Gegen den Nikotinatem. Frauen reagierten nämlich sehr empfindlich darauf, und wenn er hier fertig war, wollte er vielleicht zum Sunset Boulevard runterfahren und eine Frau aufgabeln.

Das Gute an den Garagen war, dass sie so schmal waren. Es konnte sich immer nur eine Person auf einmal reinquetschen. Man musste sich auf den Fahrersitz schlängeln, den Wagen zurücksetzen und den Beifahrer das Garagentor schließen lassen, bevor er in den Wagen hüpfte. Das bedeutete, dass zwei Leute den Garagengriff berührten. Der Fahrer. Und der Beifahrer.

Oh, da waren sie ja, sie steuerten auf die Garage zu und glaubten offensichtlich, dass sie sich einfach so aus dem Staub machen könnten.

Yep.

Der Chirurg war ein wenig verwundert, dass Ms. Montgomery es nicht geschafft hatte, sie zu beseitigen. Normalerweise konnte man sich auf sie verlassen. Er hoffte, dass sie nicht tot war.

Andererseits war es schön, demonstrieren zu können, was er draufhatte.

Kowalski griff nach dem Garagentor.

»Halt«, sagte Vanessa.

»Da ist niemand drin«, sagte er. »Ich habe die Garage vorhin präpariert. Hätte sie jemand in den letzten paar Stunden geöffnet, wüsste ich das.«

»Präpariert? Womit? Einem Stück Klebeband in der Ecke?«

Kowalski sagte nichts, denn genau so war es. Ein Stück Klebeband, oben in der Ecke. Es war noch da.

»Ich mach sie jetzt ganz schnell auf«, sagte er. »Und wenn es eine Explosion gibt, springen wir.«

Vanessa starrte ihn an. »Blödsinn.« Sie streckte die Hand aus, packte den Griff und riss die Tür nach oben. Sie schepperte, als sie über die rostigen Schienen lief und oberhalb ihres Kopfes zum Stehen kam.

Keine Explosion.

Keine Schüsse.

Rein gar nichts.

Kowalski warf ihr einen Blick zu – *Siehst du?*

»Gut, fahren wir«, sagte sie.

»Einer weniger«, murmelte der Chirurg. Er nahm sich erneut von den Pfefferminz-Pastillen.

Doch jetzt gab es ein Problem. Die Frau war so gut wie tot, doch die männliche Zielperson – dieser Kowalski – quetschte sich gerade auf den Fahrersitz. Was bedeutete, dass er den Griff des Garagentors nicht mehr berühren würde.

Gut, dass er noch eine zweite Vorrichtung angebracht hatte. Sie war sogar noch raffinierter. Es handelte sich um einen Streifen schwarzes Klebeband, der quer zur Garage verlief, etwa 15 Zentimeter vom Tor entfernt.

Das Klebeband war druckempfindlich. Wenn man darauf trat – verdammt, man konnte so fest darauf treten wie man wollte –, passierte überhaupt nichts. Nur ein ganz normales Stück Isolierband. Belastete man es aber mit dem Gewicht, das ein Auto in etwa hatte, musste man sich in Acht nehmen: Kawumm.

Hinterher konnte man nach so vielen Spuren fahnden, wie man wollte; das Einzige, was man finden würde, wäre ein geplatzter Hinterreifen, der entgegen aller Wahrscheinlichkeit den Tank entzündet und einen verheerenden Brand ausgelöst hatte. Auf was anderes würde man nicht kommen. Das Klebeband wäre längst verbrannt. Und zwar restlos. Es gab nichts zu untersuchen.

Der Chirurg beobachtete, wie die männliche Zielperson den Wagen startete, und warf ein Pfefferminz ein.

Dann drückte er auf die Fernbedienung, die das Klebeband aktivierte.

Kowalski ließ den Wagen an. Er fühlte sich überhaupt nicht gut. Er zitterte. Seine Nerven waren zum Reißen gespannt. Das hier ging alles zu schnell. Nach nicht mal einer Stunde wurden sie aus ihrem Versteck vertrieben – aus dem sichersten Versteck, das er kannte. Verraten. Das sah gar nicht nach CI-6 aus. Normalerweise waren sie nicht so fix. Er hatte mit mehr Vorbereitungszeit gerechnet. Eine Woche wäre ganz nett gewesen.

Und das Schlimmste war, dass er oben in Lees Wohnung noch ein paar Bierchen liegen hatte. Mann, das ging ihm echt gegen den Strich.

Kowalski langte nach dem Schaltknüppel. Und griff daneben. Beim zweiten Mal erwischte er ihn.

Er hatte ein flaues Gefühl im Magen. Dabei war ihm so gut wie *nie* schlecht.

Kowalski seufzte, dann schaltete er den Motor aus. Und stieg aus dem Wagen. Er spürte, wie ihm das Blut aus dem Kopf wich. Dann quetschte er sich am Taurus entlang.

»Ich möchte, dass du fährst«, sagte er.

Er warf der Rothaarigen den Schlüssel zu.

Sie fing ihn lässig auf. »Ich weiß nicht, wie man in Amerika fährt.«

»Wir werden die ganze Zeit auf dem 5er fahren. Bleib immer auf derselben Spur. Dann kannst du nichts falsch machen.«

»Ehrlich gesagt, ich kann nicht fahren, ich meine, überhaupt nicht.«

»Kinderspiel. Halt dich einfach zwischen den weißen Linien.«

Das war gelogen, und Vanessa schien das zu wissen. Aber sie hatten kaum eine Wahl. Ihm war kotzübel, und er war immer noch benommen, egal wie sehr er sich auch bemühte, ruhig zu atmen. Es würde ihm nicht leichtfallen, auf dem Beifahrersitz bei Bewusstsein zu bleiben, vom Fahrersitz ganz zu schweigen.

Vanessa glitt am Wagen vorbei, sprang hinters Steuer und drehte den Zündschlüssel herum. Kowalski trat zurück. Sollte sie es in einem Stück aus der Garage schaffen, betrachtete er das als gutes Omen.

Sie legte den Rückwärtsgang ein und lenkte den Taurus rückwärts aus der Garage.

Der Chirurg war jetzt hellwach.

Er sah es fast schon vor sich: wie der Kopf der Zielperson von der Wucht der Explosion abgerissen, gegen das Fenster vor ihm geschleudert wurde und einen Fleck aus verkohltem Fleisch und Blutschlieren daran hinterließ.

Yep.

Vanessa schaffte es gerade so, Kowalski nicht über den Haufen zu fahren. Sie stieg in die Eisen und kam neben ihm zum Stehen. Der Taurus schaukelte in der Aufhängung.

»Steigst du jetzt ein?«, fragte sie.

Was zum Teufel?!

Er hatte es doch gesehen. Der Wagen war über das Klebeband gefahren. *Direkt über das Klebeband.*

Seine Vorrichtungen hatten noch nie versagt.

Noch nie.

Gut, dass er dreifach vorgesorgt hatte.

Kowalski hatte gerade den Sicherheitsgurt angelegt – immerhin hatte sie zugegeben, dass sie nicht fahren konnte –, als dieser rundliche Typ mit dem schütteren Haar aus dem Eingang gestolpert kam, eine Waffe in der Hand. Er rannte auf sie zu. Und zielte in ihre Richtung.

»Fahr«, sagte Kowalski. »Fahr schon.«

Der Fettsack gab einen Schuss ab. Die Windschutzscheibe zersplitterte. Und Vanessa stieß einen Schrei aus.

»Das Gaspedal«, sagte Kowalski. »Tritt aufs Gas.«

Sie tat es. Prompt schoss der Wagen drei Meter zurück, bevor sie mit beiden Füßen auf die Bremse trat. Der Taurus schaukelte. Und der Fettsack legte erneut an.

Kowalski zog den Zigarettenanzünder aus dem Armaturenbrett.

Der Fettsack feuerte.

Doch die Kugel sauste über sie hinweg.

Vanessa trat aufs Gaspedal. Der Motor heulte auf.

»Fahr los«, zischte Kowalski, dann öffnete er seine Tür und schleuderte dem Fettsack den Zigarettenanzünder gegen den Kopf. Er traf ihn am Mund – was in Ordnung war, obwohl Kowalski auf seine Augen gezielt hatte. Die Lippen des Fettsacks zitterten, als würde er gegen ein Niesen ankämpfen. Dann griff Kowalski nach unten, packte den Schaltknüppel und schrie »Jetzt bremsen!«, was Vanessa auch tat, dann drosch er ihn in den Vorwärtsgang. Er wollte sie gerade auffordern, Gas zu geben, doch sie hatte das Pedal bereits durchgedrückt.

Der Taurus schoss nach vorn und krachte in den Fettsack.

»Fahr!«, rief Kowalski.

Der Fettsack sauste durch die Luft.

Und der Taurus jagte den Hügel hinunter.

Der Chirurg versuchte ein letztes Mal, der Frau ins Gesicht zu schießen, nur dass er dabei bereits durch die Luft segelte. Er drückte den Abzug, und die Kugel flog unkontrolliert durch die Gegend.

Ziemlich unkontrolliert.

Direkt in den Boden.

Direkt in das schwarze Isolierband, das parallel zur dritten Garage verlief.

Man konnte drüberlaufen, darauf herumtrampeln … und nichts geschah. Es war schon etwas vom Gewicht eines Kraftwagens nötig, um es auszulösen, sobald es korrekt aktiviert war.

Aber aktiviert oder nicht, es gab natürlich noch etwas anderes, um es auszulösen.

Eine abgefeuerte Kugel.

Ja, das reichte völlig aus.

Bevor der Chirurg auf dem Boden landete, wurde er von der Explosion hoch in die Luft geschleudert und überschlug sich mindestens zweimal, bevor er genau in das Fenster krachte, durch das er eben noch gestarrt hatte.

Und so ging die Fantasie des Chirurgen, zumindest teilweise, in Erfüllung. Verkohltes Fleisch wurde gegen das Fenster geschleudert, und blutige Flecken entstanden darauf.

Im nächsten Moment zerbarst das Glas, als der Chirurg die Scheibe durchschlug.

»Der Typ ist einfach in die Luft geflogen«, ächzte Vanessa.

»Fahr«, sagte Kowalski.

»Warum ist er in die Luft geflogen?«

»Fahr einfach.«

»Michael.«

»Was?«

»Warum ist dieser Typ in die Luft geflogen?«

»Fahr!«

»Jesus.« Sie seufzte.

»Jetzt links«, sagte Kowalski.

Das Geräusch der Explosion brachte Ana wieder zu sich.

Flatternd öffneten sich ihre Lider. Es dauerte nicht lang, und sie spürte, wie sie von einem Meer aus Schmerzen überflutet wurde. Köstlichen Schmerzen. Schmerzen, die ihr nützlich sein könnten. Sobald sie es schaffte aufzustehen.

Oh.

Es ging nicht.

Einer der beiden Vollidioten – entweder der Krüppel mit den ausgeschlagenen Zähnen oder die nackte Schlampe – hatte ihr die Kniescheibe zertrümmert. Den wohl empfindsamsten Teil des menschlichen Körpers, abgesehen von den Geschlechtsorganen und den Augen. Verletzungen an der Kniescheibe lähmten den Betroffenen sofort und überfluteten das Schmerzzentrum des Gehirns mit unsäglichen Qualen.

Und wurden damit für Ana zum Quell schier unerschöpflicher Kräfte.

Ana musste gar nicht laufen. Sie konnte krabbeln, auf den Ellbogen und dem gesunden Knie, und diejenigen foltern, die ihr das angetan hatten. Sie mit ihren eigenen *Schmerzen* foltern.

Sie setzte sich auf.

Zumindest versuchte sie es. Aber ihre Hände waren über ihr zusammengekettet. Mit Handschellen. Am Sockel einer Toilette.

Nein nein nein nein!

Das bedeutete, dass sie die Schmerzen weiter aushalten musste, ohne Chance auf Linderung. Das war unerträglich. Denn wenn es eines gab, was Ana nicht lange aushalten konnte, waren das Schmerzen. Schon gar nicht so heftige Schmerzen.

Ana schrie und weinte und flehte um Linderung.

Irgendeine Form von Linderung.

Es tat so verdammt WEH.

Kowalski musste mal. Aber er würde den Teufel tun und dem Vernehmungsbeamten Bescheid sagen.

Kurz dachte er daran, es einfach laufen zu lassen, direkt auf den Boden, so dass die körperwarme Flüssigkeit auf die Schuhe des Beamten spritzte.

»Erzählen Sie mir«, sagte Kowalski, »wie ihr sie gefunden habt.«

»Sie ist zu uns gekommen«, sagte der Vernehmungsbeamte.

»Wie, sie hatte eure Adresse?«

»Schluss jetzt. So läuft das nicht. *Ich* stelle hier die Fragen. Du kennst das ja. Wenn du nicht antwortest, schneide ich kleine Stücke von dir ab und werfe sie dort hinten rein.« Er deutete auf einen Metalleimer, der in der Ecke stand. »Und falls du stur bleibst, werde ich dich mit den Stücken füttern.«

»Aber ich beantworte doch Ihre Fragen.«

»Ich weiß. Du nervst.«

Der Beamte spielte mit der Papierhülle des Messers herum.

»Also, erzähl weiter. San Diego.«

»San Diego«, wiederholte Kowalski.

»San Diego.«

»SAN DIEGO!«, schrie Kowalski.

Die ganze Fahrt runter nach San Diego verlief ungestört.

Sie ahnten nicht, dass eine dritte Attentäterin den Griff des Garagentors abgeputzt und das explosive Klebeband deaktiviert hatte. Nur um dem Chirurgen die Tour zu vermasseln. (Arrogantes Arschloch.)

Sie ahnten ebenfalls nicht, dass sie von ihr verfolgt wurden, mit Hilfe eines Taschencomputers vom CI-6.

Es gab eine ganze Reihe Bezeichnungen für sie. Attentäterin. Killerin. Psycho.

Aber was sie wirklich antörnte, war ihr Spitzname beim CI-6: *Bonesaw* – Knochensäge.

Das klang einfach nur schmerzhaft. Und das gefiel ihr.

Ihre Spezialität waren jene seltsamen, scheinbar zufälligen Morde, von denen man hin und wieder in den Nachrichten hört. Die bizarren Taten eines *Serienmörders.* Sicher, das erregte die Aufmerksamkeit der Medien. Manchmal wurde sogar ein Film darüber gedreht. Und genau darum ging es. Die Cops und die Journalisten jagten einen verrückten Einzeltäter. Es kam ihnen nie in den Sinn, dass die Regierung dahintersteckte.

Boneasaw gefiel auch das.

Früher hatte sie einen ziemlich albernen Namen gehabt – Monica McCue. Zum Kotzen. Denn sie hatte sich nie wie eine *Monica McCue* gefühlt. Seit sie ein kleines Mädchen war, hatte sie sich wie eine … nun, wie eine Knochensäge gefühlt.

Leider ließ man sie nur selten zum Zuge kommen. Darum hatte sie den Chirurgen aus dem Weg geräumt.

Sie wollte endlich zeigen, was sie alles beherrschte. Sie hatte jede Menge neuer Ideen. Letzte Nacht hatte sie etwa 42 davon in ihr Notizbuch geschrieben.

42 Methoden, jemanden zu töten.

Nachdem Bonesaw heute Morgen aufgestanden und

in den strahlenden kalifornischen Sonnenschein getreten war, beschloss sie, sich auf ein halbes Dutzend davon zu beschränken. Sie schlürfte einen Eiskaffee und biss sich fest auf die Lippen, während sie sich ihre Ideen durch den Kopf gehen ließ. Dabei tropfte etwas Blut in den Kaffee und verlieh ihm eine salzige Note. Sie mochte das. Und es erleichterte ihr die Entscheidung.

Sie entschied sich, eine Schachtel mit Spritzen einzupacken. Die Schachtel würde sie mit Baumwolle ausstopfen, denn sie wollte nicht, dass die Spritzen in ihrem Rucksack herumflogen. Außerdem konnte die Baumwolle noch nützlich sein.

»Sie werden nicht lockerlassen, stimmt's?«

Kowalski blickte zu ihr hinüber und sah sie gleich in mehrfacher Ausfertigung. Er hatte bestimmt eine Gehirnerschütterung. Sogar die Bewegung seiner Augen verursachte ihm einen Würgereiz. Also drehte er den ganzen Kopf. Und beobachtete, wie die Bäume und Gebäude, die Wolken und Fahrzeuge am Fenster hinter Vanessa vorbeiwischten. Davon wurde ihm noch schlechter.

»Wir sind zwei Leuten begegnet«, sagte er, »also ist vermutlich noch eine dritte Person unterwegs. Es sind nie nur zwei. Entweder reicht einer aus, oder sie schicken zwei zur Unterstützung.«

»Ich meine danach.«

»Wonach?«

»Nachdem wir an die Öffentlichkeit gegangen sind.«

»Kommt drauf an, was du in San Diego hinterlegt hast.«

Vanessa hatte ihm erzählt, dass sie, bevor sie das Labor in Dublin verlassen hatte, so viel wie möglich auf einen Memory Stick gepackt hatte. Sie schien sich ziemlich sicher, dass einige Excel-Dateien dabei waren. Was auf Finanztransaktionen hindeutete. Falls sie eine geschäftliche Verbindung zwischen Proximity und dem CI-6 nachweisen konnten, waren die Arschlöcher erledigt. Niemand konnte eine solche Untersuchung unbeschadet überstehen, egal wie geheim oder verborgen die Verbindung auch war.

Wenn man versucht, etwas zu finanzieren, das fast ganz Nordamerika infiziert – etwas, mit dem man beispielsweise per Knopfdruck über einen Satelliten töten kann –, dann braucht man sich nicht lange zu fragen, wie sich das auf die Karriere auswirkt. Das lässt sich nicht gerade im Lebenslauf verstecken.

Kowalski hatte gezögert, direkt nach San Diego zu fahren. Hätten sie sich sofort auf den Weg gemacht, hätten sie das Misstrauen der anderen geweckt.

Jetzt war das natürlich scheißegal.

Und dennoch … Der CI-6 war leicht auszurechnen. Sie hatten garantiert nicht nur zwei Killer geschickt. Eins war allerdings komisch. Normalerweise versuchten sie, es wie einen Unfall aussehen zu lassen. Die erste Killerin, okay – ein zufälliger Einbruch. Das leuchtete ihm ein. Aber der zweite Killer stürmte einfach mit einer Pistole auf sie los. Das war nicht besonders raffiniert.

Vielleicht ging der dritte Killer genauso plump ans Werk.

Das hoffte er zumindest.

»Ich fahre den 5er immer weiter Richtung Süden?«

»Weck mich, wenn du Schilder nach Solona Beach siehst.«

»Falls ich keinen Unfall baue.«

»Dann weckst du mich auch.«

»Jetzt kommen wir zum interessanten Teil«, sagte der Vernehmungsbeamte. »Los, steh auf.«

»Was?«, fragte Kowalski.

»Jetzt wird's ein bisschen wehtun. Schon vergessen? Der Eimer? Die Häppchen von dir, die auf der Speisekarte stehen?«

»Hey, ich erzähl euch doch alles.«

Der Beamte lächelte. »Ich *weiß,* dass du mir nicht alles erzählst. Und ich weiß, dass du deinen einzigen Trumpf nicht einfach verspielen wirst. Du meinst noch immer, du kannst uns ans Bein pinkeln.«

Das Wort »pinkeln« erinnerte Kowalski an etwas. Er konnte das Wasser nicht mehr lange halten. Er musste irgendwie Bewegung in die Sache bringen.

»Also, los jetzt«, sagte der Vernehmungsbeamte und schob seinen Stuhl zurück. »Mach's mir nicht zu schwer, dich an den Haken zu hängen, okay? Spar dir deine Kräfte lieber für die Hauptattraktion.«

»Sie wollen wissen, was auf dem Memory Stick ist? Ich erzähl's Ihnen. Ich schreib's Ihnen sogar auf.«

Der Beamte erhob sich und blickte auf das winzige Messer in seiner Hand, dann hoch zu Kowalski.

»Weißt du, das ist echt nicht fair. Es hieß, es wäre unmöglich, dich zu knacken. Kannst du denn nicht ein bisschen mitspielen?«

»Was soll ich sagen? Ich brauch Sie bloß anzuschauen, und schon spucke ich alles aus.«

Kowalski richtete den Blick auf eine der Überwachungskameras. »Der Mann, der den Kauf von Proximity genehmigt hat, ist ein Spion mit dem Namen David Murphy. Die erste Zahlung wurde am 12. Juli überwiesen, Bankleitzahl 4987B ...«

»Mann, mit dir macht das gar keinen Spaß«, sagte der Beamte und schüttelte den Kopf.

Als sie vor dem Westin Hoton Plaza vorfuhren, versuchte niemand, sie umzubringen. Und es zuckte auch niemand zusammen, als sie zum Empfang traten und nach einem Paket für »Mary Kate« fragten. Im Aufzug versuchte niemand, auf sie einzustechen. Und niemand hatte sich im Wandschrank oder in der Dusche versteckt.

Selbst als Kowalski einem stämmigen Typen in einem schwarzen T-Shirt das Apple iBook klaute, merkte niemand was davon.

Sobald sie auf ihrem Zimmer waren, erklärte Vanessa, dass sie erneut eine Dusche vertragen konnte.

»Ich muss mir diesen Stiefelabdruck von den Titten waschen.«

Kowalski hatte nichts dagegen einzuwenden. Er wünschte, er könnte sich den Stiefelabdruck vom Schädel waschen, aber der schien sich dort für immer eingeprägt zu haben. Wusste er erst mal, was auf dem Memory Stick war, konnte er sich in naher Zukunft vielleicht den Luxus leisten, mal wieder durchzuschlafen.

»Wenn jemand einbricht und versucht, uns zu töten«, sagte sie, »klopf einfach dreimal an die Badtür.«

»Viel Spaß unter der Dusche.«

Kowalski vermutete, dass sie duschen ging, um allein zu sein und zu weinen. Sie duschte ziemlich oft.

Das hatte er auch getan. Kurz nach Katies Tod.

Er fuhr den Rechner hoch und suchte nach Excel-Dateien. Auf dem Memory Stick war jede Menge Müll. Und alles, was er brauchte, war ein Name, den er kannte. Komm schon, komm schon. Gib mir was, mit dem ich was anfangen kann, Baby.

Da zwickte ihn etwas in den Nacken.

»Autsch«, sagte er und hob die Hand, um seinen Nacken abzutasten. Zumindest hatte er das vor. Doch seine Hände verharrten regungslos auf der Tastatur.

»Pssst«, sagte eine Stimme an seinem Ohr.

Scheiße.

Hallo, Killer Nummer drei.

Das Wasser, das in der Dusche auf die Kacheln prasselte, erzeugte ein angenehmes, besänftigendes Hintergrundrauschen. Die Stimme, die einer Frau gehörte, war fast genauso besänftigend.

»Ich hab dir eine Nadel ins Rückenmark gebohrt. Das heißt, du bist vom Hals an abwärts gelähmt. Ich werde sie jetzt noch tiefer reinbohren, dann bist du vollständig gelähmt. *Vielleicht* kannst du noch blinzeln. Aber das ist fraglich.«

»Halt …«

Sie tat es.

Aber er hatte Glück. Er konnte immer noch blinzeln. Immerhin etwas.

Die Frau verfrachtete ihn in eine Ecke auf einen Stuhl, so dass er den Rest des Raums überblicken konnte. Er hörte, wie Klebeband abgerissen wurde. Wahrscheinlich um damit die Nadel in seinem Nacken zu befestigen. Als könnte er sie mit seinem Blinzeln dazu bringen, dass sie sich aus seinem Rückenmark löste.

Während sie herumhantierte, beugte sie sich über ihn. Dabei hingen ihm ihre Titten ins Gesicht. Sie roch ein wenig nach Franzbranntwein.

Dann hockte sie sich vor ihn hin. »Ich hab mich gefragt, wer das Opfer ist? Ich schätze, die Rothaarige. Du hast einiges mehr auf dem Konto. Sie tötet erst seit kurzem.«

Woher weißt du von ihr?, wollte er fragen.

Aber natürlich konnte er nicht.

Sie griff in einen Rucksack, der neben ihren Füßen stand. Kowalski hatte ihn gar nicht bemerkt. Mist, er hatte nicht mal sie bemerkt. Wo hatte er nicht nachgesehen? Hinter den Gardinen? Scheiße. Das konnte er doch besser. Es musste an der Gehirnerschütterung liegen.

Ja, sicher, schieb's auf die Gehirnerschütterung.

Gib's zu. Du bist nachlässig geworden, Vollidiot.

Sonst hättest du dir die Gehirnerschütterung gar nicht erst zugezogen.

»Ein Typ wie du«, fuhr sie fort, »mit einem Killervirus im Blut … Da würde jeder ausrasten.«

Sie zeigte ihm eine Pappschachtel und runzelte die Stirn. Sie war wirklich auffallend hübsch. Selbst als sie den Deckel öffnete und der Inhalt sichtbar wurde.

Viele, viele Spritzen.

Im Badezimmer wurde die Dusche abgestellt.

Kowalski kannte jede Menge Geschichten über diese Sorte von CI-6-Killern. Leute, die auf Schmerzen abfuhren und mit Vorliebe das Nervensystem bearbeiteten; entweder betäubten sie es so stark, dass man gelähmt war, oder sie setzten es unerträglichen Qualen aus, weit über die Schmerzgrenze hinaus. Das waren intelligente Leute. Das mussten sie auch sein. Außerdem waren sie völlig verrückt.

Er beobachtete, wie sie sich mit dem Rücken gegen die Badezimmerwand lehnte, die Spritze in der Hand – um sich Vanessa zu schnappen, sobald sie herauskam. Sie wusste genau, wo sie ihr die Nadel reinjagen musste, damit Vanessa sofort gelähmt war.

Und anschließend würde sie ihr Blut abnehmen.

Die Badezimmertür öffnete sich. Und eine Dampfwolke schwebte durch den Rahmen. Vanessa duschte gerne heiß.

Die Frau zwinkerte Kowalski zu.

Und dann sauste etwas Weißes, Rundes um die Ecke und knallte der Frau ins Gesicht.

Einen Sekundenbruchteil später tauchte Vanessa auf, den Toilettensitz in der Hand, und versetzte ihr erneut einen kräftigen Schlag.

Die Frau ließ die Spritze fallen, die im Teppich stecken blieb. Die Frau folgte ihr postwendend. Als sie stürzte, konnte Kowalski erkennen, dass ein Teil ihres Gesichts zerschmettert war. Er war also der Letzte gewesen, der sie so gut aussehend zu Gesicht bekam.

Vanessa war völlig trocken, wenn auch in ein Handtuch gewickelt. Sie war nicht mal unter die Dusche gestiegen. Sie hatte nur so getan.

»Eins frage ich mich schon«, sagte sie.

Kowalski blinzelte.

»Du bist ein Profikiller. Warum trägst du *keine verdammten Pistolen* bei dir?«

Kowalski konnte nichts tun, außer zweimal zu blinzeln.

Was, wie er hoffte, »Leck mich« signalisierte.

Es dauerte eine Weile, bis Vanessa begriff, was passiert war. Sie stellte eine Menge Fragen von der Sorte: Was verdammt nochmal ist los mit dir? Warum rührst du dich nicht? Kowalski gestikulierte mit den Augen, so gut er konnte. Schau. Schau in meinem Nacken nach. Siehst du das ganze Klebeband? Nein, nein. Hinten. Da. Schließlich fiel bei Vanessa der Groschen, und sie sah hinter seinem Kopf nach. »Jesus«, sagte sie. Nach einigem Hin und Her, das allerdings etwas einseitig ausfiel, beschloss Vanessa, dass einmal blinzeln »Ja« bedeutete, zweimal »Nein«, und stellte ihm Fragen wie »Bist du gelähmt?« und »Kommt die Lähmung von der Nadel?« und schließlich, endlich, »Soll ich die Nadel rausziehen?«. JA, VERDAMMT NOCHMAL, wollte Kowalski brüllen, ich will, dass du die verdammte Nadel rausziehst. Das mochte ihn zwar für immer lähmen, aber das wäre okay. Dann konnte er immer noch so lange blinzeln, bis Vanessa kapierte, dass sie ihm den Gnadenschuss verpassen sollte.

»Halt still«, sagte sie, während sie sich über ihn beugte, dann realisierte sie, was sie gerade gesagt hatte.

Und sie fing an zu lachen.

»Tschuldigung.«

Zunächst fühlte es sich entsetzlich an, und Kowalski glaubte tatsächlich, er sei für den Rest seines Lebens gelähmt. Doch dann kehrte das Gefühl zurück, und mit ihm ein dumpfer, pochender Schmerz in so ziemlich jedem Teil seines Körpers, der Nervenenden hatte.

»Ist sie tot?«, fragte er, als er wieder reden konnte.

»Noch nicht.«

»Gut. Schnapp dir die Schachtel mit den Spritzen.«

»Du hast unsere drei Agenten am Leben gelassen«, sagte der Vernehmungsbeamte. »Warum?«

»Drei?«

»Ja. Drei.«

»Was ist mit dem Typen, der in die Luft geflogen ist?«, fragte Kowalski.

»Er hat's ebenfalls geschafft. Man wird ihn wohl alle paar Tage operieren – bis er stirbt, was in nicht allzu ferner Zukunft passieren wird. Und Ana ist über ihre Kniescheibe auch nicht gerade erfreut. So wenig wie Bonesaw über ihr Gesicht. Aber worauf ich hinauswill: Du bist nicht zurückgegangen, um den Job zu Ende zu bringen. Das ist nicht der Kowalski, den wir kennen. Was steckt dahinter?«

Kowalski dachte darüber nach. Was konnte es schaden, wenn er es ihm erzählte?

»Vanessa hatte keine Lust mehr zu töten«, sagte er.

»Ach, wirklich.«

Ja, wirklich. Vanessa Reardon mochte zwar durch die USA geflogen sein und Männer getötet haben, deren einziges Vergehen es war, sie mitzunehmen, aber irgendwie war es ihr gelungen, das von sich abzuspalten. Sie war damals nicht Vanessa Reardon gewesen. Sie war Kelly Dolores White gewesen, ein Produkt von Matthew Silver, einem Mann, der versucht hatte, sie zu vögeln, zu heiraten und schließlich zu töten. Kelly White war fähig zu töten, denn das kannte sie von Geburt an.

Doch jetzt, seit Silvers Gehirn in der Innenstadt von Philadelphia über die gesamte Seite des Pennsylvania Hospital gespritzt war, war Kelly White verschwunden. Und Vanessa Reardon war zurückgekehrt. Und sie war mehr als nur ein bisschen entsetzt über das, was in ihrer Abwesenheit passiert war.

»Sie hatte also Probleme, Leute zu töten«, sagte der Beamte, »die man geschickt hatte, um sie zu töten.«

»So ungefähr.«

»Dann erklär mir mal eins.«

»Was denn?«

»Die 17 Leute, die sie in Mexiko getötet hat.«

Rosarito war der einzige Ort, der als Versteck infrage kam. Er lag nicht allzu weit hinter der Grenze, und Kowalski kannte sich dort einigermaßen aus. 1995 hatte er sieben Monate hier verbracht, um sich von seinen Verletzungen zu erholen, nachdem ein Einsatz aus dem Ruder gelaufen war. Der Ort war bestens geeignet, Geist und Körper wieder ins Lot zu bringen. Damals hatte er für ein paar Dollar ein kleines Haus südlich der Innenstadt von Rosarito gemietet, direkt am Strand. Es gab nur wenige Zugangsmöglichkeiten, so dass man es schnell bemerkte, wenn ein Feind sich näherte. Und es waren genug Touristen in der Nähe, so dass man nicht auffiel.

Außerdem hatte Kowalski hier eine Kiste mit Waffen deponiert, die in Plastikfolie eingewickelt waren. Sie war in der Nähe seines alten Mietshauses vergraben. Direkt am Strand. Wenn sie inzwischen nicht ausgebuddelt worden war.

Und was das Wichtigste war, Kowalski kannte einen

billigen mexikanischen Zahnarzt, der die verbliebenen Zähne vielleicht wieder ordentlich befestigen konnte.

Er war noch nicht so weit, sich davon zu verabschieden.

In der Abenddämmerung passierten sie die Grenze. Es gab keine Probleme, zumal sie den Wagen mit der zersplitterten Windschutzscheibe gegen ein weniger auffälliges Fahrzeug eingetauscht hatten. Es handelte sich um einen anderen beigefarbenen Ford Taurus. Vanessa hatte gerade den Dreh raus und wollte nicht ausgerechnet jetzt die Marke wechseln.

Kurz hinter der Grenze verkündete sie, dass sie Hunger habe. Im Versuch, sie zu beschwichtigen, versprach ihr Kowalski, dass sie in weniger als 30 Minuten bei echtem mexikanischem Essen zusammensitzen würden. Trotzdem bat sie ihn um einen Dollar und kaufte bei einem Kind auf der Straße eine Tüte getoastetes Brot. Nachdem sie einmal davon abgebissen hatte, bereute sie ihren Kauf allerdings und pfefferte den Rest in ein Fach zwischen Fahrer- und Beifahrersitz.

Die Straßen in Mexiko waren eine weitaus größere Herausforderung als der Interstate-5 Richtung Süden. Straßenmarkierungen? Ja. Schon. Aber es gab auch Schlaglöcher, groß wie Planschbecken.

»Verdammte Scheiße«, sagte sie. »Das hier ist schlimmer als L. A.«

Und es war eine Weile her, dass Kowalski hier gewesen war, darum war er sich nicht ganz sicher, auf welcher Straße sie Rosarito erreichen konnten. Waren die Straßen seit damals umgeleitet worden?

Vielleicht lag es an seiner Gehirnerschütterung. Oder daran, dass er gelähmt gewesen war.

Und die Dunkelheit war auch nicht gerade hilfreich.

Nach einer Weile schien es, als kämen sie immer wieder an denselben Tankstellen, verrammelten Gebäuden und blödsinnigen Straßenschildern vorbei. Kowalski hätte am liebsten die Augen zugemacht. Aber das durfte er nicht. Jedenfalls nicht in nächster Zeit.

Doch auf einmal entdeckte er das Schild zu den Fox Studios Baja.

James Cameron hatte für *Titanic* einen gewaltigen Tank hier unten errichten lassen, und seitdem waren eine ganze Reihe Filme, für die man große Wassermengen benötigte, ebenfalls hier gedreht worden. Kowalski war zwar abgereist, bevor sie dieses Ding gebaut hatten, aber er war oft genug hier unten gewesen, um zu wissen, dass es nicht mehr weit war.

»Wir sind da«, sagte er.

»Gott sei Dank«, sagte sie. »Ich hab Hunger.«

»Erst müssen wir zum Strand.«

»Was?«

»Du warst diejenige, die sich beschwert hat, dass ich keine Pistolen trage.«

Die kleine Gruppe von Häusern war immer noch da. Nur dass jetzt am oberen Ende der Straße, die zum Strand runterführte, ein Wachmann stand. Vanessa flirtete mit ihm, so gut sie konnte, während Kowalski zu seinem alten Haus hinunterkroch. Es war bewohnt, natürlich. Auf Händen und Knien schaffte er es zu besagter Stelle und war dankbar, dass niemand auf die Idee gekommen war, eine Terrasse aus Zement über der Stelle zu errichten. Die Kiste ruhte in einem Meter Tiefe. Seine Fingerkuppen waren rau vom Graben, als er endlich über das dunkelgrüne Metall kratzte. Im Haus herrschte Stille. Nur das Geräusch seines Atems und die Wellen, die sich an der Küste brachen, waren zu hören.

Er erwog, die ganze Kiste mitzunehmen, aber im Hotel damit einzuchecken konnte schwierig werden. Also schnappte er sich nur das Nötigste.

Eine 9 mm Luger.

Eine 9 mm Beretta Brigadier, für Vanessa.

Schachteln mit Munition für beide.

Und schließlich einen M-79 40mm Granatwerfer, zusammen mit ein paar hochexplosiven Patronen und Schrotpatronen. Falls es auf der Flucht brenzlig wurde.

Er stopfte die Pistolen in seine Hosentaschen, buddelte die Kiste wieder ein, schwang sich den M-79 über die Schulter und machte sich im Krebsgang davon.

Vanessa ließ die Straßenwache ziemlich verwirrt, wenn auch sichtlich erregt zurück.

»Die Straße rauf gibt es ein Hotel mit Restaurant«, sagte Kowalski. »Vielleicht zehn Minuten von hier.«

»So was Ähnliches hast du auch gesagt, als wir die Grenze überquert haben.«

Kowalski griff in seine Hosentasche, zog die Beretta hervor und reichte sie ihr.

»Alles Gute zum Geburtstag.«

»Wow«, sagte sie.

»Fahr einfach los.«

Zehn Minuten weiter nördlich lag das Rosarito Baja Resort and Cocktail Lounge, mit der Betonung auf dem letzten Teil. Das Hotel hatte einen halbherzigen Versuch unternommen, sich touristisch zu geben, doch zog es überwiegend Typen an, die sich nicht die Bohne um so was scherten: Typen, die günstige mexikanische Gerichte essen und sich das Hirn wegsaufen wollten.

Den M-79 ließ Kowalski im Kofferraum, die Luger nahm er mit. Er forderte Vanessa auf, die Beretta in ihrer Tasche zu verstauen. Er hatte den Laptop und den Memory Stick dabei, in der kleinen Tragetasche, die er zusammen mit dem Computer gestohlen hatte. Seine Zähne hatte er ebenfalls dabei.

Sie freuten sich aufs Abendessen.

Das Restaurant war nicht besonders voll. Es war die Zeit zwischen Dinner und den ersten Drinks. Draußen vor den Fenstern, hinter einem leeren Pool, konnte Kowalski einen gigantischen Innenhof erkennen, der von einem Zelt überdacht war. Darunter tanzte eine große Menschenmenge Square Dance. Ja, genau das war es. Eine Gruppe asiatischer Touristen, die Square Dance tanzten. Entweder das, oder seine Gehirnerschütterung wurde schlimmer.

Die Hühnchen-Enchiladas und Empanadas, die Nachos, die Soße und die Flaschen mit kaltem Bier waren gerade aufgetragen worden, als sich die Fremde zu ihnen an den Tisch setzte.

Sie war wie eine Touristin gekleidet: Weißes Kapuzen-Shirt mit Streifen an den Armen und einem »Corona«-Logo über der rechten Brust, dazu eine Jeans. Das Haar mit einer Klammer nach oben gesteckt.

Komischerweise hatte sie rote Haare.

»Sie hat euch ein paar Geräte von Proximity überlassen«, sagte Kowalski. »Dadurch wart ihr in der Lage, unsere Route so exakt zu verfolgen.«

»Exakt ist das richtige Wort.« Der Beamte kramte in seiner Hosentasche herum, zog ein kleines Plastikgerät mit einer LCD-Anzeige hervor und hielt es Kowalski vor die Nase. Auf dem Display war eine Karte von Nordamerika zu sehen. Im nordöstlichen Zipfel von Pennsylvania konnte man einen blinkenden Punkt erkennen. Und einen zweiten in der Nähe von San Diego.

»Sieh mal an, und ich dachte, sie hätte sich sofort an unsere Fersen geheftet.«

»Die DNS der Blondine hatte sie aus dem Labor in Dublin. Und deine hatte sie von uns.« Er musterte das Gerät. »Witzig, dass Vanessa immer noch angezeigt wird, obwohl sie tot ist.«

»Ja. Witzig. Wie hat sie euch also gefunden?«

»Das hat sie nicht«, sagte der Vernehmungsbeamte.

»Sie hat versucht, mit deiner, ähm, Exfreundin Kontakt aufzunehmen, nachdem sie von ihrem Posten entfernt worden war. Wir haben ihre Nachricht abgefangen. Sie uns geschnappt und hergebracht. Und sie hat uns erzählt, was wir wissen mussten.«

»Und dann habt ihr zugelassen, dass sie Jagd auf uns macht.«

»Na ja, nicht ganz. Was das angeht, hat sie ein doppeltes Spiel getrieben. Wir wollten euch lebend. Wohingegen sie loszog, um euch zu bestrafen.«

»Allerdings.«

»Was uns zum Zweck unseres Treffens bringt, Michael. Wir müssen wissen, wo sie sich momentan rumtreibt. Den Hotelangestellten zufolge hast du sie als Letzter gesehen – kurz bevor deine blonde Freundin ihre zweite Mordserie begonnen hat.«

»Hören Sie –«

»Immer mit der Ruhe. Du solltest nicht alles auf einmal ausplaudern. Denk noch mal in Ruhe drüber nach. Denn wenn du auspackst und wir das überprüft haben, bist du ein toter Mann.«

»Schauen Sie, sie ist –«

»Ruhe jetzt. Psst. Willst du nicht noch ein bisschen am Leben bleiben? Oder wenigstens, dass wir dich so lange leben lassen, bis du auspackst?« Er spielte mit dem scharfen Messer herum.

Kowalski lächelte. »Sie haben vergessen, was ich Ihnen gesagt habe.«

»Was denn?«

»Ihr seid diejenigen, die sterben werden. Alle miteinander.«

»Du hast meinen Bruder getötet«, sagte die Fremde, langte herüber und nahm einen Schluck von Kowalskis Bier.

Das war sein ganzes Abendessen. Seine Zähne waren zu lädiert, um damit ein Steak oder gar einen Taco zu kauen, und er hasste Burritos. Also stand jede Menge Bier auf der Speisekarte – und später, wenn er den richtigen Mann dafür fand, etwas Schmerzmittel. Um Vanessa nicht in Verlegenheit zu bringen, hatte er trotzdem was zu essen bestellt.

»Das ist mein Bier«, sagte Kowalski. »Wer war dein Bruder?«

»Du kanntest ihn als Matthew Silver«, sagte sie. »Er war eine Zeitlang scharf auf die hier. Er hat sie immer wieder in E-Mails erwähnt.« Sie drehte sich um und warf Vanessa einen wütenden Blick zu. »Nach dem, was mein Bruder mir erzählt hat, warst du eine richtige Zicke. Hättest du der Welt nicht einen Gefallen tun und ihm einfach einen runterholen können?«

»Dein Bruder war ein weinerlicher, kleiner Scheißkerl«, sagte Vanessa.

»Aber schau uns an. Wir könnten Schwestern sein.«

»Und so ist er auch gestorben.«

»Meine Damen«, sagte Kowalski und tat, als spiele er den Friedensstifter, doch in Wirklichkeit langte er nach der Luger in seiner Hosentasche.

Er schloss seine Hand um den Griff.

Die Fremde mit den roten Haaren legte derweil ein schwarzes Täschchen auf den Tisch und öffnete es.

Auf geht's.

Wenn nötig, war Kowalski bereit, durch seine Hose auf sie zu schießen. So ein Bauchschuss war eine ziemliche Schweinerei, aber er würde sie auf jeden Fall aufhalten.

Doch die Fremde holte keine Waffe hervor. Sondern einen kleinen Plastikkasten mit einem LCD-Bildschirm. Er zeigte eine digitale Karte von Nordamerika. Und genau im oberen Zipfel von Baja California, ungefähr dort, wo sie gerade bei scharfem mexikanischem Essen und kühlem Bier zusammenhockten, blinkten zwei Punkte.

»Ich habe meinem Bruder geholfen, Proximity zu entwickeln«, sagte sie. »An der Georgia Tech haben wir immer Witze darüber gemacht. Vor einem Jahr wurde das Projekt dann Wirklichkeit. Ich war seine stille Teilhaberin.«

»Hast du auch einen Namen, kleine Schwester?«, fragte Kowalski. Vielleicht war sie das: die Geschäftsverbindung, nach der sie gesucht hatten.

Sie lächelte. »Mal sehen. Wir haben einen Silver. Und dein Name war Kelly White, nicht wahr? Also nennt mich Ms. Black.«

»Ich werde dich *nicht* Ms. Black nennen. Das ist lächerlich.«

»Dann Lucia.«

Kowalski durchforstete sein Gedächtnis. *Lucia, Lucia, Lucia* ... stand der Name irgendwo in den Excel-Dateien? Nicht dass das wirklich wichtig war. Sie würden sie ohnehin überwältigen und zum Reden bringen. Und dann würde sie ihnen alles erzählen, was sie wissen mussten. Er war zwar ein wenig eingerostet, doch er hatte immer noch ein paar Tricks auf Lager. Er wusste immer noch, wie man Schmerzen zufügte.

»Nachdem ich erfahren hatte, was passiert war«, fuhr Lucia fort, »bin ich nach Dublin geflogen und hab das Labor meines Bruders aufgesucht. Was ich dort sah, hat gereicht, um mir endlich einen Reim auf alles zu machen. Außerdem fand ich dort das Ortungsgerät.«

Sie wies erneut auf den kleinen Kasten.

»Wie können wir dir helfen, Lucia?«, fragte Kowalski.

»Ich wollte euch schon in Los Angeles treffen, aber ihr wart beschäftigt. Ich wusste nicht, dass sie so schnell jemanden schicken würden, um euch zu töten.«

»Jetzt sitzen wir uns ja gegenüber. Was willst du?«

»Nicht hier. Irgendwo, wo wir ungestört sind.«

Der Ort, an dem sie ungestört waren, war ein leerer Festsaal am Ende eines gekachelten Gangs, in dem ein riesiges Ölgemälde hing – ein Stier, der von drei Lanzen durchbohrt wurde. Kowalski löste mit dem Fuß den Türstopper, worauf sich die Tür mit einem pneumatischen Zischen hinter ihm schloss.

Kowalski warf Vanessa einen Blick zu, und beide richteten ihre Pistolen auf Lucia.

Er hatte keine Ahnung, ob Vanessa überhaupt wusste, wie man eine Pistole benutzte. Aber es erhöhte den Einschüchterungsfaktor.

Sie zielten beide auf ihren Kopf.

»Ich bin unbewaffnet«, sagte Lucia.

»Natürlich bist du das«, sagte Kowalski.

Lucia drückte rasch einige Knöpfe auf ihrem Plastikkästchen. »Mr. Kowalski, Sie sollten jetzt besser zurücktreten.« Lucia ging auf Vanessa zu.

»Hey«, sagte Vanessa. »Halt.«

Irgendwas piepte.

»Oder was? Oder du schießt? Du wirst nicht auf mich schießen. Denn wenn du das tust, könnt ihr das, was ich hier gerade gestartet habe, nicht mehr rückgängig machen.«

»Was hast du getan?«, fragte Kowalski.

Sie drehte sich um und verzog das Gesicht. »Mr. Kowalski, ich bitte Sie, zurückzutreten. Mindestens drei Meter.«

Und dann, vielleicht war es die Gehirnerschütterung oder der Schluck Bier von eben oder eine verspätete Reaktion auf den lähmenden Nadelstich, den ihm die wunderschöne Frau in San Diego verpasst hatte … jedenfalls fing Kowalskis Kopf heftig zu pochen an. Mit jedem Pulsschlag wurde es schlimmer. So als würde sich in seinem Gehirn irgendwas ausdehnen und versuchen, ihm die Augen von innen aus den Höhlen zu drücken.

»Scheiße«, ächzte er und wollte zurücktreten, stolperte aber stattdessen vorwärts.

Es wurde immer SCHLIMMER.

Heilige Scheiße.

Haben das alle durchgemacht, bevor die Mary Kates ihr Gehirn zerfressen haben?

»Zurück, Mr. Kowalski. In die andere Richtung. Und zwar schnell.«

»Was hast du mit mir gemacht!?«, schrie Vanessa.

Endlich schaffte er es, zurückzutaumeln, außer Reichweite. Und der Schmerz schien ein wenig nachzulassen. Doch ihm war immer noch kotzübel.

»Ich hab eure Nanomaschinen umprogrammiert. Du bist jetzt eine echte Killerin, Vanessa Reardon. Nähert sich dir jemand auf weniger als drei Meter, aktivierst du die Nanomaschinen in seinem Blutkreislauf. Und sein Gehirn explodiert.«

»Du …«

Vanessa streckte den Arm aus und versuchte, Lucias Schulter zu berühren.

»Ich?«, fragte Lucia. »Schätzchen, ich bin immun. Bevor ich hierhergeflogen bin, habe ich die Nanomaschinen in meinem Blut lahmgelegt. Ich hab mir einfach eine Nanomaschine injiziert, die sie auffrisst. Ich könnte jetzt dein Blut trinken, und mir würde nicht das Geringste passieren.«

Großartig, dachte Kowalski. Wie der Bruder, so die Schwester.

»Dummerweise«, fuhr Lucia fort, »ist inzwischen fast

der ganze Kontinent infiziert. Sämtliche Leute in diesem Hotel eingeschlossen, vermute ich.«

Vanessa zitterte und ließ ihre Beretta fallen. Kowalski bezweifelte, dass sie es überhaupt bemerkte. Falls es möglich war, dass ein Mensch in sich zusammenklappte und einfach verschwand, dann traf Vanessa gerade alle Anstalten dazu.

»Du bist eine Killerin, Vanessa. Und du kannst nichts dagegen tun.«

Kowalski hob seine Luger auf und zielte damit auf Lucias Brust.

Natürlich war er nicht in der Lage, den Abzug zu drücken.

»Das ist wirklich krank«, murmelte der Vernehmungsbeamte und stieß etwas Luft aus. »Wow.«

»Kann man so sagen.«

»Ich meine, Jesus. Ich verdiene mein Geld damit, den Leuten das Arschloch aufzureißen. Aber das geht selbst mir zu weit. Auch wenn es da um Rache geht.«

Der Beamte spielte ein wenig mit dem Messer herum, und dann schien ihm plötzlich einiges klarzuwerden.

»Oh … jetzt versteh ich. Vanessa wollte die 17 Leute eigentlich gar nicht umbringen, stimmt's? Das war ein Kollateralschaden.«

»Sozusagen.«

»Eiskalt, wirklich. Ich muss diese Lucia unbedingt kennenlernen.«

»Ihr würdet ein hübsches Paar abgeben. Aber egal, darf ich zu Ende erzählen? Ich muss nämlich dringend pinkeln, und wir sind fast fertig.«

Der Beamte platzierte sein kleines Messer auf dem Tisch und spreizte die Hände. »Sicher.«

Kowalski beugte sich vor.

»Als ich mich wieder aufgerappelt hatte, war Vanessa verschwunden. Sie war aus dem Saal gerannt. So wie Lucia, die dabei die ganze Zeit kicherte. Ich hatte einen ziemlichen Brummschädel, und es fiel mir schwer aufzustehen. Ich schaffte es schließlich raus auf den Parkplatz, aber der Wagen war schon weg. Vanessa hatte ihn genommen. Ich hatte so gut wie keinen Anhaltspunkt. Sie kannte ja die Straßen dort unten nicht. Sie hätte überall langgefahren sein können.

Trotzdem habe ich einen Wagen kurzgeschlossen und mich auf die Suche nach ihr gemacht. Obwohl ich mit meiner Gehirnerschütterung immer noch kaum was erkennen konnte und es schon dunkel war, bin ich weitergefahren.

Ein paar Stunden später entdeckte ich am Straßenrand den Körper einer alten Frau. Ich fuhr rechts ran und stieg aus. Es schien, als wäre ihr so was wie der Reifen eines Treckers über den Kopf gefahren. Aber ich wusste, dass das nicht der Grund war. Denn ich hatte diese fürchterlichen Kopfwunden schon mal gesehen. Vanessa war hier gewesen. Sie hatte die Frau getötet, weil sie ihr zu nahe gekommen war.

Eine Stunde später stieß ich auf zwei weitere Leichen. In einer kleinen Küstenstadt, die nicht mal einen Namen hatte. Ich vermutete mal, dass Vanessa dort abgefahren war, weil in der Stadt kaum Lichter brannten und man von dort aus zum Strand kam. Wahrscheinlich wollte sie einfach ans Wasser, um in Ruhe über die ganze Scheiße nachzudenken.

Bei meinem Weg durch die Stadt fand ich alles voller Leichen. Da hat es wahrscheinlich die meisten Opfer gegeben. Das muss irgendein Fest gewesen sein, keine Ahnung. Ein paar Kinder faselten auf Spanisch was von *pelirrojo, pelirrojo.* Rothaarige.

Ich hab sie gefragt, was passiert war. Und sie erzählten mir von einer verrückten Frau mit wirrem Haar, die sie aufgefordert hatte zurückzubleiben, ganz weit zurückzubleiben. Die sie angebrüllt und mit den Armen gewedelt hatte. Die versucht hatte wegzulaufen. Trotzdem hatten sich die Leute ihr genähert, um ihr zu helfen. Und nach ein paar Schritten waren sie auf die Knie gefallen.

Ella es la plaga!, haben die Kinder geschrien. Sie ist eine Seuche.

Ich bin dann weitergefahren. Ohne Erfolg. Inzwischen war es fast Morgen. Sie hätte überall stecken können. Also bin ich zurück zum Hotel, in der Hoffnung, dass sie vielleicht dorthin zurückgekehrt war. Nachdem sie sich beruhigt hatte.

Ich weiß, das war albern. Das Letzte, was sie wollte, war, in meine Nähe zu kommen.

Bis zu dem Zeitpunkt hatte ich es noch nicht mal

geschafft, im Hotel einzuchecken. Also wartete ich in der Eingangshalle und trank eine Diät-Cola, um wach zu bleiben.

Ein paar Stunden später, nachdem die Sonne aufgegangen war, ließ sie mich ausrufen. Und ich ging ans Haustelefon des Hotels.

Sie erklärte mir, dass sie irgendwo von einem Münztelefon anrief und dass ich mir nicht die Mühe machen sollte, sie zu suchen. Sie sagte mir, sie hätte genug davon zu töten. Davon, ein Scheusal zu sein. Es gäbe einfach keinen Ort mehr, um sich zu verstecken. Ich forderte sie auf, sich zu beruhigen, ich würde ihr helfen. Uns würde schon was einfallen, so wie in Philadelphia. Sie meinte, das wäre nett, aber sie wollte nicht. Für sie gab es keinen Ausweg mehr. Diesmal nicht.

Sie bedankte sich für meine Rettungstat.

Für meine Anstrengungen.

Und für die Beretta.

Dann hörte ich den Schuss und ließ den Hörer fallen. Und etwas später habe ich euch angerufen und mich gestellt.«

Der Vernehmungsbeamte stand auf und fing an zu klatschen.

»Bravo«, sagte er. »Scheiße, Mann, bravo.« Er wandte sich einer der Kameras an der Decke zu. »Habt ihr das auf Band? Hey, ihr müsst das sofort zusammenschneiden und an die Academy schicken. Das war wirklich eine oscarreife Vorstellung.«

Der Vernehmungsbeamte trat auf Kowalskis Seite des Tisches und beugte sich dicht über sein Ohr. »Zwei Sachen, Kumpel. Du hast behauptet, dass sie die Pistole im Festsaal hat fallen lassen. Man kann sich wohl kaum das Hirn wegpusten mit einer Pistole, die man nicht dabeihat.«

Dann packte er Kowalskis Kinn und zog mit dem Daumen seine Unterlippe nach unten, so dass die untere Zahnreihe sichtbar wurde.

»Und deine Zähne sind auch noch alle da. Wann bist du dazu gekommen, einen Zahnarzt aufzusuchen?«

Kowalski riss den Kopf zur Seite.

Der Vernehmungsbeamte machte ganz den Eindruck, als würde er gleich kommen. »Jetzt wird's ein bisschen wehtun, Mikey-Boy.«

Die nächste Minute verlief so, wie Kowalski es sich ausgemalt hatte. Die Wachmänner kehrten ins Zimmer zurück, legten ihm Handschellen an und zerrten ihn nach hinten, zu dem schimmernden Fleischerhaken. Dann hievten sie ihn hoch, streiften die Kette zwischen den Handschellen über den Haken und ließen ihn los. Die Handschellen schnitten ihm brutal in die Handgelenke. Inzwischen hatte der Vernehmungsbeamte nach dem Messer gegriffen und die Papierhülle entfernt. Einige der fluoreszierenden Lampen im Zimmer spiegelten sich in der Klinge, und sie blitzte auf.

Der Beamte kam näher. Kowalski hing so weit oben, dass seine Brustwarzen sich auf einer Höhe mit den Augen des Beamten befanden.

»Ich frag dich jetzt noch mal fürs Protokoll«, sagte er.

»Sicher«, sagte Kowalski.

»Wo ist Lucia Black?«

»Keine Ahnung.«

»Ja!«

Der Vernehmungsbeamte hob das Messer. Wie nicht anders zu erwarten, versuchte er als Erstes, Kowalskis Beine zu spreizen. Um an seinen Darmausgang zu gelangen. Der Beamte gab den Wachmännern ein Zeichen. »Packt seine Beine, jeder eins.«

Ja, das würde wirklich wehtun.

Nicht der Darmausgang.

Sein Mund.

Besonders, wenn er die Zähne wieder aus dem Zahnfleisch drückte.

Das würde ziemlich wehtun.

Der Vernehmungsbeamte hatte Recht gehabt. Kowalski hatte ihm einen ziemlichen Bären aufgebunden, ab der Stelle mit dem Festsaal, nachdem Lucia Black verkündet hatte, sie habe die Nanomaschinen umprogrammiert.

Leider war der letzte Teil wahr.

Vanessa hatte sich in eine Killermaschine auf zwei Beinen verwandelt.

Doch was Kowalski nicht erwähnt hatte: dass er sich Lucia geschnappt hatte, bevor sie abhauen konnte.

Vanessa hatte sich aus dem Staub gemacht, ja. Sie war davongefahren und hatte aus Versehen 17 Leute getötet. Viele davon amerikanische Touristen. Das war nicht schön. Kowalski wollte sich nichts vormachen.

Die Ängste, die sie dabei ausgestanden haben musste, überstiegen seine Vorstellungskraft. Zumal sie immer noch verstört war wegen der Ehebrecher, die sie niedergemetzelt hatte.

Doch anstatt nach Vanessa zu suchen, hatte Kowalski das Problem an der Wurzel gepackt. Er schnappte sich Lucia Black und setzte den Griff an, der zu seinem Markenzeichen geworden war: Mit dem Arm drückte er ihr so lange den Hals zu, bis sie das Bewusstsein verlor.

Ein Stunde später kam sie zu sich und stellte fest, dass sie an einen Zahnarztstuhl geschnallt war.

Der Stuhl gehörte dem mit Kowalski befreundeten mexikanischen Zahnarzt, der sich gerade für eine lange feucht-fröhliche Nacht zurechtmachte.

Kowalski versicherte ihm, dass er sich keine Sorgen machen müsse. Er würde sich um alles kümmern.

Als Erstes gab er Vanessa einen heftigen Kuss.

Um diese Nanomaschinen, die die Mary Kates zerstörten, aufzunehmen.

Dann kam er richtig zur Sache.

Eine Weile schaffte Lucia es, sich zu widersetzen. Aber als er mit dem Bohrer fertig war, war sie nicht nur bereit, die Nanomaschinen in Vanessas Blut zu deaktivieren und Kowalski zu erklären, wie er mit ihrem

Taschencomputer die Mary Kates umprogrammierte, sondern sie hätte ihm auch die Formel von Coca Cola verraten oder die sieben Kräuter und Gewürze von Kentucky Fried Chicken.

Sie spuckte wirklich *alles* aus.

Selbst dass ihr Bruder sie heimlich begrapscht hatte, als sie Kinder waren.

Kowalski bedankte sich höflich bei ihr, dann erstickte er sie mit einem feuchten Handtuch. Vermutlich tat er ihr damit einen Gefallen. Später wollte er ihren Kopf abtrennen und den anderen sagen, dass sie es wäre. Vanessa. Ihre geheimnisvolle Blondine, die jetzt rote Haare hatte.

Die richtige Vanessa rief kurz vor Sonnenuntergang im Hotel an, in Tränen aufgelöst und bereit, ihrem Leben ein Ende zu setzen, obwohl sie nicht mal eine Pistole hatte. Kowalski war froh, dass sie sich nicht an den Granatwerfer im Kofferraum des Taurus erinnerte.

Nachdem Kowalski ihr versichert hatte, dass sie keine Gefahr mehr war und niemanden mehr töten würde, trafen sie sich erneut. Sie redeten miteinander. Schmiedeten Pläne. Und mit Hilfe von Lucias Taschencomputer nahmen sie ein paar Umprogrammierungen vor. Sie fanden eine Möglichkeit, das Ganze zu beenden, für immer.

Für immer, zumindest fürs Erste.

Denn im Gegenzug wollten sie die anderen ein wenig leiden lassen.

Darum suchten sie erneut Kowalskis Zahnarzt auf, der zu dem Zeitpunkt wieder so gut wie nüchtern war.

»Du willst, dass ich *was* tue?«, fragte er.

Er war allerdings immer noch betrunken genug, um sich breitschlagen zu lassen.

Schließlich schaffte es Kowalski, den Zahn zu lösen und auszuspucken. Autsch.

Der Vernehmungsbeamte grinste. »Nun komm schon. Ich hab dein Gesicht nicht mal berührt.«

Kowalski lächelte. Und jetzt konnte man den kleinen Schaltmechanismus erkennen, den er sich ins Zahnfleisch hatte implantieren lassen. Eine winzige Leuchtdiode in der Mitte des Schalters blinkte rot.

Blink blink

Blink blink

Mit dem Schalter ließen sich die Nanomaschinen in seinem Kreislauf wieder umprogrammieren.

Kowalski und Vanessa hatten diskutiert, ob es genügte, wenn die Nanomaschinen auf eine Entfernung von 3 Metern tödlich waren, und hatten beschlossen, dass das nicht reichte. Also stellten sie mit Hilfe des Taschencomputers die Entfernung auf … eine Viertelmeile ein. In alle Richtungen.

Ich werde mich schnappen lassen, hatte Kowalski zu ihr gesagt. *Und wenn ich sicher bin, dass die ganzen Ratten auf einem Haufen hocken, und weiß, was sie wissen … sind sie tot. Alle miteinander.*

Der Beamte starrte auf Kowalskis Mund, sprachlos.

Erst im letzten Moment schien er zu kapieren. Natürlich nicht alles. Nur dass Kowalski ihnen die ganze Zeit einen Schritt voraus gewesen war. Und dass sie tatsächlich alle sterben würden. Alle miteinander.

Kowalski drückte mit der Zunge gegen den Schalter.

»Auf Wiedersehen«, sagte er.

Die Wachmänner fielen als Erste um, dann der Vernehmungsbeamte. Alle drei schrien. Kowalski zählte in Gedanken bis 9, und dann …

Yeah.

Zwei rote Fontänen.

Dann eine dritte.

Kowalski begann hin- und herzuschaukeln, bis er genug Schwung hatte, um sich hochzuwuchten und die Kette vom Haken zu ziehen.

Er landete auf den Füßen.

Zunächst taumelte er in eine Ecke, um zu pinkeln, was ihm ein bislang nicht gekanntes Gefühl der Befriedigung verschaffte.

Dann überprüfte er den Rest der Anlage.

Einer der Typen war noch am Leben. Er gehörte zu den merkwürdigen 1 Prozent, die sich nicht mit den Mary Kates infiziert hatten.

Aber das war in Ordnung.

Kowalski rammte ihm einfach das Messer des Beamten in den Magen. Es war wirklich verdammt scharf.

Dann waren alle tot.

Zum Glück war sein Schwager nicht darunter. Sie mussten ihn in ein anderes Geheimgefängnis verlegt haben. Oder er war bereits wieder im Einsatz. Kowalski hätte das nicht gewundert. Der CI-6 brachte die Dinge gerne zügig über die Bühne.

Während er durch die Anlage marschierte, zählte Kowalski grob die Toten. Er war gerade irgendwo bei 50 angelangt, als er aufhörte. Das waren eine Menge Leichen. Er hätte nie gedacht, dass er mal so viele Tote sehen würde.

Und alle hatten jetzt rote Haare.

Der Rest war Routine. Er verbrannte das Überwachungsvideo der letzten 12 Stunden. Sammelte die Ermittlungsakten ein. Lieh sich ein paar Kleidungsstücke. Nahm sich ein paar Waffen. Etwas Wasser. Was zu essen. Und das kleine Messer des Vernehmungsbeamten.

Dann verließ Kowalski die Anlage. Er drückte den Schalter in seinem Zahnfleisch und deaktivierte die tödliche Wirkung der Nanomaschinen.

Es war immer noch Morgen in Pennsylvania, dem Land der Berge. Die Luft war eiskalt. Und nicht mal die Sonne schaffte es, einen aufzuwärmen. Vor kurzem war ein Regenschauer niedergegangen, so dass die Stiefel, die Kowalski sich geliehen hatte, bei jedem Schritt im kalten Matsch ein wenig einsanken. Es war ein gutes Gefühl, seine Knochen wieder zu bewegen. Er hatte viel zu viel Zeit in Flugzeugen und Autos und auf Hausdächern verbracht. Es gefiel ihm, dass ein Fußmarsch vor ihm lag.

Kowalski genoss die kühle Luft und dachte an Vanessa. Daran, wie sich ihre Wege getrennt hatten.

Für immer.

Ich bin nicht wie du, hatte sie zu ihm gesagt. *Ich bin kein Monster. Du bist zu so was fähig. Ich nicht. Ich meine, ich hab es eine Weile getan. Aber jetzt ist Schluss.*

Ich will mein altes Leben zurück.

Und dann hatte Kowalski sie geküsst, ganz heftig, und ihr gegeben, was er sich von Lucia genommen hatte. Ein Kuss des monströsen Märchenprinzen.

Da, jetzt hast du dein altes Leben zurück, hatte er gesagt.

Versuch nicht, mich zu finden, hatte sie erwidert.

Versprochen, sagte er.

Nachdem er ein paar Stunden marschiert war, setzte er sich an den Straßenrand und packte einen Riegel aus, den er aus der Kantine mitgenommen hatte.

Ja, selbst Geheimgefängnisse der Regierung hatten eine Kantine.

Kowalski genoss den Haferflocken-Riegel mit Zimt und braunem Zucker. Das war seit langem seine erste richtige Nahrung. Doch dann geriet eine Haferflocke zwischen seine Zähne und den Schaltmechanismus. Er versuchte, sie mit der Zunge zu entfernen – erfolglos.

Er dachte darüber nach, was er mit dem Todesschild von einer Viertel Quadratmeile, der ihn umgab, anstellen konnte. Er konnte sämtliche Geheimgefängnisse des CI-6 im Land aufsuchen. Oder all die Scheinunternehmen, die über den Erdball verstreut waren. Er konnte gewissen Büros im Capitol Building von Washington einen Besuch abstatten. Ja, er musste nur den Schalter umlegen, und alle waren tot. Dank seines tödlichen Lächelns. Sie konnten ihm entgegenschleudern, was sie wollten. Selbst die Nationalgarde. Solange sie keinen Scharfschützen hatten, der aus einer Entfernung von einer Viertelmeile genau traf, war er nicht zu stoppen.

Und vielleicht sollte das so sein. Denn der CI-6 würde nicht aufhören. Diese Anlage diente nur zum Verhör; doch es gab noch mehr Leute in der Organisation, die Bescheid wussten. Sie würden sich eine Waffe wie Proximity nicht entgehen lassen.

Vielleicht sollte er wirklich weitermachen, bis sie alle tot waren.

Kowalski biss erneut von dem Haferflocken-Riegel ab. Und erneut blieb ein Stück zwischen seinen Zähnen hängen. Er zog das Messer des Vernehmungsbeamten hervor und entfernte damit die Krümel.

Trotzdem konnte er sie immer noch spüren. Also stocherte er weiter mit dem Messer in seinem Kiefer herum. Hier draußen auf dem Land gab es keine Spiegel. Er musste sich also ganz auf sein Gefühl verlassen. Auf das Gefühl der Klinge an seinem empfindlichen Zahnfleisch. Beachtet mich einfach nicht, dachte er. Ich sitz hier einfach nur rum, mitten in Pennsylvanias weiter Natur, und doktere an meinen Zähnen herum. Der braune Zucker hatte sich inzwischen gelöst; und er hatte jetzt den Geschmack von Kupfermünzen im Mund. Aber es steckte immer noch etwas von den Haferflocken zwischen seinen Zähnen. Also machte Kowalski weiter. Komisch: Je größer die Schmerzen wurden, desto deutlicher konnte er sehen. Vielleicht lag das an den Tränen in seinen Augen. Außer dem gelegentlichen Zwitschern der Vögel und seinem schweren Atem war es völlig still. Gut, so konnte er sich besser auf seine momentane Aufgabe konzentrieren.

Nach einer Weile bemerkte er, dass sein Kinn und das Hemd, das er gestohlen hatte, voller Blut waren.

Aber immerhin löste sich der Schalter. Kowalski starrte ihn einen Moment lang an, während er die kühle Morgenluft auf seinem fiebrigen Gesicht spürte. Dann nahm er einen Stein und zertrümmerte ihn.

Ja, ich bin ein Monster, dachte er.

Aber so ein Monster nun auch wieder nicht.

Er fragte sich, wo Vanessa jetzt wohl steckte.